古典詩歌研究彙刊

第八輯

龔鵬程 主編

第 5 冊

唐代宴飲詩研究（上）

吳 秋 慧 著

國家圖書館出版品預行編目資料

唐代宴飲詩研究（上）／吳秋慧 著 — 初版 — 台北縣永和市：
花木蘭文化出版社，2010〔民99〕
目 4+210 面；17×24 公分
（古典詩歌研究彙刊 第八輯；第5冊）
ISBN 978-986-254-313-9（精裝）
1. 唐詩 2. 詩評
820.9104   99016394

ISBN - 978-986-2543-13-9

9 789862 543139

古典詩歌研究彙刊
第八輯 第 五 冊   ISBN：978-986-254-313-9

唐代宴飲詩研究（上）

作 者 吳秋慧
主 編 龔鵬程
總 編 輯 杜潔祥
出 版 花木蘭文化出版社
發 行 所 花木蘭文化出版社
發 行 人 高小娟
聯絡地址 台北縣永和市中正路五九五號七樓之三
電話：02-2923-1455／傳真：02-2923-1452
網 址 http://www.huamulan.tw 信箱 sut81518@ms59.hinet.net
印 刷 普羅文化出版廣告事業
初 版 2010 年 9 月
定 價 第八輯 20 冊（精裝）新台幣 28,000 元

唐代宴飲詩研究（上）

吳秋慧　著

作者簡介

吳秋慧，臺南市人，國立政治大學中國文學系博士。著有《唐詩中夫婦情誼之研究》、《唐代宴飲詩研究》二書。現任教於德明財經科技大學通識教育中心。

提　　要

　　本論文的寫作，主要分成兩部分：第一部分探討唐代宴飲詩的背景問題。分別就其歷史與寫作背景兩方面進行敘述：除了了解唐以前就已形成的宴飲詩「遊戲」傳統外，更進一步從政治、經濟、社會、文化等四方面說明唐代宴飲詩寫作的時代背景，呈現唐代宴飲活動的舉行情形，以及說明詩歌在宴飲活動中主要以「應酬」與「非應酬」兩種方式存在。

　　第二部分針對唐代宴飲詩作一實質內容分析。將唐代宴飲詩就其活動事由分成遊樂、節慶、送別三類；在各類之中又考慮到「場域」（champ）對寫作心態的影響，將詩作依宴飲活動舉行時君王參與的有無，分成宮廷宴飲詩與文士宴飲詩兩項；再從君王興衰治亂的不同，將唐詩分期，呈現不同時期的不同表現面貌。

　　大抵而言，唐代宴飲詩的寫作除了不同的宴飲活動事由會造成宴飲詩的內容有不同的關注外，受到宴飲活動進行當下的「場域」的影響亦是十分深刻：「應酬」的詩作普遍呈現共同的格套，「非應酬」的詩作則帶有濃厚的作者個人特質。「宴以合好」，「和諧」是宴飲詩寫作的主要目的，但這種和諧不是一成不變、固定的和諧，而是會隨著人、時、事、地的「場域」的差異，而有不同的和諧呈現，是「拿捏分寸」後的和諧，是「同」中求「異」的「和而不同」，既關照到群體的需求，也兼顧到個體的存在。

目
次

第一章　緒　論

第一節　研究動機與目的

　　唐朝（618～907）是中國歷史上最爲熱鬧多變的一個朝代：它的強盛，歷史上只有漢代可以與之相較；它的活潑靈動、自由開放，融世界各民族於一爐，弘廣的文化胸襟與文化內涵，是歷史上其他朝代難以與之匹敵的；它的衰敗快速與動亂時間的長與久，在歷史上也是有名的；它的詩歌普及度，更是前代所未見的。而唐朝的豐富多彩與熱鬧多變，很自然的匯粹在宴飲活動之中。

　　唐代宴飲活動十分的興盛，「此生無了日，終歲踏離筵」〔註1〕，「公卿大夫，競爲游宴，沉酣晝夜，獶雜子女，不愧左右。」〔註2〕，「公私相效，漸以成俗，由是物務多廢」〔註3〕，在現今可見相關唐人的資料中，有關宴飲活動的記載十分繁多。在這麼繁多的宴飲活動中，賦詩是文人宴集時必行的活動項目之一，《詩人玉屑》卷十二云：

〔註1〕　姚合〈送殷堯藩侍御赴同州〉《姚合詩集校考》卷一。
〔註2〕　《資治通鑑》元和十五年（820）。
〔註3〕　丁公著云：「國家自天寶（742～755）已後，風俗奢靡，宴席以諠譁沉湎爲樂。而居重位、秉大權者，優雜倨肆於公吏之間，曾無愧恥。公私相效，漸以成俗，由是物務多廢。」見《舊唐書》卷十六〈穆宗紀〉。

「唐人燕集必賦詩。」因而唐代宴飲詩的數量十分的可觀。

　　探究宴飲詩的價值，絕不只限於宴飲方面的記錄而已，因爲對於中國人來講，宴飲活動的價值也絕不僅在飲食方面而已。《說文》解釋「宴」字之義，以爲「宴，安也。」，《舊唐書》卷二一〈禮儀志〉云：「享宴之禮立，則君臣篤。」中國人對宴飲活動的看待，著重在其和睦上下的社會功能，「宴以合好」﹝註4﹞，許多在正式場合無法解決、或不好解決的問題，往往藉著宴飲活動的進行，在杯觥交錯之際，謀求解決之道。以唐人爲例，如德宗朝尚書左僕射張延賞與鳳翔節度使李晟有隙，德宗特令浙西觀察史韓滉以讌爲之和解釋憾﹝註5﹞；淮西節度使吳少誠桀傲不馴，叛心日現，盧群奉詔使蔡州詰之，並於筵中醉歌以勸，史載「少誠大感悅」﹝註6﹞。又如歷史上著名的鴻門宴，及宋太祖杯酒釋兵權的故事，都是發生在宴飲活動之中的。是宴飲活動的舉行，並不單只是吃吃喝喝等飲食的功能而已，其在社會方面所具有的意義與功能，更超越過飲食的意義。

　　宴飲活動在社會方面所具有的意義與功能超越過飲食，因而在宴飲活動中賦作出來的詩篇，「絕不是停留在酒饌佳餚的淺層次的描寫上，而是詩人常以此爲媒介，借以抒發種種情懷。」﹝註7﹞除了抒發情懷之外，對唐人而言，宴飲賦詩更具有表現自我才華的功能，謝海平先生以爲：「詩人辭情之捷，本來無法在文字中揣摩而得，但作詩最能展現才華敏捷的場合，莫過於餞宴賓會。」﹝註8﹞宴飲詩可提供探討的問題有很多，因而唐代宴飲詩實應獨立成類，來進行深入的探討。

﹝註4﹞　《國語》卷二〈周語上〉。
﹝註5﹞　事見《舊唐書》卷一二九〈張延賞傳〉。
﹝註6﹞　事見《舊唐書》卷一四〇〈盧群傳〉。
﹝註7﹞　張秉戍《歷代詩分類鑑賞辭典》（中國旅遊出版社，1992 年）〈前言〉，見是書頁7，〈宴集類〉。
﹝註8﹞　見謝海平〈唐大曆十才子成員及其集團形成原因之考察〉，收入《唐代文學家及文獻研究》（高雄：麗文文化公司，1996 年），頁 27。

　　宴飲詩的理應獨立成類，專門討論，早在梁蕭統編選《昭明文選》時，即已注意到這個問題，因而有「公讌」與「祖餞」兩個關於宴飲的詩類的分立。後代選詩分類，承《文選》之舊，相關宴集詩作必獨立為類，宴飲詩的可以獨立為類、來進行專門研究，早就是無庸置疑的事。唐以前的宴飲詩，如《詩經》、建安時期、魏晉六朝之作，皆已有研究專篇論著問世：對《詩經》中宴飲詩的研究，如趙沛霖的〈《詩經》宴飲詩與禮樂文化精神〉（《天津師大學報（社科版）》1989 年第六期）、李山〈"宴以合好"與周代社會結構的根本精神原則──《詩經》中的宴飲詩〉（《詩經的文化精神》，北京：東方出版社，1997）；對建安時期宴飲詩的研究，如王利鎖〈試論建安時期的宴游詩〉（《江漢論壇》1990 年第一一期）、朱一清、周威兵〈從"緣事"到"緣情"──論"三曹"對《詩經》宴飲詩的發展〉（《江漢論壇》1993 年第四期）、鄭毓瑜〈試論公讌詩之於鄴下文士集團的象徵意義〉（《六朝情境美學綜論》，臺北：學生書局，民國 85 年）；對魏晉六朝宴飲詩的研究，如胡中山〈魏晉游宴詩文的演變與時代特徵〉（《徐州師範大學學報（哲社版）》1997 年第四期）、洪順隆〈論六朝祖餞詩群對文類學原理的背離〉（第三屆魏晉南北朝文學國際學術研討會發表論文，民國 86 年 10月 24 日）以及金南喜《魏晉交誼詩類的研究》（臺大中文博士論文，民國 82 年 6 月）等均是。獨獨唐代以後的宴飲詩未見有人專門進行研究，這固然和唐以後宴飲詩數量的龐大足以驚人有密切關聯，然而並不代表唐代宴飲詩不值得研究。雖然在一些唐代詩歌的研究著作中，不乏從詩人個別角度切入論述唐代宴飲詩的點、線表現，但是全面性地探討唐代宴飲詩的寫作與文化現象，卻是空白、未見的。雖然關於唐詩的研究多不勝枚舉，如閨怨、邊塞、戰爭、山水、詠物、登臨、詠古、隱逸、悼亡、遊仙、酬贈、題畫、遊俠、別離、節令等題材，都已有專題進行深入的探討研究，但是作為社交生活具體證據的宴飲詩卻從來沒有得到它應有的重視與肯定。這是一件非常可惜的事。

　　宴飲活動強烈的社會意義，使得在其中賦作出來的詩歌脫離不了

社會的功能。從實用角度來看，宴飲詩的寫作可以說是一種社交應酬的文學表現，既然是應酬，就脫離不了應酬的拘束，然而在宮廷中，在官場上，這種「應酬」因子常被看成是抹煞文學生命力的殺手，吳潛誠先生以為：

> 公眾的事務是很不容易處理的棘手題材。自古以來，不論
> 東方的御用翰林或西方的桂冠詩人，凡是應制奉和或逢場
> 酬酢所杜撰的作品，十之八九皆屬空洞肉麻的花巧辭令
> （oratory）。〔註9〕

在傳統「詩言志」、「詩者，緣情而綺靡」的解讀狀態下，歷來對應酬味濃的宴飲詩評價並不高，或以為不是敷衍，要不就是鬧酒時的遊戲，內容不是僵化、制式，就是俚俗鄙陋，無甚可觀處。宴飲詩有很大的成分在交際應酬上，因而所呈現的風貌、所帶給人們的印象，幾乎都傾向於缺少變化一面。

　　但是，宴飲詩真的就只是如此膚淺嗎？既然中國人特別重視宴飲活動的社會功能，宴飲詩寫作於宴飲活動之中，更應是這種社會功能的呈現，不應該只看到其所呈現的僵化、缺少變化的表徵而已，作為一種人際交往辭令的運用，研究宴飲詩更應注意到其中人際各種複雜心態的綜合運作情形。孔子說詩，以為「詩者，可以興，可以觀，可以群，可以怨。邇之事父，遠之事君，多識於草木鳥獸之名。」〔註10〕其中，「觀」、「群」與「怨」，以及事父與事君，都是屬於社會性的功能。解讀宴飲詩，實不可忽視其「觀」、「群」與「怨」的表達。但是，這點表現卻是常為研究者所忽略的。

　　因此，唐代宴飲詩實在是一個很值得進一步深入探討研究的學術空間。本論文試圖串聯前人相關唐代宴飲詩的「點」、「線」瑣碎、片面的研究成果，以全面性的觀察，嘗試在傳統印象中尋找出路，在一

〔註9〕吳潛誠《感性定位——史學的想像與介入》（台北：允晨出版社，1998年），頁20。
〔註10〕《論語》卷十七〈陽貨〉。

片雷同聲中尋求其差異，著重在「變」與「不變」的呈現：不變處觀其傳承，新變處觀其差異，旨在反映唐人宴飲詩的主題呈現，以及時代差異與時代特徵，著重的是演變軌跡的展現，企圖尋求出唐人面對宴飲時群體心態的遷轉與文學的流變情形。

作為一種詩作的長期存在，必有它不可磨滅的作用與價值。凡走過，必留下痕跡，因此本論文聯繫「史」的研究，試圖在一般對宴飲詩傳統的印象中，探索並呈現出其多變的風貌來。

第二節　研究範圍與研究方法

一、研究範圍

現今所謂「唐詩」，所包含的並不僅是以政治斷限的「唐代」（618～907）時間內所作的詩歌，實際上是以人為主，包括前及隋代、後涉五代唐人的詩作。本論文的研究，由於立基於「宴飲活動的社會功能甚於飲食功能」觀點上，肯定宴飲詩與政治、社會間的密切關係，特重政治、社會對宴飲詩所造成的影響，因此在研究範圍的界定上，採用狹義的、以政治斷限的「唐代」，在跨代之際，雖是同一詩人作品，但只採其確知作於「唐代」時期內的詩作，進行研究，其餘不可考、或確知其作於唐興之前、唐亡以後的詩篇，均不在本論文的研究範圍之內。

宴飲詩，廣義上來講，只要在宴飲場合中為人所賦頌的詩篇都可以稱作宴飲詩，不管即席創作或既有詩篇都屬之，因此如妓人在筵席中所扮演、彈唱的諸篇，都可以算作宴飲詩，就唐代而言，如「聲詩」與「戲弄」兩大類皆包含在內；就狹義上來說，則單指在宴飲活動進行中所創作的詩篇。一般所謂的宴飲詩都只指狹義部分，即宴席中即席賦作的詩篇。本論文的研究，初定範圍在狹義的即席賦作部分，即傳統觀念中所謂的宴飲詩範疇。在這個界定下，不管宴飲活動是因祝賀、遊賞、送別等等任何理由所舉行的，凡是在宴飲場合中即席賦作

的作品，都算在研究範圍之內。至於廣義的宴飲詩所包括的妓人在筵席中所扮演、彈唱的詩篇，由於性質、作用、目的與即席創作完全不相同，是另外一種研究的範疇，為求研究內容統整、深入，因此在此姑且擱置。

宴飲詩的分類成型，首推《昭明文選》卷二十的「公讌」詩類。呂延濟《注》曰：「公讌者，臣下在公家侍讌也。」張銑注王粲〈公讌詩〉以為：「此侍曹操讌。時操未為天子，故云公讌。」而在「公讌」類中所列諸詩，如謝瞻與謝靈運的〈九日從宋公戲馬臺送孔令詩〉、丘遲〈侍讌樂遊苑送張徐州應詔詩〉、沈約〈應詔樂遊苑餞呂僧珍詩〉等四首詩，皆屬餞別詩作，雖然《文選》中別有「祖餞」一類，然上述四詩卻列於「公讌」類中，而不入「祖餞」類。事實上，餞別詩在性質上的確也脫離不了宴飲詩的範圍，《說文》解釋：「餞，送去食也。」《注》引《毛傳》說法，曰：「祖而舍軷，飲酒於其側曰餞。」，「餞」本身即有飲食意義存在，雖然後來學者，多將送別詩獨立研究，然而若專就送別詩中餞別一項而論，實不可否認其與飲食的關係，因此《文選》將餞別詩中有關公家詩作歸於「公讌」類中，其餘私人交際，才劃歸「祖餞」類中。餞別詩既與宴飲活動有不可分之關係，所以本論文宴飲詩的研究範圍，在一般習見的遊宴詩外，也包含了對餞別詩（送別宴飲詩）的研究。

本論文的研究對象，包含所有現存的唐人詩歌，先以清聖祖御定的《全唐詩》（台北：文史哲出版社）和陳尚君輯校的《全唐詩補編》（北京：中華書局，1992 年）二書為基礎，搜索出相關的唐代宴飲詩作品，至於其中少數大家，如王勃、駱賓王、李白、杜甫、柳宗元、李賀、李商隱、杜牧等等，今日另有別集校本存世者，為求精確，皆復証別集。換句話說，凡詩人現今有別集校本存世，且為筆者搜集得見者，則本論文中引用該詩人詩文時，皆書其於別集中卷次；若無別集校本存世，則但書其《全唐詩》卷次。除此之外，若另有唐人遺珠發現，亦一併補之，在研究對象上儘可能求其詳盡。

二、研究方法

　　本論文的寫作，著重在唐代宴飲詩的發展脈絡與其和社會的關係上。

　　就發展的脈絡來看，在宴飲詩的發展史上，唐代宴飲詩只是中間的一個段落而已，唐興以前，中國的宴飲詩已經發展了很長的一段時間，並且頗具規模。唐興，在前代的基礎上進一步發展呈現出屬於唐人自己的風貌。想要了解唐代宴飲詩，必先了解其歷史淵源，因此，本論文的研究，首先從歷史的追溯做起。又因為宴飲詩是在宴飲活動中寫作出來的，宴飲詩在宴飲活動中的地位也是經過一番蛻變後才形成唐代自己的風貌，因此在歷史追溯的部分，分別從唐以前宴飲活動與宴飲詩的發展過程，作一番探索、了解。

　　從社會的角度來看，宴飲活動的舉行，本身就是豐富多彩的社會生活的產物，因此研究唐代宴飲詩，不可以不了解唐代的時代背景，故在歷史的追溯後，續作時代的了解，縱觀唐代宴飲詩蘊釀的溫床，了解其存在的情形。

　　結構主義者認為，世界是由各種關係構成的，而不是由獨立存在的客體組成的。單獨地看一種因素的本質是沒有意義的，必須把它和其他因素聯繫起來看，意義才能被決定。換句話說，除非把事物或經驗放到它自己是其中一部分的那個結構中去，否則，它的意義便無法被人們感覺到〔註11〕。蔡源煌也說：

　　　　一部作品，固然是由某個作者執筆寫成，但是在從事寫作時，作者的意識形態與社會成分都會寫入作品之中。那麼，作者的個人性顯然遜於其社會性。他的思想、信仰、價值觀等等都是屬於意識形態的範疇，而這些理念的表達也與作者所處的社會架構和經濟狀況息息相關。一個作者所採取的觀點（perspectives）就不僅僅是個人的經驗之產物了；

〔註11〕見李勇《重拼地圖──結構主義與文本解讀》〈導論〉，收入朱棟霖主編《文學新思維》（南京：江蘇教育出版社）中卷，頁402。

> 反之，他的觀點或多或少就摻入了他所隸屬的團體意
> 識……文學表現的風格與成規，進一步說明了作者並非信
> 手拈來皆文章——事實上，文學成規主宰著作者觀念的表
> 達模式。一個作家，恁其再怎麼前衛，總得依憑其社群同
> 僚所共知的成規，其語言表現才可解。〔註12〕

研究唐代宴飲詩，不能忽略其所帶有的社會功能；要想探知宴飲詩的
社會功能，就不能忽視宴飲詩源生地「那個結構」的「場域」背景。
社會是隨時變動的，並非永遠不變，基於此一理解，因此本論文的研
究，在其和社會的關係上，著重在「類別」、「時期」的劃分，以明白
社會這「場域」對宴飲詩的影響。

　　宴飲詩類型劃分，本即是一件非常不容易的事，如《文選》的
分類，在「公讌」、「祖餞」區別中，亦不免有所界限不明、標準不
一的缺憾。唐人宴飲活動的舉行十分頻仍，性質也十分複雜，相較
之下《文選》時期的宴飲活動反顯「單純」許多，因此更造成唐代
宴飲詩研究分類上的困難。有關宴飲詩的研究，歷來從事者並不
多，且多限於魏晉以前的研究，多半皆以公宴、私宴或家宴來稱呼、
區別〔註13〕。這種分類方式，其實是很粗糙、不完全的。然而對於
知識為少數貴族所壟斷、專有的《詩經》時代，以及宴飲賦詩活動
局限於宮闈中，尚未普及民間的兩漢時期，或是宴飲賦詩開始普及
於上流社會的魏晉南北朝時期而言，這種公宴、私宴的分類方式，
由於詩作留存的數量並不多，因此並不會有多大的問題產生。但是
如果想要套用這個格套來研究唐人宴飲詩，就會有很大的問題出現
了。唐代社會的自由開放，宴飲活動的舉行十分頻繁，公閒之餘，
地方官員時常在郡齋官舍中進行私人性質的宴飲活動，公私的界限
並不是那麼分明，再加上在現今五萬多首唐人詩作中，大多數詩作

〔註12〕蔡源煌〈「作者之死」新詮〉，戴氏著《從浪漫主義到後現代主義》（臺
　　　　北：雅典出版社，1980年），頁249～250。
〔註13〕如金南喜《魏晉交誼詩類的研究》第二章〈宴會詩〉部分，分宴會
　　　　詩為公宴、私宴、節令宴、祖餞詩等四類。

的寫作背景，如相關人名、地點、身份、性質等等，都是無從探知的，在這種情況下，若想簡單套用前代分類方式將唐代宴飲詩以公宴、私宴來進行區分，並不是一件容易的事。

　　現存唐代宴飲詩中所提及的宴飲活動，有賜宴、旬宴、文宴（文會）、茶宴（茶會）、酒筵、家宴、公宴、別宴（別筵）、節令宴（如端午節宴、九日宴、獻歲宴）、慶賀宴（曲江宴、關宴、杏園宴、賀筵）、野宴、泛舟宴、夜宴、連宴、內宴、軍宴、留宴、陪宴、醋宴、遊宴等等，十分地複雜多樣，各有各的特質，各有各的目的，想要以一個共通的標準加以完美分別為類，是一件很困難的事。衡量思索，由於本論文的寫作目的重在呈現社會所造成的影響，因此首先立基於肯定宴飲事由主宰著活動的性質和與宴者情感的走向，因而概分唐代宴飲詩為遊樂、節慶、送別三大類。所謂「遊樂宴飲詩」，主要指的是一般以遊樂為目的的宴飲活動中所創作出來的詩篇，但也包含了一些假借遊樂宴飲以遂行某種意圖（如：和好紛爭的雙方、犒賞營中戰士等等）的宴飲活動。所謂「節慶宴飲詩」，包含社會既定節日中所舉行的宴飲活動，以及為特殊慶賀事（宮廷方面，如武后朝建天樞成、玄宗朝大同殿柱產玉芝等事；在文士方面，如因科舉及第、升官加職等事）所舉行的宴飲活動中所賦作的詩篇，皆屬之。所謂「送別宴飲詩」，指的是因別離而舉行的宴飲活動，包含正式、大型的餞別宴，與簡單、小型的林下送別宴飲活動中所賦作出的詩篇。在這三者的分類中，「送別宴飲詩」的可以獨立為類，早在《文選》中早已有「祖餞」類的存在，因此無庸置疑，其餘的「遊樂」、「節慶」二類，實有堪斟酌之處。然而要說明的是，表面上看來，節慶宴飲和遊樂宴飲有相重疊的地方，但是二者其實是有所區別的：節慶宴飲活動雖然不脫遊樂性質，然而由於「節慶」的特殊意義，往往掩蓋過「遊樂」意義，可以這麼說，在節慶宴飲活動中，所有活動都是為了「節慶」而產生的，「節慶」才是活動的主角，「遊樂」只是伴隨而生的配角，是用來烘托節慶氣氛的。節慶的特殊意義，使它與一般遊樂有了區別，在眾

多宴飲詩中獨樹一格，且總體數量亦頗爲可觀，而在近人的研究中，有關節日詩的研究也有日漸加多的情形，如董乃斌〈唐代的節俗與文學〉（收入《唐代文學研究（第三輯）》，桂林：廣西師範大學出版社，1992 年）、羅時進〈孤寂與熙悅──唐代寒食題材詩歌二重意趣闡釋〉（《文學遺產》1996 年第二期）、李炳海〈上巳、重陽習俗演變的文學軌跡──民族融合與時俗文學關係淺探〉（《河南大學學報（社科版）》1998 年第二期），皆爲單篇的研究論文，如李秀靜《唐代九日重陽詩歌研究》（文化中文碩士論文，民國 83 年 6 月）則爲整本的學術論著。數量的可觀與研究者的日出，因而值得予以獨立分出爲類，與遊樂、送別同等並列。而其他如假借遊樂宴飲以遂行某種意圖（如：和好紛爭的雙方、犒賞營中戰士等等）的宴飲活動，雖也有其特殊的宴飲目的，理應獨立分類，但是由於與之同類的作品數量十分的稀少，或只有二、三篇，在數量上不但根本無法與節慶，甚至是送別宴飲詩的上千首相提並論，並且也無法作深層的探析，無法與他類相提並論，因而只有勉強依其表面上的遊樂屬性，而將其歸入「遊樂宴飲詩」一類中。

其次，再考慮「場域」（champ）對寫作心態的影響。宴飲詩寫作於宴飲活動之中，然而寫成詩作的作者並不是單獨存在於宴飲活動之中的，單獨一個人無法構成所謂的「宴飲」活動，宴飲活動是一種多人的組合，不同的宴飲活動（「場域」）有不同的人際組合，而處在其中的個人，因不同的人際組合而有不同的角色與地位：以宰相爲例，對君王而言，他是臣屬；對朝官而言，他是上司；對他自己的好朋友來說，他的官雖大，但在朋友的關係中，他也不過只是一個「朋友」而已。不同的角色與地位，有不同的行爲表現，這是一種社會約定俗成的禮節規範，節制著個人的行爲。關於這點，西方學者布爾迪厄提出「文化再製理論」，認爲「有一個結構統轄著日常生活的實際行爲，個人行爲會受到因生存的客觀結構所孕育而成的生存心態以及其所擁有的資本的影響，並且會依其本身在場域中的位置而定。其公

式如下：〔（生存心態）（資本）〕＋場域＝實際行爲」〔註 14〕想要探知宴飲詩的社會功能，就不能忽視宴飲詩源生地的「場域」背景。自古以來，君尊臣卑的觀念牢不可破，君臣間嚴於分際的區別，君臣關係高於一切之上，因而宴飲活動只要牽涉到君王，就中賦作絕對不能忽視君臣間應有的禮節，彼此間的互動受到禮節的嚴格規範，「場域」的作用十分的明顯。在沒有君王參與（包括親身參與和賦詩以賜等）的宴飲活動中，雖或也有高下尊卑之別，但卻不如君臣關係的嚴不可破，比較可以允許有超越禮節之外的輕鬆自由表現。基於這一點理解，因而在遊樂、節慶、送別三大類之下，又以君王參與的有無，將宮廷內外作一區分，分別探討宮廷宴飲詩與文士宴飲詩的寫作情形，以求更貼切地體現唐代宴飲詩的社會化呈現。

　　在類別的區分之後，再觀察其對宴飲主題與寫作心態的呈現情形。此則從時間的角度觀察其變遷概況。在時間的劃分部分，由於君王的施政與態度，對社會的影響十分明顯，而這種影響在社會功能很強的宴飲詩上面得到反映，在不同君王在位時期表現出不同的寫作特色。因此，本論文的寫作，擺脫傳統初盛中晚唐的劃分方式，改以君王爲分期標準，將唐代宴飲詩的寫作大致分爲中宗朝以前、玄宗朝、安史亂後三個部分來進行探討，試圖呈現社會變遷對唐代宴飲詩的實際影響。要說明的是，由於以帝王爲分期，然而詩人的生平並不與帝王在位齊整，因此同一詩人的宴飲作品或分別屬於兩個時期，如李白、杜甫、王維等著名詩人，生平跨安史之亂前後，亂前亂後皆有宴飲詩存世。由於重在考察時代的變遷對宴飲詩的影響，以君王作爲分期標準，因此嚴於區別作品的寫作時間而將以分置研究，此部分則多依據、參考前人在唐人詩作繫年方面的成果。

　　可以簡單地這麼說，本論文的研究，是從社會功能的角度進行切入，來了解唐代宴飲詩的文學表現，最終目的是作爲一種文學的分析

〔註 14〕見邱天助《布爾迪厄文化再製理論》（臺北：桂冠圖書公司，1998 年），頁 110。

研究。種種區分，只是爲了呈現唐代宴飲詩作的寫作特色，在「同」與「異」、「變」與「不變」中，試圖爲唐代宴飲詩作一量身式的價值定位。

宴飲詩可涉及的研究範圍很廣，研究方法很多，因而可供研究的角度有很多，可涉及的研究領域也很寬廣：或可從文學角度，分析其寫作特徵，留意其演變過程；或可從音樂舞蹈等藝術角度，研究其合樂、入舞的情形與實用價值；或從文化社會學角度，觀察其所展現出的唐代社交文化與風俗習慣等等；或從飲食角度，探究唐人飲食內容；或從政治角度，觀察其政治功能；亦可從歷史學角度，留意其歷史功用與價值。每一個切入角度，都可從中發掘出一片廣闊的天地，所得的結果各具價值。本論文主要從文學流變角度，觀察唐代宴飲詩的內容特色，並且試圖結合其他如社會、心理等學科爲之輔佐，呈現出其文學社會功能的一面。

第二章　宴飲詩的歷史背景

　　「民以食爲天」，宴飲活動產生的很早；而在宴飲活動中賦詩，也有一段悠久的發展演變過程，宴飲詩並不是在唐朝突然產生出來的。雖然本論文以唐朝爲研究對象，然而熟知過去，方能眼觀當世，瞭解演變的軌跡，明白其所以然的理由，因此在分析探討唐代宴飲詩之前，首先先就宴飲詩的歷史背景（即唐以前的發展經過）作一個探討。以下試從宴飲活動的發展經過與宴飲詩的發展過程兩部分進行探討。

第一節　唐以前的宴飲活動

　　在最早的遠古時代，只要食物有了積餘，就可能產生宴飲活動。隨著社會結構的逐漸形成，宴飲活動演化爲兩種不同的意義：一是人與人之間的宴飲取樂，二是以祭鬼祀神爲主的人鬼宴飲活動。

　　人與人之間的宴飲取樂方式，起源頗早。由於原始社會的物資並不充裕，因此群聚的宴飲活動多半只有統治階級方有能力舉行。現今可見最早幾則人與人之間宴飲活動的記錄，都是帝王失德、宴飲無度之事，如《墨子》卷三二〈非樂〉說夏「啓乃淫溢康樂，野於飲食」；《韓詩外傳》卷二載夏桀荒於宴飲，「爲酒池糟隄，縱靡靡之樂，一鼓而牛飲者三千人」〔註1〕，《史記》卷三〈殷本紀〉載「帝紂，……

〔註1〕 此事又見於《尚書大傳》中。

好酒淫樂，……使師涓作新淫聲，北里之舞，靡靡之樂。……大聚樂
戲於沙丘，以酒爲池，懸肉爲林，使男女裸相逐其間，爲長夜之飲。」
凡此種種，皆可證知在夏、商時即有大型的宴飲活動出現。

　　然而失德、宴飲無度畢竟不是應有的常態，殷人尙鬼，殷商時代
的宴飲活動主要來自於祭鬼祀神。從甲骨文中，可以看到許多祭典的記
錄，如鄉祭、翌祭、侑祭、御祭等等。而祭祀活動除了以酒食饗神，溝
通人神的情感以外，在祭祀活動的最後，尙有「餕」的飲食儀式。《禮
記》卷四九〈祭統〉云：「夫祭有餕。餕者，祭之末也。」「餕」者，祭
畢食神之餘也，乃是在祭祀儀式結束之後，與祭者圍著祭品分次共食的
宴飲活動〔註2〕。《詩經》卷十三〈小雅・楚茨〉中詳述「餕」的施行：

> 禮儀既備，鍾鼓既戒。孝孫徂位，工祝致告：神具醉止，
> 皇尸載起。鼓鍾送尸，神保聿歸。諸宰君婦，廢徹不遲。
> 諸父兄弟，備言燕私。

由此可以看出，宴飲活動本身就是一種儀式，是祝禱活動中的一部分。

　　周代是宴飲活動發展的一個重要時代，由殷人的「重鬼祀神」，
以鬼神爲主，轉而到「敬鬼神而遠之」，著重人事、關懷現世的理念。
祭祀雖然重要，但鬼神世界畢竟是未知的，現實人世才是值得重視
的；人的地位提高了，也變重要了。宴飲也由服務鬼神轉而以服務人
爲主，「禮」於是焉形成。《禮記》卷二一〈禮運〉篇云：

> 夫禮之初，始諸飲食，其燔黍捭豚，汙尊而抔飲，蕢桴而
> 土鼓，猶若可以致其敬於鬼神。

近人郭沫若研究，亦以爲：

> 禮之起，起於祀神，其後擴展而爲對人，更其後擴展而爲
> 吉、凶、軍、賓、嘉等各種儀制。

〔註2〕《禮記》卷四九〈祭統〉：「是故古之君子曰：尸亦餕鬼神之餘也，
　　　　惠術也，可以觀政矣。是故尸謖，君與卿四人餕；君起，大夫六人
　　　　餕，臣餕君之餘也；大夫起，士八人餕，賤餕貴之餘也。士起，各
　　　　執其具以出，陳於堂下，百官進，徹之，下餕上之餘也。凡餕之道，
　　　　每變以眾，所以別貴賤之等，而興施惠之象也。」

「禮」形成於飲食祭祀之中。在周代，「禮」成爲貫穿宴飲活動的靈魂，《禮記》卷六二〈射義〉中云：

> 燕禮者，所以明君臣之義也；鄉飲酒之禮者，所以明長幼之序也。

《禮記》卷六一〈鄉飲酒義〉中亦云：

> 祭薦、祭酒，敬禮也；嚌肺，嘗禮也，啐酒，成禮也，於席末，言是席之正，非專爲飲食也，爲行禮也。此所以貴禮而賤財也。卒觶，致實於西階上，言是席之上，非專爲飲食也。此先禮而後財之義也。先禮而後財，則民作敬讓而不爭矣。

「非專爲飲食也，爲行禮也」明白說出「禮」才是宴飲活動的主要目的。《國語》卷二〈周語中〉言「飫以顯物，宴以合好」，今人李山以爲：「實際上，每一次宴飲，都是在一種『再現』的方式，向與會者們演示著社會的結構原則及其意義，而宴飲詩歌中不斷出現的對兄弟人倫、君臣大義的吟詠，其主旨更在於強調個體對整體的依存、以及整體對個體存在前提的賜予。」「宴飲在際會的和諧中，呈現了周朝社會的生命根基。」〔註3〕

　　然而這種依禮而行，敬愼戒重的宴飲活動到了春秋時期，卻開始變質了。《史記》卷二三〈禮書〉中云：

> 周衰，禮廢樂壞，大小相逾，管仲之家，兼備三歸。循法守正者見侮於世，奢溢僭差者謂之顯榮。自子夏，門人之高弟也，猶云：「出見紛華盛麗而悅，入聞夫子之道而樂，二者心戰，未能自決。」而況中庸以下，漸漬於失教，被服於成俗乎？

諸侯、公卿大夫們各以己之所好，恣行享樂，無視禮樂之存在，連孔門弟子子夏都受影響，心戰未決，由此可見社會風氣於一斑。

〔註3〕 見李山《詩經的文化精神》第三章〈“宴以合好”與周代社會結構的根本精神原則——《詩經》中的宴飲詩〉（北京：東方出版社，1997年），頁80。

　　禮崩樂壞反映在宴飲活動上的，除了禮節逾越、無視禮法的存在外，更重要的是，宴飲活動不再是統治階級（主要是指帝王、諸侯）的專利，社會上一些新貴的勢力抬頭，人人自以為尊，自以為貴，宴飲活動於是更為頻繁的發生了。春秋晚年，社會上爭奢鬥富的風尚普遍，如宋國左師向巢「每食，擊鍾。聞鍾聲，公曰：夫子將食。既食，又奏。」〔註4〕，新貴們突破禮制，能夠自由地擁有禮樂之後，鍾鳴鼎食的講究更甚於前代，這在宴飲活動的發展史上，是一個很重要的里程標誌。

　　雖然禮崩樂壞，但禮只是崩壞，並沒有消失；崩壞的只是周代階級森嚴的封建制度，而不是禮的核心精神；階級的崩壞，使社會結構逐漸朝向「人生而平等」的平等化前進。東周的禮崩樂壞，我們可以悲觀地把它視為道德的淪喪，但是更可以樂觀地視為人性尊嚴的崛起，「人」的價值，至此更向前邁進一大步。

　　漢代以降，祭祀仍是國之大事，歷代君王皆敬慎行之；如冠、婚、喪等禮節，仍是人生中的大事。此等商周時代主要的宴飲活動，在漢代以後雖仍十分為世人所重視，並且戒慎行之，然而在整個宴飲活動中，已退居次要角色，屬於它們的繁盛獨尊時代，已經完全過去了。

　　去除封建階級的桎梏後，隨著社會經濟的繁榮，飲食內容的日益豐盛，漢代的宴飲活動更行多彩多姿，宴飲不再是統治階級的專利，只要經濟能力許可，人人皆可舉行宴飲活動。漢以後的宴飲活動，文人色彩逐漸加深。

　　就統治階級而言，自春秋以來，諸侯、卿大夫召士養士蔚為風氣，齊稷下先生著稱一時；戰國四君子：孟嘗君、信陵君、平原君、春申君門下各有食客數千人，最是著名。入漢以後，帝王、諸侯亦頗好召士養士，在他們的賓客之中，有不少是賦家〔註5〕，如枚乘、嚴忌、

〔註4〕　《左傳》哀公十四年。
〔註5〕　《漢書》卷五一〈枚乘傳〉載枚乘「游梁，梁賓客皆善屬辭賦，（枚）乘尤高。」

司馬相如等均游於帝王諸侯之門下。班固《兩都賦序》記載漢武帝至漢宣帝時這種情況說：

> 故言語侍從之臣，若司馬相如、虞丘壽王、東方朔、枚皋、王褒、劉向之屬，朝夕論思，日月獻納。而公卿大臣御史大夫倪寬、太常孔臧、太中大夫董仲舒、宗正劉德、太子太傅蕭望之等，時時間作。〔註6〕

言語侍臣於是焉形成。這些文士隨侍帝王身邊，每當帝王有所感受，往往就讓他們把這種心情感受寫作出來。如《漢書》卷五一〈枚皋傳〉載：

> （枚皋）從行至甘泉、雍、河東，東巡狩，封泰山，塞決河宣房，游觀三輔離宮館，臨山澤，弋獵射馭狗馬蹴鞠刻鏤，上有所感，輒使賦之。

又《漢書》卷六四〈王褒傳〉亦有類似記載：

> 上（漢宣帝）令褒與張子僑等并待詔。數從褒等放獵，所幸宮館，輒為歌頌，第其高下，以差賜帛。

在帝王長時間的游樂活動之中，自然免不了舉行宴飲活動，《漢書》卷五九〈張湯傳〉載「鴻嘉（漢成帝年號）中，上欲遵武帝故事，與近臣游宴。」，又如張衡〈西京賦〉中描繪西漢君臣獵宴的盛況，〔註7〕，皆可證知漢武帝以來君王頻行游宴活動。言語侍臣隨侍在側時時而賦，自是為此等宴飲活動增添文人色彩。

　　而西漢初梁孝王的兔園游宴活動，更是開啓後代文會的風氣。《西京雜記》追敘道：

> 梁孝王游于忘憂之館，集諸游士，各使為賦。

南朝謝惠連〈雪賦〉中亦想像追述道：

〔註6〕《文選》卷一。
〔註7〕張衡〈西京賦〉：「……盤于游畋，其樂且只。于是鳥獸殫，目觀窮。遷延邪睨，集乎長楊之宮。息行夫，展車馬。收禽舉胔，數課眾寡。置互擺牲，頒賜獲鹵。割鮮野饗，犒勤賞功。五軍六師，千列百重。酒車酌醴，方駕授饟。升觴舉燧，既醹鳴鍾。膳夫馳騎，察貳廉空。炙炰夥，清酤玆。皇恩溥，洪德施。徒御悅，士忘罷。巾車命駕，回斾右移。」《文選》卷二。

歲將暮，時既昏，寒風積，愁雲繁。梁王不悦，游于兔園。
乃置旨酒，命賓友，召鄒生，延枚叟。相如未到，居客之
右。〔註8〕

兔園，或稱為梁園、梁苑。梁孝王這一次的文學集會，給後人留下深
刻的印象，因此後世又把梁園作為文人聚集飲酒與創作之地的一般性
稱呼。

統治階級的雅好文學風尚，也影響了一般社會風氣。自漢初經濟
繁榮，商業發達，經商致富者大有人在，如蜀卓氏、程鄭，皆有僮僕數
百人，「田池射獵之樂擬於人君」〔註9〕，在他們喜歡的宴飲活動之中，
有時亦以文人為上賓，如《漢書》卷五七上〈司馬相如傳〉中記載：

相如往舍都亭。臨邛令繆為恭敬，日往朝相如。……臨邛
多富人，卓王孫僮客八百人，程鄭亦數百人，乃相謂曰：「令
有貴客，為具召之。并召令。」令既至，卓氏客以百數，
至日中請司馬長卿，長卿謝病不能臨。臨邛令不敢嘗食，
身自迎相如，相如不得以而強往，一座盡傾。

是可見文人色彩已逐漸入侵宴飲活動之中。

今可見的漢代宴飲活動中，詩賦的創作，雖已側身其中，然而
只是如「錦上添花」般的「表演」，和倡優的樂舞表演，意義上無大
差別；主上對待言語侍臣的態度，也與倡優近似，司馬遷曾慨嘆「主
上所戲弄，倡優蓄之」〔註10〕，枚皋自言「為賦乃俳，見視如倡」
〔註11〕，文士與文學作品，只是裝飾宴飲活動的工具而已。

文學創作的地位提昇，必須等到東漢末年。時曹氏父子雅好文
學，並長於文學創作，以政治上的優勢，網羅天下人才，並時時與之
游宴往來，群聚賦詩。後來曹丕在其〈與吳質書〉中追憶昔游時嘗說：

昔日游處，行則同輿，止則接席，何嘗須臾相失！每至觴

〔註8〕《文選》卷十三。
〔註9〕《漢書》卷九一〈貨殖列傳〉。
〔註10〕司馬遷〈報任安書〉，《文選》卷四一。
〔註11〕《漢書》卷五一〈枚皋傳〉。

　　酌流行，絲竹並奏，酒酣耳熱，仰而賦詩。〔註12〕

以曹氏父子為核心的鄴下文人，時時游宴賦詩，建安時期以〈公讌〉名篇之詩作，盛極一時，此應和曹氏父子雅好文學之宴有直接的關係。宴飲活動於是形成以文士創作為風尚的社會傾向。

　　兩晉時期，三大著名的宴飲活動均和文學創作有關：華林園之宴，代表帝王的宴享；金谷園會，乃豪富的游宴活動；蘭亭修禊，呈現著文人的雅致〔註13〕。三大宴飲活動分別代表當時社會三個不同層面的宴樂情形，它們的共同點是與宴者均是以文人為主，會中皆有詩賦的創作。由這三次的宴飲活動中，我們可以看出幾點傾向：一、以文士聚會為主的宴飲活動逐漸由帝王、豪富普及到一般的官員、文士；二、蘭亭之會的「雖無絲竹管絃之盛，一觴一詠，亦足以暢敘幽情」，更顯示出宴飲活動的內容由奢靡逐漸走向雅緻，不再是有錢有勢者的專利，也不必是富貴的象徵，文人氣息更加濃厚；三、賓主關係由君臣的上下尊卑有別，發展到文士間的平等交通，賓主關係的不同，對於宴會進行的氣氛有很大的影響，也影響到文士寫作的心態〔註14〕。

　　文士活躍於宴飲活動之中，文士之會的成型，就社會的背景來看，是可以被理解的。自春秋戰國封建制度逐漸解體，布衣可以致卿相，然而布衣如何由無名小卒轉而受人注目、贏得賞識，如何在官場中得到發展，求得奧援，都需要靠人際關係的支持。人際關係要靠交往才能形成，而交往與宴飲活動有密切關係。王學泰在其《華夏飲食文化》一書中提到：

　　　　士、農、工、商中，宴集對于士人最重要，他們通過宴會
　　　　或借以打通出路、謀取要津；或借以聯絡感情、互通聲氣；

〔註12〕《文選》卷四二。
〔註13〕華林園聚宴在晉武帝泰始四年（268），金谷園宴在元康六年（296），蘭亭修禊在永和九年（353）。
〔註14〕有關兩晉南北朝時期文士之會的舉行情形，可以參閱胡大雷《中古文學集團》（桂林：廣西師範大學出版社，1996年）一書中的敘述。

或借以寄興攄懷、悅情怡性；或借以消磨光陰、打發時日。王氏認爲「宴集是陪伴士人一生的」〔註15〕。因此，在宴飲活動中，文人莫不盡情揮灑文筆，以求表現，於是形成特殊的士人宴飲文化。

南北朝時期，江南獲得大量的開發與經營，社會經濟繁榮富庶，「區宇宴安，方內無事」，「凡百戶之鄉，有市之邑，歌謠舞蹈，觸處成群。」〔註16〕，在這種富庶的社會背景之下，南朝的帝王雖然雅好文學，「清宴延多士」〔註17〕，但他們卻沒有曹氏父子那種收拾亂世，統一中國的雄心壯志，反而只是躲在富裕的生活之中，盡情的享樂，極盡奢侈腐化的生活，如宋前廢帝「好遊華林園竹林堂，使婦人裸身相逐。」〔註18〕，陳後主「荒于酒色，不恤政事，……常使張貴妃、孔貴人等八人夾坐，江總、孔範等十人預宴，號曰狎客。先令八婦人襞采箋，製五言詩；十客一時繼和，遲則罰酒。君臣酣飲，從夕達旦，以此爲常。」〔註19〕，上行下效，加上政治的極端黑暗、不穩定，在一年可以三易主的時代，人們看慣了篡亂，變得麻木不仁起來，無論寒族、士族，都不再以認眞的態度去思考人生的意義和對社會的責任，追求榮祿與畏禍全身成爲大多數文人主要的思想矛盾〔註20〕。有的甚至在政治變亂中謀求榮華富貴，有的乾脆沉迷酒鄉，藉酒遁世；未來既不可以期待，於是掌握眼前的生活變得重要起來，追求眼前的快樂，王侯將相歌伎塡室，鴻商富賈舞女成群，在這種情況下，士大夫們的宴飲活動逐漸演變成「相競誇豪，積果如丘陵，列肴同綺繡，露臺之產，不周一宴之資」，「蓄妓之夫，無有等秩。爲吏牧民者，致貲巨億，罷歸之日，不支數年。率皆宴飲之物，歌謠之具。」〔註21〕，

〔註15〕王學泰《華夏飲食文化》（北京：中華書局，1993），頁206。
〔註16〕《宋書》卷九二〈良吏傳序〉。
〔註17〕梁劉孝綽〈侍宴詩〉，見《先秦漢魏南北朝詩・梁詩》卷十六。
〔註18〕《南史》卷二〈宋前廢帝紀〉。
〔註19〕《南史》卷十〈陳後主紀〉。
〔註20〕葛曉音《八代詩史》（西安：陝西人民出版社，1989年），頁336。
〔註21〕《資治通鑑》卷一五九。

整個社會沉迷在淫靡腐化的風氣中。

　　隋代結束南北朝長期分裂的局面，統一天下，然而社會上沉溺淫靡腐化的風氣未見改善，隋文帝雖崇尚儉樸，然未幾煬帝即位，奢侈靡費到了史所罕見的地步，有關宴飲活動方面，趨於超大型、豪華、奢侈：如「宴（突厥）啓民（可汗）及其部落三千五百人，奏百戲之樂」；又曾宴高昌王，「盛陳文物，奏九部樂，設魚龍曼延」，「蠻夷陪列者三十餘國」；除此之外，並「東西游幸，靡有定居」，「每之一所，輒數道置頓，四海珍羞殊味，水陸必備焉，求市者無遠不至。」〔註22〕。上行下效，社會亦以奢靡爲尚，「肴醑肆陳，絲竹繁會，竭貲破產，競此一時」〔註23〕，如樊叔略「性頗豪侈，每食必方丈，備水陸。」〔註24〕，此等豪華奢侈的宴飲活動，皆是後來唐人宴飲活動的藍本。唐人宴飲活動，就在六朝以來侈於宴飲的社會風氣上，結合唐代特有的民族大融爐文化，開展出屬於唐人自己的宴飲文化。

第二節　唐以前宴飲詩的發展

　　詩歌存在於宴飲活動之中由來已久。有關詩歌（文學藝術）的起源，古往今來的學者提出種種的假設和猜測，可以歸納爲模仿說、游戲說、勞動說、巫術說、心理表現說等五種，其中，巫術說和心理表現說皆可以解釋詩歌成形於宴飲活動之中的現象。巫術說方面，魯迅在闡發詩歌起源於勞動的同時，也考慮到巫祭的作用，「因爲原始民族對於神明，漸因畏懼而生敬仰，於是歌頌其威靈，贊嘆其功烈，也就成了詩歌的起源。」〔註25〕前已提過，巫祭本即是一種人鬼的宴飲

〔註22〕《隋書》卷四〈煬帝紀〉。
〔註23〕《隋書》卷六二〈柳彧傳〉。
〔註24〕《隋書》卷七三〈循吏傳〉。
〔註25〕魯迅《中國小說史略‧中國小說的歷史的變遷》，《魯迅全集》（台北：唐山出版社翻印本）第九卷。

活動，詩歌源於巫祭，故可推知詩歌成形於宴飲活動之中。在心理表現說方面，托爾斯泰以爲「藝術之起源在於：人爲傳播自己所受的情感傳於別人起見，重新把那情感引出來，用一定外部的標準來表現。」〔註26〕宴飲活動之所以舉行，一定有它的理由，或爲祭鬼祀神，或爲群聚取樂，而這個理由，往往就是引發人類情感的肇因，情感既已引發，就有表達的欲望，詩歌，就是一種表達的方式。不管巫術說或心理表現說，皆可以說明詩歌存在於宴飲活動之中的時代久遠。

然而談到宴飲詩，就不能漏掉音樂、舞蹈的存在。詩歌最早是與音樂、舞蹈以三位一體的方式存在的，王國維云；「歌舞之興，其始於古之巫乎？……古代之巫，實以歌舞爲職，以樂神人者也。」〔註27〕劉師培亦云：「三代以前之樂舞，無一不源於祀法。」〔註28〕「歌」由「詩」和「樂」合成，皆是以爲詩、樂、舞三者並存產生的事實。今人葉舒憲先生從文化人類學角度，以爲「樂、舞與詩的三位一體關係似可作爲法術活動的史前遺留物，當法術信仰被神靈信仰逐漸取代的時候，本來用於投射主體意願、干預自然界的樂舞活動及相關咒詞便開始爲溝通人神關係服務，並因此而演化出新的祝頌祈禱儀禮形式。」〔註29〕，葉氏此說，除明白詩、樂、舞三者的關係外，更將它們的演化作了一番說明。由於巫祭本身的飲食特性，因此可以知道，詩歌最早是與音樂、舞蹈以三位一體的方式存在於宴飲活動之中的，所以在研究宴飲詩的同時，亦不可忽視音樂、舞蹈的變化，以及其對詩歌的影響。

以下就從寫作時間與詩歌內容二方面，對唐以前的宴飲詩發展作一番論述。

〔註26〕托爾斯泰《藝術與人生》（台北：遠流出版公司，民七三年），頁 62 ～63。

〔註27〕王國維《宋元戲曲史》第一章。

〔註28〕劉師培〈舞法起於祀法考〉，《劉申叔先生遺書》第五十三冊，現收入李妙根編《劉師培論學論政》（復旦大學出版社，1990 年）。

〔註29〕葉舒憲《詩經的文化闡釋——中國詩歌的發生研究》（武漢：湖北人民出版社，1994 年），頁 280。

一、從寫作時間來看：從既有詩篇到即席創作

　　就寫作的時間與宴飲活動的關係來看，宴飲詩可以分為兩類：一是既有詩篇，二是即席創作。既有詩篇，顧名思義，成型於宴飲活動開始之前，商周時代的宴飲詩多屬此類。前已提過，殷商時代的宴飲活動主要來自於祭鬼祀神，在祭祀活動中，詩歌所扮演的是「詔告於天地之間」表達人祝頌祈禱心意的角色〔註30〕，「其約定成俗的語言形式早由宗教實踐所鑄就，決非歌者個人可隨意改變。」〔註31〕，因此可知這類詩歌早在活動開始之前即已有它特定的形式存在。

　　周人好禮，禮起於祭鬼事神，因此在周代各種禮節儀式中亦有固定形式的詩歌表演，以燕禮為例，可以看出詩歌在宴飲活動中的運用情形：

> 工歌〈鹿鳴〉、〈四牡〉、〈皇皇者華〉，卒歌，……乃閒歌〈魚麗〉，笙〈由庚〉，歌〈南有嘉魚〉，笙〈崇丘〉，歌〈南山有臺〉，笙〈由儀〉；遂歌鄉樂〈周南〉：〈關雎〉、〈葛覃〉、〈卷耳〉，〈召南〉：〈鵲巢〉、〈采蘩〉、〈采蘋〉，大師告于樂正曰：正歌備。〔註32〕

這是一種固定的儀式表演，就中所笙所歌，皆見錄於《詩經》中，均是已有固定內容的既有詩篇。周代的宴飲詩主要保存在《詩經》中，《詩經》是宗周雅樂的基本內容，在宗周禮制中的運用情形相當廣泛，據今人整理，《詩》樂在禮制中的運用大略有：歌、奏、笙、管、龠、賦六種方式〔註33〕。歌、奏、笙、管、龠等五種方式皆是固定儀式（如上述燕禮中的表演即是），缺少變動性的；其中可以讓與宴者展現自由意志的，唯有「賦」《詩》一項。西周春秋時期，各國朝野

〔註30〕《禮記》卷二五〈郊特牲〉：「有虞氏之祭也，尚用氣，血腥腥祭，用氣也。殷人尚聲，臭味未成，滌蕩其聲，樂三闋，然後出迎牲。聲音之號，所以詔告於天地之間也。」
〔註31〕同註29，頁295。
〔註32〕《儀禮》卷十五〈燕禮〉。
〔註33〕楊華《先秦禮樂文化》（武漢：湖北教育出版社，1997年），頁193～194。

上下普遍存在著賦《詩》言志的風氣。所謂賦《詩》言志，就是從《詩經》中選取與自己所欲表達的意思相近的樂章，合著樂唱出來，有時是賦者自唱，有時請樂工代唱，而對方也選取《詩經》中能表達自己意思的樂章來唱答。這種賦《詩》言志的活動，在《左傳》中記載不少，且都是在宴飲場合之中，如《左傳》文公十三年：

> 鄭伯與公宴于棐。子家賦〈鴻雁〉，季文子曰：寡君未免於此。文子賦〈四月〉；子家賦〈載馳〉之四章，文子賦〈采薇〉之四章。鄭伯拜，公答拜。

賦《詩》言志可以表達與宴者的自由心意，而且本身又是禮制的一種，《禮記》卷五一〈孔子閒居〉云：

> 志之所至，《詩》亦至焉；《詩》之所至，禮亦至焉；禮之所至，樂亦至焉。

《詩經》以既有詩篇成為當時人心志的代言者，在周代宴飲活動有如此重要作用，因此孔子有「不學詩，無以言」〔註34〕之語。

魯昭公之後，賦《詩》言志的風氣明顯減弱，在《戰國策》及諸子論辯的歷史記載中，幾乎不再有賦《詩》言志的出現。顧炎武曰：「春秋時猶宴會賦《詩》，而七國則不聞矣。」這和禮樂的崩壞有很大的關係。春秋戰國之際，社會上普遍僭禮用樂，且只要有才能，布衣可以致卿相，社會上熟悉禮制的人越來越少，以致常鬧笑話，用《詩》來傳達情意便顯得越來越不實際，於是造成了賦《詩》言志的衰落。

賦《詩》言志的衰落，象徵著既有詩篇輝煌時代的結束，漢代以後，由於禮儀上的需要，在一些特定的宴飲活動之中仍存在有既有詩篇的歌唱情形，如郊廟歌辭之類，然而這種詩歌的表演，純是一種儀式的施行，脫離不了禮儀的範圍，這種制式僵化的內容，使得這一類的宴飲詩雖因時代而有不同，但終無多大差異；雖為禮儀上不可少之物，但卻非人們所注目的焦點。

在即席創作部分，今可見最早的記錄，首推《韓詩外傳》所載夏

〔註34〕《論語》卷十六〈季氏〉。

桀之臣相持而歌一例〔註35〕，此事亦見於《尚書大傳》中，然《韓詩外傳》與《尚書大傳》皆成書於漢初，在此之前不見任何有關的記錄，因此此事是否爲眞尚未可知。且商代以前，宴飲活動以祭鬼祀神爲主，有固定的祝禱詩詞，就算即席創作眞的存在，仍屬罕見的特例。即席創作的確切存在時間，應在春秋後期，且和倡優有關。「優以調謔爲主」〔註36〕，乃是蓄養在貴族後宮專供人娛樂消遣的人，在倡優的調謔之中，即席創作的詩篇於是產生。《國語》卷八〈晉語〉記載優施的即席創作：

> 中飲，優施起舞，謂里克妻曰：主孟啗我，我教茲暇豫事君。乃歌曰：暇豫之吾吾，不如鳥烏；人皆集於菀，己獨集於枯。

《史記》卷一二六〈滑稽列傳〉中亦載有優孟之歌，是皆在宴飲進行時優人以歌唱的方式來表達對主上的勸諫之意。而這種歌唱表意方式，有時亦爲大臣、君王所借用，如《晏子春秋》內諫下所錄：

> 景公爲長庲，將欲美之，有風雨作，公與晏子入坐飲酒，致堂上之樂。酒酣，晏子作歌曰：穗兮不得穫，秋風至兮殫零落；風雨之弗殺也，太上之靡弊也。歌終，顧而流涕，張躬而舞。公遂廢酒罷役，不果成長庲。

晏子藉歌唱的方式對齊景公行勸諫之意。這種歌唱達意的方式和賦《詩》言志頗爲類似，可以自己唱，也可以由樂人來代唱，如《晏子春秋》內篇雜上中提到：

> 晏子臣於莊公，公不說，飲酒，令召晏子，晏子至，入門，公令樂人奏，歌曰：已哉已哉，寡人不能說也，爾來爲。

從以上的資料，並綜合前文有關賦《詩》言志的論述，我們可以發現，即席創作的歌唱達意表現方式，多出現在一些私人性質的宴飲活動之

〔註35〕《韓詩外傳》卷二載夏桀「爲酒池糟隄，縱靡靡之樂，一鼓而牛飲者三千人。群臣皆相持而歌：江水沛兮，舟楫敗兮，我王廢兮，趣歸於亳，亳亦大兮。又曰：樂兮樂兮，四牡驕兮，六轡沃兮，去不善兮善，何不樂兮？」

〔註36〕同註27。

中，而在公共、正式的宴飲場合中，由於禮儀的規範，則必須以既有詩篇的賦《詩》言志方式呈現。禮壞樂崩，造成《詩經》在宴飲活動中地位的衰落；新貴們的僭禮越禮，使得公宴、私宴逐漸合流，歌唱達意或因此而逐漸取代《詩經》的地位，與宴者以直抒胸懷的方式表達自我情感，而不再受到既有詩作的局限。

漢代以後，宴飲活動的文人色彩逐漸加深，即席創作於是成為宴飲詩的主流。君王除本身創作外〔註37〕，身邊並圍繞著一群言語侍臣，「上有所感，輒使賦之」〔註38〕；對這些文士的即席創作，帝王甚至「第其高下，以差賜帛」〔註39〕，品評作品的高低，帝王的喜好對宴飲詩的數量與品質均有著直接的影響。自此以後，蔚為一種風氣，即席創作成為宴飲集會中不可缺少的活動項目；這種風氣，一直延續到清代猶未歇。

二、從詩歌內容來看：從緣事到緣情，從禮樂的化身到娛樂的工具的變遷過程。

商周時代的宴飲詩，由於和祭鬼祀神、禮節儀式有很密切的關係，有它本身責任很重的儀式使命存在，因此詩篇內容受到這種使命的局限，以緣事為主。有關商代祭鬼祀神活動所歌頌的詩篇，今已無法考見，今可見者，首推《詩經》中諸篇。《詩經》成於周代，其中與祭祀活動有關的宴飲詩篇，如〈小雅·楚茨〉描寫祭祀進行時整個場面；〈大雅·既醉〉寫酒足飯飽之餘，工祝代表神尸對主祭者周王所致的祝詞；〈大雅·鳧鷖〉為周王設宴款待神尸（賓尸）時所唱的詩，滿篇歡宴福祿；〈周頌·絲衣〉前五句寫祭祀儀式，後四句寫祭祀後燕飲賓客的情形。此諸篇的內容很明顯受到祭鬼祀神儀式的影響，是一種儀式的呈現。而晚於《春秋》的《楚辭》，其中如〈九歌〉、

〔註37〕如漢高祖大破黥布反師後，置酒沛宮，酒酣而作〈大風〉之歌；漢武帝與群臣飲燕，歡甚，而自作〈秋風辭〉等均是。

〔註38〕同註11。

〔註39〕《漢書》卷六四〈王褒傳〉。

〈招魂〉等，為楚地民間巫祀興歌作舞的歌劇〔註40〕，代表的文化雖不同，但是內容性質卻相似，皆是以敘事為主。

　　周人重禮，禮由祭鬼祀神而來，宴飲詩自然也受到祭祀儀式與祭祀詩的影響，以緣事為主。為後世所注目的周代宴飲詩，其實是指那些專寫君臣、親朋歡聚宴享的詩歌〔註41〕，周代的宴飲詩，主要保存在《詩經》之中。如前所述，《詩經》中的宴飲詩就宴飲活動而言，是一種既有詩篇的表演，因此在詩作的內容上自然也就受到局限。這是因為《詩經》中宴飲詩所出現的場合，都是禮儀規範下的宴飲活動，因此詩作的內容自然也必須符合禮節的要求。今人趙沛霖研究以為：

> 一般來說，宴飲詩是按禮的要求寫宴飲，但它卻更強調和突出德。〈小雅·鹿鳴〉本為宴群臣嘉賓而作，表現按禮待賓的殷勤厚意。其中特別寫到對於德的嚮往和讚美：「人之好我，示我周行。」「我有嘉賓，德音孔昭。」反映了好禮從善，以德相勉的社會習尚。〈小雅·湛露〉寫夜飲而突出讚美「令德」、「令儀」，即品德涵養，容止風度之美。〈大雅·行葦〉寫祭畢宴父兄耆老和競射，從詩中洋溢著的和樂安詳氣氛，反映出作者對於謙恭誠敬之德的肯定。此外還有更多的宴飲詩如〈小雅·伐木〉、〈魚麗〉、〈南有嘉魚〉、〈蓼蕭〉、〈彤弓〉以及〈瓠葉〉等，或寫酒肴豐盛，或寫款待盛情，其意皆不在酒肴和酬酢本身，而在表現賓主關係和諧和氣氛的融洽，其根本著眼點還在於德。可見這些宴飲詩所歌頌的不僅是宴禮的外在的節文儀式，更重要的是人的內在道德風範，是好禮從善的能動欲求。〔註42〕

簡而言之，《詩經》中的宴飲詩無異就是一種禮樂的化身。而這種禮樂的化身，最終的追求是「和諧」，《國語》卷二〈周語中〉：「飫以顯

〔註40〕姜亮夫《屈原賦校注》（台北：文光圖書有限公司，民國63年）卷二。
〔註41〕此乃趙沛霖〈《詩經》宴飲詩與禮樂文化精神〉（《天津師大學報（社科版）》1989年第六期）一文中對宴飲詩所下的定義。
〔註42〕同註41。

物，宴以合好。」李山先生以爲「『和』是『合好』的效果，是（《詩經》中）宴飲詩所表達的周代文化所遵循的最高精神原則。」，「宴飲詩歌歌唱的是人道的和平政治」〔註43〕。

春秋戰國禮衰樂崩，源自倡優「調謔」的歌唱達意逐漸取代《詩經》在宴飲活動中的地位。既是「調謔」之流，所以能擺脫禮教的包袱，逐漸走向直抒胸臆的方式；亦因爲「調謔」，所以不能脫離事情而獨立，有很強的現實性，亦屬緣事之作。如前引的優施、晏子與齊莊公之詩，皆屬此類。

在宴飲詩的發展史上，漢代居於重要的關鍵期，一方面代表著詩歌由「緣事」轉向於「緣情」的內容表現，一方面又標誌著宴飲詩文學遊戲的地位成形。就前者而言，先秦詩作雖以「緣事」爲主，然而在「緣事」的作品中，卻又發展出賦《詩》言志的「緣情」的詩歌表現方式，此在前一小節中已詳細解說過。漢代由於賦《詩》言志與歌唱達意二種文化系統的合流，在宴飲活動中，人們藉著歌唱達意（詩歌的創作）的方式來「言志」，如漢高祖〈大風〉之歌的慷慨豪邁，漢武帝〈秋風辭〉中對時間的慨嘆，廣陵王劉胥〈歌〉、後漢少帝劉辯〈悲歌〉二詩中流露出對死亡的悲傷等等，皆是這種歌唱達意的「緣情」、「言志」的作品〔註44〕。漢代詩作今可見者雖不多，但已可證知這種「緣情」的寫作方式，在漢代已經出現。今日研究宴飲詩的學者，對漢代或略而不談，直接從《詩經》跳到建安時期，以致乎誤認宴飲詩的發展於漢魏之際有一巨大的轉折，即由「緣事」到「緣情」〔註45〕。其實這種轉折，是一種漸進的變化，是從西漢初（或者更早）一直到建安年間，經歷近四百年

〔註43〕同註3。頁79～104。
〔註44〕所引諸詩具見《先秦漢魏晉南北朝詩》（臺北：學海出版社）卷二。
〔註45〕此語出自朱一清、周威兵〈從「緣事」到「緣情」——論「三曹」對《詩經》宴飲詩的發展〉一文。此外，如王利鎖〈試論建安時期的宴游詩〉中亦以爲漢代「辭賦中宴游生活的描寫，是爲了突出統治者的奢侈淫靡，富庶豪華，……而不是爲了表現主體的精神風貌。」對漢代的宴飲詩略而不談。

的歲月累積出來的成果，而非「三曹」的功勞。

　　宴飲詩文學遊戲地位的成形，和倡優的歌唱達意，以及戰國以來盛行的養士之風有很密切的關係。在宴飲活動之中，倡優乃提供耳目娛樂的人，自春秋戰國禮崩樂壞之後，《詩》與樂分家〔註46〕，更多的新樂被引進宴飲活動之中，宴飲活動更形豐富多樣，倡優的歌唱達意，漸為眾人所運用，於是愛好這一類作品的主人，便致力於羅致此種能文之士，因為主從的雅興相同，於是便有篇章傳世，貴遊文學於是乎成形。最早如楚襄王時的宋玉、景差、唐勒等人皆屬之。漢興，這種風氣更加盛行，言語侍臣陪侍君王左右，時與遊處，取倡優的「調謔」特質，加以文學美化而成篇章，異於倡優，又類於倡優。《漢書》卷五一〈枚皋傳〉載：

> 皋不通經術，詼笑類俳倡，為賦頌，好嫚戲，以故得媟黷貴幸，比東方朔、郭舍人等；……皋辭賦中自言為賦不如相如，又言為賦乃俳，見視如倡，自悔類倡也。

司馬遷亦慨嘆「主上所戲弄，倡優蓄之，流俗之所輕也」。這類作家，如東方朔、枚皋等人，在貴遊宴飲活動中的地位，其實並不比倡優高，雖得主上寵愛，但卻未獲得他們想要的尊重。他們的作品數量當時雖或不少，然內容「詼笑類俳倡」，僅是一種遊戲性質，無甚可觀，世人的評價並不高，「議者多以淫靡不急」〔註47〕，或以與博奕同論〔註48〕，認為同是供人遊戲的工具而已，因而這類作品甚少流傳下來〔註49〕。

〔註46〕今人楊華先生以為「賦《詩》言志的衰落過程，是禮崩樂壞的過程，也是詩歌與音樂分開獨立發展的過程。音樂不在只是作為《詩經》的表現形式而依附於《詩經》，它脫離了《詩經》走出廟堂，產生出帶有鮮明地域色彩的民間樂舞，徹底實現著樂舞的功能。樂與《詩》分家了。」同註33，頁193～194。

〔註47〕同註39。

〔註48〕漢宣帝雖認為其「賢於博奕倡優遠矣」（《漢書》卷六四〈王襃傳〉），但若去除其「諷諭」的功用，實等同於博奕而已，鍾嶸《詩品序》云：「詩之為技，校爾可知，以類推之，殆均博奕」。

〔註49〕《史記》卷一二六〈滑稽列傳〉中載有東方朔歌一首：「陸沉於俗，避世金馬門；宮殿中可以避世全身，何必深山之中蒿廬之下。」現

　　雖然如此，這種「貴遊文學」對後世影響卻是深刻的〔註 50〕，專就宴飲活動而言，促使文學與學術分途：一方面文章成爲士大夫的專利品，一方面亦產生了只會寫文章的士大夫；且流弊所至，文學作品便如排字遊戲，於是在宴飲活動之中，各種以詩爲戲的方法便產生出來了〔註 51〕。漢代以後宴飲詩風貌的多樣，殆源於此。

　　建安時期宴飲詩基本上仍是屬貴遊文學作品，然而之所以爲後人所注目，是因爲它在文學表現上的成就，而這和主上對待態度的不同實有密切的關係。鄭毓瑜先生承接王夢鷗、林文月兩先生觀點，認爲：

> 建安文學創作活動中，曹氏父子不但不是高高在上的旁觀者，反而親自參與，而保持一種平等關係。因此，除了王粲〈公讌〉詩於篇末四句祝願孟德符比周公，難免「媚附」之譏以外，其餘建安文士的侍讌作品，莫不以彼此共同體驗、享受的戲遊逍遙、極歡縱意爲篇章的主題重心，而與立足於君臣關係、著眼於雄圖大業──所謂「體國經野」、「諷諫自慰」的兩漢賦作迥異遠別；也由於這個嶄新的立場，建安遊讌正以其不同於「溫雅」、「麗則」的激越豪放之姿新人耳目。〔註 52〕

劉勰《文心雕龍》卷二〈明詩〉說明建安詩的特點是：

> 並憐風月，狎池苑，述恩榮，敍酣宴；慷慨以使氣，磊落以使才。造懷指事，不求纖密之巧；驅辭逐貌，惟取昭晰之能。

存僅此一首。

〔註50〕詳見王夢鷗〈從士大夫文學到貴遊文學〉，收入氏著《傳統文學論衡》（台北：時報出版公司，1987 年），頁 22。

〔註51〕傳言漢武帝曾置酒柏梁臺，「詔群臣二千石有能爲七言詩者，乃得上坐」，會中人各賦一句而成篇。此事是否爲漢武故事雖頗可疑，但柏梁詩作成於漢代卻無可置疑，這種人各賦一句的寫作方式，開啓後代集體創作的風氣，柏梁體遂成一種新的詩歌體式，在宴飲活動中成爲助興的工具。然而以詩爲戲正式登上宴飲活動的舞臺、成爲重頭戲，卻要等到南北朝時期。

〔註52〕見鄭毓瑜〈試論公讌詩之於鄴下文士集團的象徵意義〉一文，收入氏著《六朝情境美學綜論》（臺北：學生書局，1996 年），頁 178。

建安詩人創作雖「以氣爲主」，然難脫貴遊文學特色，尙綺之風已漸：「敘酣宴」，描寫上極力鋪陳「酒酣耳熱、絲竹並奏」的熱鬧場面，遣辭造句上注重豔色詞的選用。這種傾向，隨著社會奢華風尙的流行，越來越明顯，晉代詩風「稍入輕綺」，至於南北朝，漸形成宮體之風。

　　建安時期的宴飲詩對後代的影響除上述外，另可以從二方面言之：首先是對山水詩的影響。中國山水詩的寫作發展是由苑囿山水走向自然山水，建安時期的宴飲詩，或即也以苑囿山水爲描寫對象，而這一類作品的結構方式，多半可分爲三個部分：宴飲的內容、宴飲的環境、宴飲的感受。在這三個部分中，建安詩人把大量的筆墨放在環境的勾勒上，這種環境的勾勒，就是一種山水的描寫。建安詩人的這種寫作方式，對後來的山水詩產生了深遠的影響，如謝靈運的詩「結構多半用敘事——寫景——說理的章法」〔註53〕，就是繼承自建安宴飲詩的寫法。其次，這種山水式宴飲詩結構方式一直到唐初仍爲宴飲詩的標準範式，爲後來詩家所遵循。

　　晉代以後，宴飲活動逐漸普及，只要是經濟能力許可，人人皆可以舉辦宴會，宴飲活動漸趨於大型，然而政治上的黑暗，促使文士由儒家的積極用世轉變爲道家的消極避世，這種心態上的大轉變對宴飲詩的內容造成影響，鄭毓瑜以爲：

> 承繼這（建安）宴飲遊會的生活文化，如後來的金谷、蘭亭集會，則不但已非公讌型態，更沒有建安文士爲轉換「官屬」角色至於「文人」角色（非政治體系）——亦即標榜「立言」足與「立功」同樣不朽的自命自視。因此在一般的主客對應之中，或是玄對山水，或是惜時悲逝，關懷的議題既然不同，所謂「建安風力」也就不復存在了。〔註54〕

「建安風力」既已不存，所剩下的就只有貴遊文學的遊戲特質與「緣情」的表現手法而已。這種情形，到了南北朝時期更爲明顯。前已提

〔註53〕游國恩《中國文學史》。
〔註54〕同註52。

過，南北朝時期，整個社會沉迷在淫靡腐化的風氣中，而這種淫靡腐化的風氣，是以「俗」為指標。尚「俗」的風氣，首先和南朝帝王新貴的生活情趣與審美情趣有關。南朝的帝王多出身寒門，這些寒門帝王為了鞏固其政權，不斷加強與提高寒士階級的政治地位，造成「江左世族無功臣」〔註55〕，「南朝多以寒人掌機要」〔註56〕。然而，這些出自寒門新貴們的文化素養畢竟和傳統的文人士大夫有些的差距，生活情趣和審美情趣也不如傳統的文人士大夫那麼高雅，如齊鬱林王就認為做「天王」「不如做市井屠沽富兒百倍矣」〔註57〕，宋少帝甚至「於華林園為列肆，親自酤賣」〔註58〕。在這樣尚俗的新貴們引導之下，於是在宴飲活動之中，風雅的吟詩敘志轉變為鬥智較勁的文字遊戲，詩歌的遊戲特質大大地被發揮了，各式各樣的文字遊戲方式於是乎產生，宴飲詩的風貌也更趨於多元。這種現象，在以前從未曾出現過。就今日可見南北朝有關宴飲的資料作分析，可以考見的文字遊戲方式有：

1. 聯句。相傳源自漢武帝〈柏梁臺詩〉，乃一人一句一韻，相聯成篇。如梁簡文帝與群臣的〈曲水聯句〉（《先秦漢魏晉南北朝詩・梁詩》卷二二）、梁元帝與群臣的〈宴清言殿作柏梁體〉（《梁詩》卷二五）；此聯句或以楚辭體為之，如北魏孝文帝與群臣的〈縣瓠方丈竹堂饗侍臣聯句〉（《北魏詩》卷一）等。

2. 迴文。詩中字句往復讀之皆可成章。如梁元帝〈後園作迴文詩〉（《梁詩》卷二五）等。

3. 離合。析合字體以成詩。如宋謝惠連〈夜集作離合〉（《宋詩》卷四）、宋賀道慶〈離合詩〉（《宋詩》卷一〇）等。

4. 限韻。或以分韻方式，先規定若干字為韻，各人分拈韻字，

〔註55〕趙翼《廿二史箚記》卷十二〈江左世族無功臣〉云：「江左諸帝，皆出素族。……其他立功立事，為國宣力者，亦皆出於寒人。」

〔註56〕同註55，卷八。

〔註57〕《南齊書》卷四〈鬱林王紀〉。

〔註58〕《宋書》卷四〈少帝紀〉。

依韻而寫，如梁曹景宗〈光華殿侍宴賦競病韻〉（《梁詩》卷五）、陳後主〈立春日汎舟玄圃各賦一字六韻成篇〉（《陳詩》卷四）；或限定使用的韻字，如陳後主〈上巳玄圃宣猷堂禊飲同共八韻〉（《陳詩》卷四）等。

5. 詠物。或指定所詠之物，如梁劉孝綽〈於座應令詠梨花〉（《梁詩》卷一〇）、梁沈約〈侍宴詠反舌〉（《梁詩》卷七）、梁劉孝威〈禊飲嘉樂殿詠曲水中燭影〉（《梁詩》卷十八）；或各詠一物，陳陸瓊〈玄圃宴各詠一物得箏〉（《陳詩》卷五）；或就屋中之物擇而詠之，如陳後主〈七夕宴宣猷堂各賦一韻詠五物，自足爲十，並牛女一首五韻。物次第用，得：帳、屏風、案、唾壺、履〉（《陳詩》卷四）；或詠歌妓、姬人，如梁王僧孺〈在王晉安酒席數韻〉（《梁詩》卷十二）等。

6. 賦得。以現成字句爲題，題前多冠以「賦得」二字，如梁劉孝威〈侍宴賦得龍沙宵明月〉（《梁詩》卷十八）、陳江總〈侍宴賦得起坐彈鳴琴〉（《陳詩》卷八）、陳陰鏗〈侍宴賦得夾池竹〉（《陳詩》卷一）等。

7. 唱和。應皇帝命，和其所作詩，稱奉和，如梁簡文帝〈和武帝宴詩二首〉（《梁詩》卷二一）；應太子命和詩，稱應令，如梁劉孝綽〈侍宴同劉公幹應令〉（《梁詩》卷十六）、梁元帝〈和林下作妓應令〉（《梁詩》卷二五）；應諸王命和詩，稱應教，如陳張正見〈初春賦得池應教〉（《陳詩》卷三）等。

8. 限定句數。如陳後主〈獻歲立春光風具美汎舟玄圃各賦六韻〉（《陳詩》卷四）、〈七夕宴玄圃各賦五韻〉（《陳詩》卷四）等。

9. 限定作詩條件。或限定詩篇長度與寫作時間，如《梁書》卷四九〈文學傳〉所載：「時高祖宴華光殿，命群臣賦詩，獨詔（到）沆爲二百字，三刻使成。沆于坐立奏，其文甚美。」

10. 戲題。乃隨興之作。《南史》卷三九〈劉孺傳〉：「武帝宴壽光殿，詔群臣賦詩。時劉孺與張率並醉未成，武帝取孺手板題

戲之：商率東南美，劉孺洛陽才，攬筆便應就，何事久遲回。」
以上僅就可考知的宴飲詩部分作一簡略的整理。除上述之外，南北朝
文字遊戲的方式尚有多種，唯無法確知與宴飲活動是否有關，因此略
而不談。雖如此，然就上述的文字遊戲中，我們已可發現到當時社會
上這種以詩為戲風氣的興盛，賓主在舞文弄墨中盡歡，增進宴飲活動
中愉悅的氣氛，促使情感的交融。

南北朝時期的宴飲活動除了以文字為戲，增進活動氣氛外，尚「俗」
的特質，也促使吳歌、西曲等表現市井風情的民歌，大量地湧入宮廷
貴族的生活圈子，成為宴會中助興的工具之一，文人模擬傳唱民歌，
更為宴飲詩注入了新的生命力。若從形式上來看，建安時期宴飲詩以
五言為主，兩晉宴飲詩中四言過半（主要發生於公宴活動中），五言亦
不少（多發生於私人宴集場合中）；而到了南北朝時期，四言詩雖仍有
所創作，然多出現在廟堂之宴，如皇太子釋奠宴等，一般宴集中所創
作的，以五言詩為主，除此之外，尚有七言詩、雜言詩、樂府詩、吳
歌西曲等的創作，此皆可以看出南北朝時期宴飲詩風貌的豐富多樣。

然而相對於宴飲詩風貌的豐富多元，南北朝宴飲詩的內容，卻是
異常的貧乏，除了詠物之作必須專就所詠之物加以描寫之外，其餘詩
作的結構大致上可以分為對主上的頌美、宴飲的內容（或宴飲的環
境）、自我的謙詞三部分。然而不論是對主上的頌美，或是自我的謙
詞部分，都表現出一派阿諛、諂媚的味道，力圖渲染出繁華大同清明
的盛世假象；而在宴飲的內容（或宴飲的環境）描寫上，則是極其雕
飾，「綺縠紛披，宮徵靡曼」〔註59〕，這種現象，在齊梁之後更為明
顯。今人葛曉音先生以為：

> 在一年可以三易主的時代，人們看慣了篡亂，變得麻木不
> 仁起來，無論寒族、士族，都不再以認真的態度去思考人
> 生的意義和對社會的責任，⋯⋯南北朝文人普遍處在這樣
> 的精神狀態中，⋯⋯這就促使他們片面發展了建安詩「憐

〔註59〕蕭繹《金樓子·立言》。

> 風月、狎池苑、敍酬宴、述恩榮」這類內容，並從中抽去
> 了探索人生意義的精髓，把晉宋以前偏向於言志述懷的抒
> 情詩轉爲應酬、娛情。〔註60〕

陪侍新貴游宴的宴飲詩正是這種現象的寫照。

　　雖然，在這種「綺縠紛披，宮徵靡曼」的賦詩遊戲中，我們卻可
以感受到由《詩經》以來宴飲詩篇呈現「和諧」精神的傳統，只不過
《詩經》中所追求的是一種禮樂教化下，彬彬有禮的宗族社會秩序和
諧，而魏晉南北朝時期所追求的只是宴飲活動場合中，賓主盡歡的表
面和諧假象而已，因此他們發展出種種的賦詩文字遊戲規則，以求在
齊一的情形下從事賦作。宴飲詩發展至此，不再有嚴肅的、積極的、
正面的教化意義，而只淪爲妝點宴飲活動時與宴者表面情感和諧的文
字工具而已。

　　隋代短短不到三十年，前儉後奢，淫靡尤甚於前代，因此整個大
時代的風氣並沒有因爲改朝換代而有什麼影響，宴飲詩想要從游戲中
脫困，找到一條康莊大道，必須等到唐帝國建立後方才有轉機的可能。

　　宴飲詩從先秦的「緣事」，到漢以後逐漸轉爲「緣情」；又從周代
禮樂的化身走向南北朝時娛樂的工具。這些轉變，正代表著人性的逐
漸崛起，與崛起後缺乏正確的引導，以至於自我的迷失的歷程。宴飲
詩就像一面鏡子，反映出人性的自我轉折。唐代的宴飲詩，就在前代
所構築的這樣的起跑點上，蓄勢待發。

〔註60〕同註20。

第三章　唐代宴飲詩的寫作背景

　　詩歌的寫作，根源於客觀的社會之中，文藝心理學者認為：「任何創作過程實際上都包含了"客觀世界→主觀反映和加工→藝術形象"三個環節。」〔註1〕，結構主義者亦主張把事物或經驗放到它自己是其中的一部分的那個結構中去，方能了解到它的意義。因此，想要了解唐代宴飲詩的寫作情形，必須先了解它的寫作背景；了解它產生的客觀世界情況，方能對唐代宴飲詩的寫作有進一層的認識。以下試從時代背景、宴飲活動的舉行情形以及詩歌在宴飲活動中的存在方式三層次，了解唐代宴飲詩的寫作背景。

第一節　唐代宴飲詩的時代背景

　　宴飲詩根著於社會宴飲文化之中，一個時代有一個時代的環境、局面，在相同的文化傳統源流下，不同的時代產生具有自我特色的時代文化。唐代的自由開放與繁榮富庶，造成了有唐一代的文化光輝，在中國五千年悠久的歷史中熠熠放光芒。而唐代的宴飲詩，就是在這樣一個光芒萬丈的大環境下，承繼著前人的習俗，更加蓬勃的發展起

〔註1〕　見金開誠、張化本合著《文藝心理學》（吉林：吉林教育出版社，1988年），頁9。

來。有關唐代宴飲詩的時代背景，以下分別從政治、經濟、社會、文化等四方面，做一個考察。

一、政治背景

政治權力對事物的發展擁有絕對的掌控權，領導著社會風氣的發展，因而研究文學發展，不可輕忽政治因素的影響。以下試圖打破時代局限，從整個唐代的普遍狀況，分從三部分來進行敘述。

（一）君主的態度

延續六朝沉迷宴飲活動的風氣，唐代帝王本身也是宴飲活動的喜好者。從開國起，就有不斷的宴飲活動，雖或不如隋代動輒數千人，遠近蠻夷皆集，然活動規模亦頗爲可觀〔註2〕。等到帝業穩固之後，宴飲活動更爲頻繁，如《唐詩紀事》卷一載唐中宗事：

> 帝謂侍臣曰：「今天下無事，朝野多歡，欲與卿等詞人，時賦詩宴樂，可識朕意，不須惜醉。」

帝王宴樂已經不再需要特殊事情、特殊節日等任何理由，只因「天下無事，朝野多歡」，這種隨性的「賦詩宴樂」遊樂方式，從此變成了唐代君王的生活之一。「春幸梨園，並渭水祓除，則賜柳圈辟癘；夏宴蒲萄園，賜朱櫻；秋登慈恩浮圖，獻菊花酒稱壽；冬幸新豐，歷白鹿觀，上驪山，賜浴湯池，給香粉蘭澤。」〔註3〕歷經安史大動亂，唐帝國一度幾近於覆亡，雖如此，後來的帝王卻沒有從中得到教訓，反而更沉迷於宴飲遊樂生活，如史言穆宗「荒於酒色」〔註4〕，敬宗

〔註2〕如《舊唐書》卷一〈高祖紀〉載武德六年（623），「幸昆明池，宴百官。」；又貞觀八年（634）三月，唐高祖讌西突厥使者於兩儀殿，顧謂長孫無忌曰：「當今蠻夷率服，古未嘗有。」；同年又置酒於未央宮，三品以上咸侍，命突厥頡利可汗起舞，又遣南越酋長馮智戴詠詩，以爲「胡、越一家，自古未之有也。」

〔註3〕《唐詩紀事》卷九〈李適〉。

〔註4〕《舊唐書》卷十六〈穆宗紀〉。又卷一七三〈鄭覃傳〉云：「穆宗不恤政事，喜遊宴。」同卷〈李珏傳〉亦言：「穆宗荒於酒色，纔終易月之制，即與勳臣飲宴。」

「荒僻日甚，遊幸無恆」「坐朝月不二三度」〔註5〕，而懿宗荒淫更甚之：

> 好音樂、燕遊。殿前供奉樂工，常近五百人。每月宴設，不減十餘，水陸皆備。聽樂、觀優，不知厭倦。賜與動及千緡。曲江、昆明、灞、滻、南宮、北苑、昭應、咸陽，所欲遊幸即行，不待供置。有司常具音樂、飲食、幄帟，諸王立馬，以備陪從。每行幸，內外諸司扈從十餘萬，所費不可勝紀。〔註6〕

「每月宴設，不減十餘」，可見次數的頻繁。而宴飲活動的舉行，或不僅一日，如元和十三年（818），憲宗「御麟德殿，宴群臣，大合樂，凡三日而罷，頒賜有差。」〔註7〕；寶曆二年（826），敬宗「大合宴於宣和殿，陳百戲，自甲戌至丙子方已。」〔註8〕帝王的喜好宴樂，對社會上起了很大的示範作用。

　　而在另一方面，唐代帝王不僅是自身喜好宴飲活動而已，更直接以朝廷的力量，公開提倡、鼓勵臣下宴飲享樂。玄宗時代，經濟富庶，海內無事，帝王除舉行宴會，召百官共行遊樂外，更鼓勵臣下進行宴飲的享樂活動，或直接賜錢贊助，如開元十八年（730）春，「命侍臣及百僚每旬暇日尋勝地讌樂，仍賜錢令所司供帳造食」〔註9〕，翌年又命賜之〔註10〕。然而這種「每旬暇日」宴樂，漸漸不能滿足唐人宴

〔註5〕《舊唐書》卷一七四〈李德裕傳〉。
〔註6〕呂思勉《隋唐五代史》（台北：九思出版社，1977年）第九章，頁451。
〔註7〕《舊唐書》卷十五〈憲宗紀〉。
〔註8〕《舊唐書》卷十七〈敬宗紀〉。
〔註9〕《舊唐書》卷八〈玄宗紀〉。
〔註10〕《唐大詔令集》卷八十〈賜百官錢令逐勝宴集敕〉：「思順時令，以申惠澤，咸宜邀歡芳月，繼賞前春，夙夜在公，既同咸一之理，休沐式宴，俾共昇平之樂，中書門下及供奉官、嗣王郡王、左右丞相、少傅賓客、諸司三品以上長官、侍郎少卿、少匠、司業、少尹、兩縣令、都水使、朝集使、上佐已上，并新除未赴任者、及東宮諸司長官、中舍中允、少詹事、諭德、中郎率府蕃官、三品已上，至春末已來，每至假日，宜準去年正月二十九日敕，賜錢造食，任逐勝賞。（開元十九年〔731〕二月）」

游的需求，因此玄宗後來又下詔，「自今後，非惟旬休及節假，百官等曹務無事之後，任追遊宴樂。」〔註11〕；開元二十九年（741），又詔「親王已下及內外官各賜錢令讌樂」〔註12〕。玄宗這種對臣下從事宴樂鼓勵的態度，促使盛唐公暇時宴飲活動頻仍〔註13〕。

　　經歷過安史亂後，唐國力大不如前，帝王對宴飲活動的態度開始有了轉變。首先是德宗。表面上，德宗雖然屢屢賜錢「任文武百僚選勝地追賞爲樂」，直接鼓勵宴飲活動的進行〔註14〕，實際上對群臣的宴集活動是加以嚴密管制的，「朝官或相過從，金吾皆上聞」〔註15〕，結果造成「人家不敢歡宴，朝士不敢過從，眾心無憀，以爲不可」〔註16〕。這種情形一直要到憲宗時期方見改變：元和二年（807），憲宗下詔：「百僚遊宴過從錢別，此後所由不得奏報，務從歡泰」〔註17〕，「蓋以己之

〔註11〕《全唐文》卷三十三〈許百官遊宴詔〉。

〔註12〕同註9。

〔註13〕如孟浩然〈奉先張明府休沐還鄉海亭宴集〉：「歸來休澣日，始得賞心諧」（《孟浩然詩集箋注》卷二）；孟浩然〈宴包二融宅〉：「五日休沐歸，相攜竹林下」（《孟浩然詩集箋注》卷一）；岑參〈與鄠縣源少府泛渼陂〉：「憐君公事後，陂上日娛賓」（《岑參詩集編年箋註》頁256）。明白爲公暇之作。

〔註14〕《舊唐書》卷十三〈德宗紀〉：「（貞元四年〔788〕）九月丙午，詔：『比者卿士內外，朝夕公門，勤勞庶務。今方隅無事，烝庶小康，其正月晦日、三月三日、九月九日三節日，宜任文武百僚選勝地追賞爲樂。每節宰相及常參官共賜錢五百貫文，翰林學士一百貫文，左右神威、神策等軍每廂共賜錢五百貫文，金吾、英武、威遠及諸衛將軍共賜錢二百貫文，客省奏事共賜錢一百貫文，委度支每節前五日支付，永爲常式。』」

〔註15〕《舊唐書》卷十三〈德宗紀〉：「（貞元十四年〔798〕正月）甲午，敕：『比來朝官或相過從，金吾皆上聞。其間如是親故，或嘗同僚，伏臘歲時，須有還往，亦人倫常禮，今後不須奏聞。』」由此敕中，可以看出這種管制的嚴格，在貞元十四年以前，或已達到滴宴不漏，率皆上聞的地步。

〔註16〕白居易〈論左降獨孤朗等狀〉：「臣又見貞元之末，時政嚴急，人家不敢歡宴，朝士不敢過從，眾心無憀，以爲不可。」見《白居易集》卷六○。

〔註17〕《舊唐書》卷十四〈憲宗紀〉元和二年（807）十二月。

所安，思與人之共樂」〔註18〕，至此之後，宴飲活動方見解禁。因爲君王的喜好，思與民同樂的心態影響下，上行下效，蔚爲流風〔註19〕，雖然帝國已經衰敗，天災人禍不斷，物價騰貴，但君臣上下依舊沉迷於宴樂之中，不恤政事，《舊唐書》卷十六〈穆宗紀〉中記載道：

> （長慶元年二月）上觀雜伎樂於麟德殿，歡甚，顧謂給事中丁公著曰：「比聞外間公卿士庶時爲歡宴，蓋時和民安，甚慰予心。」公著對曰：「誠有此事。然臣之愚見，風俗如此，亦不足嘉。……國家自天寶已後，風俗奢靡，宴席以諠譁沉湎爲樂。而居重位、秉大權者，優雜倨肆於公吏之間，曾無愧恥。公私相效，漸以成俗，由是物務多廢。……」時上荒于酒樂，公著因對諷之。

百官沉迷於宴飲活動中，造成物務多廢，而帝王卻仍以爲「時和民安，甚慰予心」，流風所煽，弊病越熾，以致後來唐武宗不得不下詔限制〔註20〕，這種禁止，直到宣宗朝才有所改變〔註21〕。

　　再次的開禁後，隨著大唐帝國的日暮西山，社會更沉迷於及時行樂的宴飲活動之中，「十年一覺揚州夢，贏得青樓薄倖名」〔註22〕，不

〔註18〕白居易〈答李扞謝許遊宴表〉：「臣朕自御萬方，僅經三載，運逢休泰，俗漸平和，當朝野無虞之時，見君相遇之樂。是故去滋彰之化，宏優貸之恩，近自宗親，下及士庶，賜其宴衎，遂以優游，蓋以己之所安，思與人之共樂。」，《全唐文》卷六六五。

〔註19〕《唐國史補》卷下：「長安風俗，自貞元侈于遊宴。」

〔註20〕《全唐文》卷七十六〈戒官僚宴會詔〉：「州縣官比聞縱情杯酒之間，施刑喜怒之際，致使簿書停廢，獄訟滯冤。其縣令每月非暇日，不得輒會賓客遊宴；其刺史除暇日外，有賓客須申宴餞者聽之，仍須簡省；諸道觀察使，任居廉察，表率一方，宜自勵清規，以爲程法。」武宗的禁止令不僅只在官員身上作用而已，甚至連新進進士及第宴會也加以禁止，但是「既遇春節，難阻良遊，三五人自爲宴樂，並無所禁，唯不得聚集同年進士，廣爲宴會。」（李德裕〈停進士宴會題名疏〉《全唐文》卷七〇一）一般遊宴並不在禁止之列。

〔註21〕大中元年（847），宣宗下詔曰：「自今進士放榜後，杏園依舊宴集，有司不得禁制。」見《舊唐書》卷十八〈宣宗紀〉。

〔註22〕杜牧〈遣懷〉，《全唐詩》卷五二四。

僅是杜牧（803〜852）的自白，更是當時的社會風氣。因此我們可以看出，終唐之世，在君王的喜好與提倡之下，唐代的宴飲活動於是上繼六朝的餘習，在社會中更加蓬勃的舉行，雖其中少數君王時曾加以禁止，但終難掩其蓬勃之勢，而寄身於宴飲活動中的宴飲詩，亦因而更爲昌盛。

（二）仕進的需求

唐代取士方式眾多，或由科舉，或由薦舉，打破魏晉九品中正制度「上品無寒門，下品無世族」的局限，只要才華足夠，人人皆有爲官、實現自己理想抱負的機會：「科第之設，草澤望之起家，簪纓望之繼世。」〔註23〕；且唐代的政治昌明，國勢鼎盛，正是文士實現自我理想的最佳時機，因此唐代的文士，在寒窗苦讀之後，莫不汲汲營營地追求仕進的可能。

唐代尋求仕進的文士頗多，每年光進士一科求舉者，至少也有數百人以上，甚至超過千人〔註24〕，「孟冬之月，集於京師，麻衣如雪，滿於九衢」〔註25〕在這麼眾多的文士之中，以唐人最重視的進士科爲例，所錄取的名額，就清徐松《登科記考》所錄，每年多爲二、三十人，晚唐高鍇掌貢部三年，每歲登第者四十人，即有「其數過多，則乖精選」之語〔註26〕。柳宗元（773〜819）〈送辛殆庶下第遊南鄭序〉云：

> 朝廷用文字求士，每歲布衣束帶偕計吏而造有司者，僅半孔徒之數。……僕在京師凡九年，於今其間得意者，二百

〔註23〕王定保《唐摭言》卷九。

〔註24〕柳宗元〈送韋七秀才下第求益友序〉：「若今由州郡抵有司求進士者，歲數百人。」（《全唐文》卷五七八）。韓愈〈送權秀才序〉：「余常觀於皇都，每年貢士至千餘人。」（《韓昌黎文集校注》卷四）。又《冊府元龜》卷六五一〈貢舉部·謬濫〉記宣宗大中十四年（860）的考試狀況：「時舉子尤盛，進士過千人。」

〔註25〕五代牛希濟〈薦士論〉，《全唐文》卷八四六。

〔註26〕《舊唐書》卷一六八〈高鍇傳〉：「（高鍇）凡掌貢部三年，每歲登第者四十人。三年牓出後，敕曰：『進士每歲四十人，其數過多，則乖精選。官途填委，要窒其源，宜改每年限放三十人，如不登其數，亦聽。』」

有六十人。〔註27〕

孔子之徒三千人，半孔徒之數即一千五百人之眾。又九年間得意者僅二百六十人，可見每年所錄取的人數不及三十人，如此算來，錄取率不過百分之二、三而已，在千餘人中，想要脫穎而出，實在不是一件容易的事。由此可見及第的困難程度於一斑。

　　然而不論是科舉或薦舉何種取士方式，文士是否能夠得第任官，關鍵在於是否得到有力人士的援引、推薦。如薛用弱《集異記》卷二載王維（699～759）得公主的推薦而為解頭，一舉登第故事，雖經後人考證，認為這件事不可能發生在王維身上〔註28〕，然而這個故事仍有它不可抹煞的時代價值：它寫出了貴戚之家對科舉考試的干涉情形。又如吳武陵的舉薦杜牧於主試官崔郾，在考試舉行之前即已知得第五名〔註29〕。諸如此類，都是在考試開始之前，名次或早已經確定了，因此可以看出，得一有力人士為之推薦，是何等重要的事。

　　在眾多舉子之中，想要得到有力者的特別推薦，除直接登門行卷外，名聲的建立也是一件很重要的事。而名聲建立的最好所在，就是宴飲場合。宴飲場合中湊集多人參與，如果能夠在其中出類拔萃，正是顯揚自我名聲的好機會，於是有心仕進的文人，往往利用

〔註27〕《全唐文》卷五七八。

〔註28〕詳細考述見傅璇琮《唐代科舉與文學》（臺北：文史哲出版社，1994年），頁67。

〔註29〕《唐摭言》卷六：「崔郾侍郎既拜命，於東都試舉人，三署公卿皆祖於長樂傳舍，冠蓋之盛，罕有加也。時吳武陵任太學博士，策蹇而至。郾聞其來，微訝之，乃離席與言。武陵曰：『侍郎以峻德偉望，為明天子選才俊，武陵敢不薄施塵露！向者，偶見太學生十數輩，揚眉抵掌，讀一卷文書，就而觀之，乃進士杜牧〈阿房宮賦〉。若其人，真王佐才也，侍郎官重，必恐未暇披覽。』於是搢笏朗宣一遍。郾大奇之，武陵曰：『請侍郎與狀頭。』郾曰：『已有人。』曰：『不得已，即第五人。』郾未遑對。武陵曰：『不爾，即請此賦。』郾應聲曰：『敬依所教。』既即席，白諸公曰：『適吳太學以第五人見惠。』或曰：『為誰？』曰：『杜牧。』眾中有以牧不拘細行間之者，郾曰：『已許吳君矣。牧雖屠沽，不能易也。』」。

宴飲場合，想辦法找機會力求表現。如元辛文房《唐才子傳》卷六載章孝標事：

> 李紳鎮淮東時，春雪，孝標參座席，有詩名，紳命札請賦，唯然，索筆一揮云：「六出花飛處處飄，粘窗拂砌上寒條。朱門到晚難盈尺，盡是三軍喜氣消。」李大稱賞，薦於主文。元和十四年禮部侍郎庾承宣下進士及第，授校書郎。

又如五代王定保《唐摭言》卷二所載〈爭解元〉故事：

> 白樂天典杭州，江東進士多奔杭取解。時張祐自負詩名，以首冠為己任。既而徐凝後至。會郡中有宴，樂天諷二子矛盾。祐曰：「僕為解元，宜矣。」凝曰：「君有何嘉句？」祐曰：「甘露寺詩有『日月光先到，山河勢盡來。』；金山寺詩有『樹影中流見，鐘聲兩岸聞。』」凝曰：「善則善矣，奈何野人句云：『千古長如白練飛，一條界破青山色。』」祐愕然不對。於是一座盡傾，凝奪之矣。

在這二則故事中，求仕進的文士都是利用宴飲的機會，表現出自己的與眾不同處。侯迺慧先生認為：「許多文人在科舉及第前藉著宴會上的行酒賦詩以逞其才思文藝，以博得試前的良好印象與肯定，均有助於考試結果的取落；所以為文學而文學是此類宴遊的重要目的之一。」〔註30〕這種利用宴飲場合求取名聲的方式，在中唐以後，正式蔚為一種風氣：

> 貞元（785～804）時應進士舉者，多務朋遊，馳逐聲名。每歲冬，州府薦送後，唯追奉讌集，罕肄其業。〔註31〕

《柳宗元集》卷二三〈送辛生下第序略〉韓醇注，提及高郢（740～811）知舉時，亦說：「時四方士務朋比，更相薦荐，以動有司，徇名亡實。」舉子們來到京師求舉，以結交朋輩，從事交際酬宴方式，造成輿論，影響有司，達成中舉目的。這種情形，在一些所謂「勢門子

〔註30〕侯迺慧《詩情與幽境——唐代文人的園林生活》（台北：東大圖書公司，1991年），頁312。

〔註31〕《舊唐書》卷一四七〈高郢傳〉。

弟」身上，尤爲明顯，《舊唐書》卷一六四〈王播傳〉中提到：「貢舉猥濫，勢門子弟，交相酬酢，寒門俊造，十棄六七。」科舉考試不再公平，宴飲酬酢的功效遠比臨場考試時憑藉實力大了許多，於是宴飲活動與宴飲詩的地位，也因此分外重要了起來。

　　由於朝廷取士重推薦的結果，促使文士在行卷之餘，更求表現，於是或在宴集場合中行酒賦詩，逞才使能，希望能因此而爲權貴所賞識，得到推薦而中舉授官。仕進的需求，於是促進了宴飲詩歌的創作。

（三）宵禁的影響

　　唐代長安城的宵禁制度，對宴飲活動的舉行，亦起了某種程度上的影響。長安城爲唐代帝王居住的地方，有宵禁的管制。《新唐書》卷四九上〈百官志〉載：

> 左右街使，掌分察六街徼巡。凡城門坊角，有武侯鋪。衛士彄騎分守……日暮，鼓八百聲而門閉，……五更二點，鼓自內發，諸街鼓承振，坊市門皆啓。

大抵長安城每日從下午申時（下午五～七時）以後到翌日卯時（上午五～七時）之前，城門、坊門都鎖閉，大街之上不准有人行走〔註32〕。閉門開門皆以鼓聲爲記。每年僅正月十四、十五、十六三天開放，可以在城中徹夜遊樂。這種宵禁的制度，對喜好遊樂的唐人而言，影響不小。如〈李娃傳〉中描寫道：

> 久之，日暮，鼓聲四動。姥訪其居遠近，生紿之曰：在延平門外數里。冀其遠而見留也。姥曰：鼓已發矣，當速歸，無犯禁。

玩樂興正濃的時候偏偏鼓聲催禁，宵禁的制度，對唐人的遊樂直接造成了干擾，使得他們的遊樂活動不得不爲配合宵禁而調整。侯迺慧先生以爲：

〔註32〕《舊唐書》卷四三〈職官志〉：「城門郎掌京城、皇城、宮殿諸門啓閉之節，奉出納管鑰。……京城闉門之鑰，後申而出，先子而入；開門之鑰，後子而出，先卯而入。」

> 通常白天是大家各在工作崗位上忙碌的時候，傍晚休息或
> 公退以後，正是訪友、休閒遊樂的輕鬆時光。如今日暮之
> 後即無法自由行走，於是大家遂往往聚集在某個風景優美
> 的園林，宴遊玩樂，徹夜秉燭。既可以不出坊里之門，又
> 能夠結集群伴遊走山水林木之間。倦憊之時，亭榭樓館亦
> 得歇憩眠息。因而，詩文中頗可見到夜宴某園之作。〔註33〕

根據侯氏此說，由於宵禁制度的存在，使得喜好遊樂的唐人轉而發展出夜宴的風氣。在唐人詩文中，有關夜宴的作品不少，其中最有名的當屬李白（699～672）〈春夜宴從弟桃花園序〉（《李白詩全集校注彙釋集評》卷二七），此外，如杜甫（712～770）〈夜宴左氏莊〉（《杜詩趙次公先後解輯校》甲帙卷之一）、姚合（約779～約846）〈夜宴太僕田卿宅〉（《姚合詩集校考》卷八）、薛逢〈夜宴觀妓〉（《全唐詩》卷五四八）等等，皆是此類。這種夜宴的活動，亦盛行在王公貴族之間，最著名的當推安樂公主夜宴，今可見以〈夜宴安樂公主新宅〉等為名的應制詩共有十三首。由此可知，宵禁制度雖造成唐人遊樂上的不便，但也開啟了唐人夜間宴飲活動的大門。雖然宵禁只侷限於長安一城，但長安乃全國的指標，士人聚居之地，長安的風俗，仍有它不容忽視的地方。〔註34〕

二、經濟背景

食物有了積餘，才會有宴飲活動的發生，才會有宴飲詩的寫作，唐代的經濟狀況，正是宴飲詩滋生的溫床。以下試從物資與園林兩方面，說明唐代宴飲詩的經濟背景。

（一）物資的豐富

在國勢強大、社會安定的背景中，唐代江南地區持續六朝以來的發展，造成經濟的上昇繁榮，在安史之亂發生以前，唐代社會呈現出

〔註33〕同註30，頁64。
〔註34〕同註30，侯迺慧又提到：「唐代園林夜間活動之盛，固然與詩歌創作有密切關係，而夜禁制度也是一個重要的客觀因素。」

一派欣欣向榮的繁榮景象，杜甫〈憶昔〉詩中描繪到：

> 憶昔開元全盛日，小邑猶藏萬家室。稻米流脂粟米白，公
> 私倉廩俱豐實。九州道路無豺虎，遠行不勞吉日出。齊紈
> 魯縞車班班，男耕女桑不相失。宮中聖人奏雲門，天下朋
> 友皆膠漆。百餘年間未災變，叔孫禮樂蕭何律。(《杜詩趙次
> 公先後解輯校》戊帙卷之一)

「小邑猶藏萬家室」一句，正說明了當時物資豐盛的情形。而這種物資的豐盛不僅是建立在國內自身物產的豐富上而已，運河的開通、道路的修築，使唐代的交通十分的便捷，南北往來容易，許多國外物資也因此來到中國，商業經濟的繁榮，使得唐代社會物資更加豐富。元稹（779～831）〈估客樂〉詩中描繪道：

> 求珠駕滄海，採玉上荊衡，北買党項馬，西擒吐蕃鸚。炎
> 洲布火浣，蜀地錦織成。越婢脂肉滑，奚僮眉眼明。通算
> 衣食費，不計遠近程。經遊天下遍，卻到長安城。(《全唐詩》
> 卷四一八)

物資的豐富，直接呈現在宴飲活動中的，是食物的多樣：「四海之內，水陸之珍，靡不畢備。」〔註35〕各式各樣的食物出現在唐人的宴飲活動中，除了滿足了唐人的口腹之欲外，在另一方面，這種物資的豐富，促使唐人能夠盡情享受宴飲之樂，或至郊外野地進行遊宴，《開元天寶遺事》卷四記載道：

> （探春）都人士女，每至正月半後，各乘車跨馬，供帳於
> 園圃，或郊野中，為探春之宴。

因為物資豐富，衣食無慮，所以社會大眾方能盡情宴樂。

在另一方面，豐富的物資，帶來繁榮的商業，於是酒樓（酒肆）處處林立。在酒肆之中，提供人們完善的宴飲服務，從食物的烹煮到樂舞的助興，皆具備，賀朝〈贈酒店胡姬〉詩中對酒肆曾作一番描述：

〔註35〕《唐摭言》卷三：「凡今年纔過關宴，士參已備來年遊宴之費。緣是
四海之內，水陸之珍，靡不畢備。」

> 胡姬春酒店，弦管夜鏗鏘。紅毾鋪新月，貂裘坐薄霜。玉
> 盤初鱠鯉，金鼎正烹羊。上客無勞散，聽歌樂世娘。(《全唐
> 詩》卷一一七)

這種完善的服務，使唐人不分貧富貴賤，皆能很方便地隨時隨地進行
宴飲享樂活動，亦使得大型的宴飲活動舉辦變成十分容易，如《唐國
史補》卷中記載道：

> 德宗非時召吳湊為京兆尹，便令赴上，湊疾驅諸客至府，
> 已列筵畢。或問曰：「何速？」吏對曰：「兩市日有禮席，
> 舉鐺釜而取之，故三五百人之饌，常可立辦也。」

三五百人之饌，竟然可以立即辦妥，由此可見當時物資的豐富於一
斑。由於物資豐富，促使宴飲活動舉行便利；宴飲活動能夠自由自在
隨意的舉行，正是唐代宴飲詩興盛的重要背景之一。

（二）園林的興盛

唐代社會富庶的另一個表徵，就是園林的興盛。唐以前，園林的
建立已逐漸普遍，無論公家或私人，不管南方或北方，園林已成為人
們娛遊、交際的場所〔註36〕。唐興，園林的興建更趨於鼎盛，宋李格
非《洛陽名園記》載：

> 唐貞觀、開元之間，公卿貴戚開館列第於東都，號有千餘
> 邸。

這數量是十分驚人的。另外在宋宋敏求的《長安志》與清徐松的《唐兩
京城坊考》中也都可以看到當時長安城園林興盛的情形。而在城市之外
的近郊、山林野地，亦多園林，如宋張舜民《畫墁錄》卷一記載道：

> 唐京省入伏假，三日一開印，公卿近郭皆有園池。以至樊
> 杜數十里間，泉石占勝，布滿川陸。

園林的興建竟然「布滿川陸」，由此可見當時的興盛情形。據今人李浩
先生的搜集整理，至今尚留下名稱的唐人園林別業不下千餘處〔註37〕。

〔註36〕同註30，頁 15～36。
〔註37〕李浩《唐代園林別業考論》(西安：西北大學出版社，1996 年)，
　　　　頁 13。該書〈下編〉載有《唐代園林別業考》，對所考得園林別業

　　唐代園林，依其性質，大致上可以分爲皇家園林、寺觀園林與私家園林三種〔註38〕。唐代皇家園林主要集中在長安、洛陽兩京地區，另有離宮分散在全國各地風景佳處。一般而言，皇家園林皆屬帝王御用，只有曲江兼公共游覽地的性質，是由芙蓉園、杏園、曲江池、樂游原等組成的龐大風景區。寺觀園林是人人皆可往遊之處，由於唐人有施莊爲寺的風氣，如王維晚年捨輞川別業入佛寺即是一例，因而寺觀所有園林亦甚可觀，頗有可欣賞之處。而在私家園林方面，唐代私家園林最爲興盛，不僅貴族上層社會擁有，更普及流行到整個社會；分布地區更加廣泛，不再局限於兩京地區；而在構築藝術上也逐漸形成了以文人情趣爲主的造園追求〔註39〕。雖是私人構築，然在規模上，富者亦頗爲可觀，如王維輞川別業有二十個風景區：孟城坳、華子岡、文杏館、斤竹嶺、鹿柴、木蘭柴、茱萸沜、宮槐陌、臨湖亭、南垞、欹湖、柳浪、欒家瀨、金屑泉、白石灘、北垞、竹里館、辛夷塢、漆園、椒園等，是一座大型的私人園林。又如康駢《劇談錄》所載李德裕（787～849）園林：

　　　　（平泉莊）去洛城三十里，卉木臺榭，若造仙府。有虛檻
　　　　對引，泉水縈回。疏著鑿像巴峽、洞庭、十二峰、九派，
　　　　迄於海門。江山景物之狀，以間行徑。有平石，以手磨之，
　　　　皆隱隱現雲霞、龍鳳、草樹之形。

據說李德裕園林內有臺榭百餘所，其規模實在不小。又代宗大曆二年（767）三月，魚朝恩、郭子儀、田神功分別置宴於個人私第，「公卿大臣列坐於席者百人」〔註40〕，可以容納賓客百人，園林的規模

　　　　分別詳細說明。
〔註38〕同註37，頁 13～18。
〔註39〕士人園林的勃興，早在東晉時期，唯在唐以前尚未普遍，形成風氣。參見王毅《園林與中國文化》（上海：上海人民出版社，1990年），頁 81～108。
〔註40〕《舊唐書》卷十一〈代宗紀〉：「（三月）甲戌，魚朝恩宴子儀、宰相、節度、度支使、京兆尹於私第。乙亥，子儀亦置宴于其第。戊寅，田神功宴于其第。時以子儀元臣，寇難漸平，蹈舞王化，乃置酒連宴。酒酣，皆起舞。公卿大臣列坐於席者百人。子儀、朝恩、神功一宴費至十萬貫。」這是一次著名的「豪宴」，由三名

必不在話下；而大曆十四年德宗繼位後，詔令「毀元載、馬璘、劉忠翼之第，以其雄侈逾制也。」〔註41〕，由是皆可知當時私家宅第的豪華雄偉於一班。

五代王仁裕《開元天寶遺事》云：「長安春時，盛於遊賞，園林樹木無閑地。」園林的興盛，實為唐人宴飲活動提供眾多且良好的舉行場所。

三、社會背景

唐代社會，由於政治的開放與文化匯粹的關係，一方面傳承前代習尚，一方面吸收外來文化，展現出唐人特有的自由開放風格。而在自由開放的社會風氣中，唐人有各種不同的風尚流行，其中，漫遊的風氣與吟詩作詩的風尚，更是促進了宴飲詩的發展，以下分別敘述之。

（一）漫遊的風氣

國勢的強大，政治的昌明，經濟的繁榮，社會的安定，交通的便捷，使得唐代士人一個個雄心勃勃，意氣洋洋。讀萬卷書，行萬里路，他們不再甘心於終老狹窄的鄉里間；機會的眾多，使他們走出書齋，走向寬廣的世界，廣泛地接觸社會，體會社會生活。喜歡漫遊，是唐代文人的共同嗜好。唐代的文人，在出仕前或出仕後，大多有出外漫遊的經歷。

唐人的漫遊風氣，和文人的雄心壯志，積極求仕進的心態有很密切的關係。唐人入仕有主要兩條途徑：一是參加科舉考試，二是由達官權貴（如幕府）直接薦用。但不管是科舉入仕或權貴薦用，都必須經過有力人士的推舉，才有中的的可能。為求有力人士的推舉，於是唐代文人走出鄉里，出外漫遊，或至州府，或至京城，到處投刺干謁，

大臣接連舉行宴會。其實在此之前的二月癸卯，宰臣元載王縉、左僕射裴冕、戶部侍郎第五琦、京兆尹黎幹曾各出錢三十萬，置宴於子儀之第。

〔註41〕《舊唐書》卷十二〈憲宗紀上〉。

結交友朋，希望透過各種方式，提高自我名聲，以求獲得賞識〔註42〕。
這是一種社會模式，每一個想在仕途上有所發展的人都必須經過的道
路〔註43〕。

　　然而並不是每一個想要在官場上求發展的文士都住在京城附近，
文士來自全國各地，或遠自幾千里外的嶺南、山東、海隅〔註44〕；而
屬於自己的伯樂也不一定居住於京城附近，京官的舉薦未必可行，且
知名度的建立往往需要靠多人的援引、讚揚，因此，文士從離鄉到京
城或即是一段漫長的路程，而訪覓伯樂又是另一段無法預計的追逐歷
程。如《唐才子傳》卷二載沈千運故事：

> 千運，吳興人。工舊體詩，氣格高古，當時士流，皆敬慕
> 之，號爲沈四山人。天寶中，數應舉不第，時年齒已邁，
> 遨遊襄、鄧間，干謁名公。來濮上，感懷賦詩曰：「……一
> 生但區區，五十無寸祿。……」……肅宗議備禮徵致，會
> 卒而罷。

從吳興到長安，路途何止千里；沈千運雖稍具名氣，但仍須漫遊襄、
鄧間以干謁，最後機會終於到來，人卻已經不在了，用盡一生追求功
名，仍無所得。「幸運」者或如李白，原本頗爲高傲，不願受科舉的範
圍，然而想要實現其安社稷、濟蒼生的理想，卻又不得不透過他人舉
薦的方式方有可能，於是走出四川，「遍干諸侯」、「歷抵卿相」〔註45〕，

〔註42〕胡震亨《唐音癸籤》卷二六〈談叢〉：「唐士子應舉，多遍謁藩鎭、
　　　　州郡丐脂潤，至受厭薄不辭。」
〔註43〕違反此種模式，自傲不肯干謁者，多無法晉身，如李翱〈送馮定序〉
　　　　中提到：「馮生自負其氣，上無援，下無文，名聲未大耀於京師，……
　　　　是以再舉進士皆不如。」見《全唐文》卷六三六。
〔註44〕荊南劉蛻〈上禮部裴侍郎書〉：「家在江之南，去長安近四千里。膝
　　　　下無怡怡之助，四海無強大之親。日行六十里，用半歲爲往來程。」
　　　　《劉蛻集》卷五。劉蛻還不算是最遠的進士，如薛令之、歐陽詹來
　　　　自福建，曹鄴、曹唐、趙觀文來自桂州，離長安皆甚遠。又《唐摭
　　　　言》卷一〈會昌五年舉格節文〉中曾具體記載當時國子監及各節鎭
　　　　所送明經、進士的人數，所包括區域廣及全國各地。
〔註45〕李白〈與韓荊州書〉《李白全集校注彙釋集評》卷二六。

干謁過益州長史蘇頲、渝州刺史李邕、安州都督馬正會、李長史、裴長史和荊州長史韓朝宗等地方官吏以及朝中權貴，如賀知章（659～744）、玉眞公主等人，漫游全國，結交友朋，揮金如土，果然因此提高知名度，最後終爲帝王所任用〔註46〕。又如孟浩然（689～740）一生多次往返奔波於襄陽、洛陽、長安之間，結識丞相張九齡（678～740）、侍御史王維、尚書侍郎裴朏、盧僎、大理評事裴總、華陰太守鄭倩之、太守獨孤策等人，或爲忘形之交〔註47〕，然而仍不免有「欲濟無舟楫，端居恥聖明；坐觀垂釣者，徒有羨魚情」〔註48〕，「不才明主棄，多病故人疏」〔註49〕的慨嘆，被迫不得不回山歸隱，最後僅在晚年得張九齡辟爲從事，爲官亦不過半年而已〔註50〕。伯樂的難以尋覓，機會的難以求致，由此可見於一斑。

除了在出仕前漫遊干謁以求知音賞識之外，唐人這種漫遊風尚，有時只是一種「遊歷」的心態表現。如任氣使俠的李白，在三十歲之前，「以爲士生則桑弧蓬矢，射乎四方，故知大丈夫必有四方之志。乃仗劍去國，辭親遠遊。南窮蒼梧，東涉溟海。」〔註51〕，足跡走遍大半個中國；杜甫在進京求仕之前，也曾東下姑蘇，南渡浙江，徜徉齊越之間，「快意八九年」〔註52〕；又如柳宗元，被貶永州之後，寄

〔註46〕有觀李白干謁過程，參見葛景春〈高冠佩雄劍，長揖韓荊州——李白與唐代的干謁之風〉一文，見氏著《李白與唐代文化》，頁84～94。又可參見〈李白簡譜〉，見《李白全集編年注釋》，頁2315～2380。

〔註47〕王士源〈孟浩然詩集序〉：「丞相范陽張九齡、侍御史京兆王維、尚書侍郎河東裴朏、范陽盧僎、大理評事河東裴總、華陰太守榮陽鄭倩之、太守河東獨孤策等人，率與浩然爲忘形之交。」《全唐文》卷三七八。

〔註48〕孟浩然〈岳陽樓〉，《孟浩然詩集箋注》卷二。案：此詩詩題，《唐人選唐詩》作〈洞庭湖作〉，《文苑英華》作〈望洞庭湖上張丞相〉，明活本、明凌本、毛本、叢刊本、《全唐詩》作〈臨洞庭〉。見《孟浩然詩集箋注》頁189。

〔註49〕孟浩然〈歲晚歸南山〉，《孟浩然詩集箋注》卷二。

〔註50〕事在開元二十五年（737）夏，孟浩然四十九歲時。孟浩然卒於開元二十八年（740）。見劉文剛《孟浩然年譜》。

〔註51〕李白〈上安州裴長史書〉，《李白全集校注彙釋集評》卷二六。

〔註52〕見杜甫〈壯游〉，《杜詩趙次公先後解輯校》戊帙卷之十。

情山水之間,「日與其徒上高山,入深林,窮迴溪,幽泉怪石,無遠不到」〔註53〕。像這類的漫遊,遊歷的成分佔了絕大多數。

　　然而不管目的爲何,通過漫遊,文人有機會認識了許多來自不同地方、志同道合的人,產生交往,如李白出仕前漫遊,結交了趙蕤、孟浩然、孟少府、元丹丘、胡紫陽、吳筠、玉眞公主、賀知章等人;辭官之後漫遊,又結識了杜甫、高適等人。而交往往往脫離不開宴飲活動,在宴席中以彼此最熟悉、拿手的方式,互相唱和,以文會友,溝通情感〔註54〕。以李白爲例,他曾經前往全國各地漫游,在太原作〈宴鄭參卿山池〉(《李白全集校注彙釋集評》卷十八)〔註55〕,在單父(宋州)與杜甫、高適等人同遊作〈秋獵孟諸夜歸置酒單父東樓觀妓〉(卷十七),在金陵作〈春日陪楊江寧及諸官宴北湖感古作〉(卷十八),在秋浦作〈與周剛清溪玉鏡潭宴別〉(卷十八),在當塗作〈夏日陪司馬武公與群賢宴姑熟亭序〉(卷二七),在江夏作〈江夏使君叔席上贈史郎中〉(卷十),在潯陽作〈宴陶家亭子〉(卷十八),在荊楚作〈楚江黃龍磯南宴楊執戟治樓〉(卷十八),諸如此作,在李白集中,實爲多見。又如「初唐四傑」中的王勃(648～675)亦是喜歡漫遊的一位,他在越州作〈秋日宴季處士宅序〉(《王子安集註》卷六)〔註56〕,

---

〔註53〕柳宗元〈始得西山宴遊記〉《全唐文》卷五八一。

〔註54〕岑參〈冀州客舍酒酣貽王綺寄題南樓〉(時王子應制舉欲西上)一詩正寫出這種文士相遇宴集的經過,可以爲此佐證:「夫子傲常調,詔書下徵求。知君欲謁帝,秣馬趨西州。逸足何駸駸,美聲實風流。富學瞻清詞,下筆不能休。君家一何盛,赫奕難爲儔。伯父四五人,同時爲諸侯。憶昨始相值,值君客貝丘。相看復乘興,攜手到冀州。前日在南縣,與君上北樓。野曠不見山,白日落草頭。客舍梨花繁,深花隱鳴鳩。南鄰新酒熟,有女彈箜篌。醉後或狂歌,酒醒滿離憂。主人不相識,此地難淹留。吾廬終南下,堪與王孫遊。何當肯相尋,澧上一孤舟。」(《岑參詩集編年箋注》頁44)

〔註55〕詹瑛主編《李白全集校注彙釋集評》(天津:百花文藝出版社,1996年)。以下所引李白詩文皆引本書卷次。

〔註56〕清蔣清翊《王子安集註》(上海:上海古籍出版社,1995年)。以下所舉王勃詩文皆引本書卷次。

在德陽作〈宇文德陽宅秋夜山亭宴序〉（卷七），在綿州作〈綿州北亭群公宴序〉（卷七），在南昌作〈秋日登洪府滕王閣餞別序〉（卷八），在江寧作〈江寧吳少府宅餞宴序〉（卷八），在楚州作〈秋日楚州郝司戶宅遇餞崔使君序〉（卷八），在汾陰作〈冬日羈游汾陰送韋少府入洛序〉（卷八），除此之外，尚有多篇類似之作。每到一地，詩人就與當地名士展開交際、應酬，大量的詩作就這樣產生了。

如果沒有漫游，唐代文人彼此間便沒有那麼多認識、交往的機會，連帶地也就沒有那麼多應酬、宴飲活動的發生，因此可以這麼說：唐代文士漫游的嗜好，在某種程度上促進了宴飲詩的繁榮。

（二）吟詩作詩的風尚

詩歌到了唐朝，不再是王公貴族的專利，也不再是文人的私藏，而是一種普遍流傳，為社會大眾所共同喜好的事物。吟詩作詩，成了社會的風尚。聞一多先生嘗言：「一般人愛說唐詩，我卻要講『詩唐』。詩唐者，詩的唐朝也。懂得了詩的唐朝，才能欣賞唐的詩。」〔註57〕詩在唐朝流傳極廣，如趙儋〈故右拾遺陳公建旌德之碑〉云：「拾遺（陳子昂）之文，四海之內家傳一本。」〔註58〕，又《舊唐書》載吳筠（？～778）「所著歌篇，傳于京師」，「每制一篇，人皆傳寫」〔註59〕，吳筠在唐朝並不是什麼大詩人，詩作就已經流傳如此廣泛，更何況其他所謂「大家」。而白居易（772～846）〈與元九書〉中則提到：

> 自長安抵江西，三四千里，凡鄉校、佛寺、逆旅、行舟之中，往往有題僕詩者；士庶、僧徒、孀婦、處女之口，每每有詠僕詩者。〔註60〕

元稹〈白氏長慶集序〉中亦云樂天詩「禁省、觀寺、郵候牆壁之上無不書，王公妾婦、牛童馬走之口無不道。至於繕寫模勒，衒賣於

〔註57〕見鄭臨川述評《聞一多論古典文學》中〈說唐詩‧詩的唐朝〉。此據楊世明《唐詩史》（重慶：重慶出版社，1996年），頁9。

〔註58〕《全唐文》卷七三二。

〔註59〕《舊唐書》卷一九二〈隱逸傳〉。

〔註60〕《白居易集》卷四五。

市井，或持之以交酒茗者，處處皆是」，唐宣宗〈弔白居易〉詩云「童子解吟長恨曲，胡兒能唱琵琶篇」〔註61〕，所陳述的雖是白居易詩篇的流傳情形，然而亦可以看出詩歌在唐代社會的普遍流行情況：不分男女老少，不分中國人外國人，不分身份貴賤，全都喜歡詩歌，吟詩成爲一種社會普遍的風尚。在唐朝，詩歌是一種受到全民喜好的文學創作。

　　不僅吟詩成爲社會風尚，唐代從事詩歌創作的人也非常多，今可見的唐代詩人，見錄於《全唐詩》即有二千二百餘人之眾〔註62〕，「上自天子，下逮庶人，百司庶府，三教九流，靡所不備。」〔註63〕所保留下來的詩篇，據今人輯佚後，得到五萬多首，相較於唐以前的詩篇，這數量實在是十分龐大。對於唐人來說，吟詩作詩即爲生活中的一部分，在有關唐人的史傳、篇章、雜記、小說中，我們處處可以找到與詩歌有關的記錄。

四、文化背景

　　唐代社會，是一個國際性的大溶爐，各色人種、各種宗教、各樣文化、各類思想，全都融合在唐代社會中。這種國際性大溶爐狀態，對宴飲活動的影響，主要是在音樂、舞蹈、思想方面，以下便循此說明唐代宴飲詩的文化背景。

（一）音樂的新變

　　音樂發展到唐代，呈現出前所未有的繁盛景況。首先是胡樂的輸

〔註61〕《全唐詩》卷四。
〔註62〕事實上唐代的詩人遠不只二千二百之數：唐人最重進士第，進士科以詩賦取士，想赴考者至少都能詩善賦，由前述每年赴進士舉即有千人之數來看，有唐一代三百年，累積下來的能詩之士非常多；再加上一些能作詩，但終身未曾參加過進士舉的文士、庶人、三教九流，如李白、李賀、上官婉兒、薛濤、魚玄機、皎然、無可等人，唐代能作詩的人數實在非常可觀。
〔註63〕胡應麟《詩藪》外編卷三。

入。唐代音樂胡化的程度很深，以唐太宗所定十部樂名稱來看，除首二部「燕樂」與「清商」包含吳聲，楚調、西曲及江南弄等爲華夏遺音外，其餘八部，如「西涼」、「天竺」、「高麗」、「龜茲」、「安國」、「疏勒」、「康國」、「高昌」等，皆爲四方裔樂。日本林謙三《隋唐燕樂調研究》以爲「其他胡樂之在中國者，大抵爲龜茲樂所掩，龜茲樂予中國音樂之感化最深。中國人對於音調之傳統觀念，向以宮聲爲調首者，竟因此而有所變更，於是音界大展云云。龜茲樂之主要樂器爲琵琶，唐人之精此伎與賞此伎者均特盛，唐詩中詠琵琶者亦特多。……在唐人音樂生活中實多不離琵琶。因此相當部分之聲詩，必託於胡樂，託於龜茲樂，託於琵琶。」〔註64〕王建（766？～832？）〈涼州行〉中提到當時胡樂盛行的情形：「城頭山雞鳴角角，洛陽家家學胡樂。」〔註65〕元稹〈法曲〉亦云當時風俗「女爲胡婦學胡妝，伎進胡音務胡樂。」〔註66〕可以知道最受唐人喜歡、在唐代社會中流行最廣的是爲胡樂。

　　胡樂對中國音界的影響，或就如任半塘《唐聲詩》中所言：「開元以前，中外之聲猶相抗；開元後，胡部新樂益張，華夏舊聲已絀，惟民間情況必仍有不同……」〔註67〕《舊唐書》卷二九〈音樂志〉中亦提到：

> 自周、隋以來，管絃雜曲將數百首，多用西涼樂，鼓舞曲多用龜茲樂，其曲度皆時俗所知也。惟彈家猶傳楚、漢舊聲，及清調、瑟調，蔡邕雜弄，非朝廷郊廟所用，故不載。

雖說胡樂盛行，但是中國本土音樂並不是完全消失不見，這種「胡化」的情形發展到後來，或轉而成爲一種「漢化」。如唐代最典重的樂舞〈秦王破陣樂〉乃「雷大鼓，雜以龜茲之樂。」〔註68〕，〈霓裳羽衣

〔註64〕此處據任半塘《唐聲詩》（上海：上海古籍出版社，1982 年）一書〈上編〉頁 32 所引文。
〔註65〕《全唐詩》卷二九八。
〔註66〕《全唐詩》卷四一九。
〔註67〕同註 64，〈上編〉，頁 27。
〔註68〕《舊唐書》卷二九〈音樂志〉。

曲〉本〈婆羅門曲〉，爲胡樂，進入中國以後，爲華夏遺音所融合，發展出新的曲式。然二者皆屬法曲，皆以中國清樂爲本〔註69〕。可以看出，胡人音樂進入中國之後，雖震撼一時，然終久爲華夏遺音所同化、融合，發展出屬於有唐一代的特殊音聲，既不同於華夏固有音聲，又不同於原有胡音，成爲具有文化融合特質的唐樂。

　　宴飲活動離不開詩、樂、舞的表演，因此音樂的胡化，直接反映在宴飲活動上。《舊唐書》卷二九〈音樂志〉提到：「讌享陳清樂、西涼樂。架對列於左右廂，設舞筵於其間。」「清樂」爲華夏正音，「西涼樂」爲胡樂，明顯將漢、胡並用。《舊唐書》卷二八〈音樂志〉對玄宗朝的帝王宴樂情形曾有所敘述：

　　　玄宗在位多年，善音樂，若讌設酺會，即御勤政樓。先一
　　　日，金吾引駕仗北衙四軍甲士，未明陳仗，衛尉張設，光
　　　祿造食。候明，百僚朝，侍中進中嚴外辦，中官素扇，天
　　　子開簾受朝，禮畢，又素扇垂簾，百僚常參供奉官、貴戚、
　　　二王後、諸蕃酋長，謝食就坐。太常大鼓，藻繪如錦，樂
　　　工齊擊，聲震城闕。太常卿引雅樂，每色數十人，自南魚
　　　貫而進，列於樓下。鼓笛雞婁，充庭考擊。太常樂立部伎、
　　　坐部伎依點鼓舞，間以胡夷之伎。日旰，即內閑廏引蹀馬
　　　三十匹，爲傾杯樂曲，奮首鼓尾，縱橫應節。又施三層板
　　　床，乘馬而上，抃轉如飛。又令宮女數百人自帷出擊雷鼓，
　　　爲破陣樂、太平樂、上元樂，雖太常積習，皆不如其妙也。
　　　若盛壽樂，則迴身換衣，作字如畫。又五坊使引大象入場，
　　　或拜或舞，動容鼓振，中於音律，竟日而退。

如破陣樂、太平樂、上元樂等樂，雖或爲唐人所造，但皆「雜以龜茲之樂」〔註70〕，在極熱鬧的場面下，我們可以看到這種胡、漢並用的情形。

　　除了胡樂輸入對唐音產生影響之外，唐代社會中的里巷民歌，對

―――――――――――――――――

〔註69〕同註64，〈上編〉，頁28。
〔註70〕破陣樂爲太宗所造，上元樂爲高宗所造。同註68。

唐音亦產生影響。在宴飲場合中負責音樂表演的唐代音聲之伎，有自民間而入宮廷，亦有自宮廷教坊外放者〔註71〕。在出入之間，雅、俗之樂即已得到交通。因此唐代的音樂，絕對不是雅、俗各自局限在自己的圈圈中，閉門發展的，而是有大量融合、交流的機會。此外，前已提過，唐代的文人，並不是困守書齋，而是走出鄉里，走入社會，甚者走入民間，因而有機會接觸接觸民間俚曲，進而採民歌的風格，化而爲詩歌創作。最著名的當屬劉禹錫（772～842）〈竹枝詞〉，此外，又如白居易取〈柳枝〉舊聲，翻爲〈楊柳枝〉新調，亦是此類之作。而這些作品發展到後來，由露天歌舞移向華筵表演，如〈竹枝詞〉的聲容由傖儜激訐趨於柔靡諧婉〔註72〕；〈楊柳枝〉的舞容則先一變爲軟舞，再變爲健舞，唐人卻以爲如此一來，「洋洋乎唐風」，充分具備唐代特色〔註73〕。

〔註71〕唐代音聲之伎，自民間而入宮廷者，唐代各地本即有以音聲之伎進貢朝廷之規，如唐段安節《樂府雜錄》所載的許永新、張紅紅等等，皆自民間而入宮廷；自宮廷教坊外放者頗多，尤其在唐中葉以後，朝廷財政大不如前，音聲之伎多有放出者，如貞元二十一年（805）「出掖庭教坊女樂六百人於九仙門，召其親族歸之。」（《舊唐書》卷十四〈順宗紀〉），文宗甫登基，即下詔「教坊樂官、翰林待詔、伎術官并總監諸色職掌內冗員者共一千二百七十人，並宜停廢。……今年以來諸道所進音聲女人，各賜束帛放還。」，開成二年（837）又「內出音聲女妓四十八人，令歸家。」（《舊唐書》卷一七下〈文宗紀〉），諸如此類，外放的聲伎人數實頗爲眾多。可參考廖美雲《唐伎研究》（臺北：臺灣學生書局，1995年），頁129～146。

〔註72〕任半塘云：「至於晚期，〈竹枝〉因歌辭全出文人，意境全在『女兒』，趨於柔靡諧婉，其聲必有變化，不復容傖儜激訐；其活動亦既從露天踏歌移向華筵獨唱。」同註64，〈上編〉，頁380。

〔註73〕白居易在洛陽所作，如〈楊柳枝〉二十韻詩中之表現，應仍爲軟舞。至晚唐薛能，對此曲之歌與舞，均有更訂，而後方爲健舞。薛嫌白、劉唱和之〈楊柳枝〉文字太僻，宮商不高，乃緣梁鼓角橫吹曲中〈折楊柳〉之音調，更爲新聲，曲名即用〈折楊柳〉。序云：「乾符五年（878），許州刺史薛能於郡閣與幕中談賓飲酣酊，因令部妓少女作〈楊柳枝〉健舞，復其歌詞，無可聽者，自以爲五絕爲〈楊柳〉新聲。」薛氏於此詩後自注云「如可者，豈斯人徒歟！洋洋乎唐風，其令虘愛。」此處參考任半塘《唐聲詩》〈上編〉，頁315～316。

　　音樂的新變，對唐代詩歌影響深遠。就詩作而言，唐代的詩歌大多數是可以合樂歌唱的，如王之渙（688～742）等人旗亭聽諸伶唱詩〔註74〕、李龜年湘中採訪使筵上唱王維詩〔註75〕等例，皆是唐詩合樂的實証。既合音樂，因此唐代音聲的胡化、新變，直接影響唐代詩歌的歌唱表現方式、藝術形象與創作規律。如白居易〈琵琶行〉中提到：「莫辭更坐彈一曲，爲君翻作琵琶行。」〔註76〕說明〈琵琶行〉的創作，乃是依據該琵琶女當時所選擇的曲調翻作而成，而非依循舊有音聲而製。盛唐以後，樂府詩脫離原有音樂局限，詩人開始即事名篇，創作樂府詩，如杜甫〈兵車行〉、〈麗人行〉之屬；中唐以後，元、白創作新樂府，此等新歌得以產生，或即是音樂的新變造成詩人的啓發。

　　宴飲活動是音樂的主要表演場合，因此唐代音樂的新變對詩歌產

〔註74〕薛用弱《集異記》卷二：「開元（713～741）中，詩人王昌齡、高適、王之渙齊名。時風塵未偶，而遊處略同。一日天寒微雪，三詩人共詣旗亭，貰酒小飲。忽有梨園伶官十數人，登樓會讌。三詩人因避席隈映，擁爐火以觀焉。俄有妙妓四輩，尋續而至，奢華豔曳紅都冶顏極。旋則奏樂，皆當時之名部也。昌齡等私相約曰：『我輩各擅詩名，每不自定其甲乙，今者可以密觀諸伶所謳，若詩入歌詞之多者，則爲優矣。』俄而一伶拊節而唱，……昌齡則引手畫壁曰：『一絕句。』尋又一伶謳之曰，……適則引手畫壁曰：『一絕句。』尋又一伶謳曰，……昌齡則又引手畫壁曰：『二絕句。』之渙自以得名已久，因謂諸人曰：『此輩皆潦倒樂官，所唱皆〈巴人〉〈下俚〉之詞耳，豈〈陽春〉〈白雪〉之曲，俗物敢近哉！』因指諸妓之中最佳者曰：『待此子所唱，如非我詩，吾即終身不敢與子爭衡矣。脫是吾詩，子等當須拜列床下，奉吾爲師。』因歡笑而俟之。須臾，次至雙鬟發聲，則曰：『黃沙遠上白雲間，一片孤城萬仞山。羌笛何須怨楊柳，春風不度玉門關。』渙之即撱歠二子曰：『田舍奴，我豈妄哉？』因大諧笑。諸伶不喻其故，皆起詣曰：『不知諸郎君何此歡噱？』昌齡等因話其事。諸伶競拜曰：『俗眼不識神仙，乞降清重，俯就筵席。』三子從之，飲醉竟日。」

〔註75〕范攄《雲溪友議》卷中〈雲中命〉：「龜年曾於湘中採訪使席筵上唱：『紅豆生南國，秋來發幾枝。贈君多絲縷，此物最相思』，又『清風朗月苦相思，蕩子從戎十載餘。征人去日殷勤囑，歸雁來時數附書』此詞皆王右丞所致，至今梨園唱焉。」

〔註76〕《白居易集》卷十二。

生的影響，宴飲詩往往是第一線、最直接的臨場表現。

（二）舞蹈的多樣

　　古者詩、樂、舞三者合一，同時出現在宴飲活動之中〔註77〕，而後雖然詩與樂舞分家〔註78〕，然而三者同爲宴飲活動重要組成部分的這一點卻從不曾改變，馴至唐代，詩、樂、舞三者之間的關係仍舊非常密切：任半塘先生考得不同曲調的唐聲詩（指唐代綜合聲樂、舞蹈之齊言歌辭）一百五十餘曲，其中詩樂有舞容的將近半數，由此可以看出彼此間關係的深刻〔註79〕。又如前所述唐太宗定十部樂，此十部樂中曲目，既是一種音樂的彈奏，同時又是配合舞蹈的表演。十部樂中胡樂佔了絕大多數，每一部都保留了自己的民族風格與地方特色，因而在音聲演奏同時所表演的舞容，充滿了胡風、胡韻，舞者除穿著胡服作爲表演外，胡舞的舞容，也與中原本有者大不相同：「胡樂舞容，健捷騰踔，所謂『驚鴻飛燕』、『風騫鳥旋』之勢，其舞名如〈胡旋〉、〈胡騰〉、〈團亂旋〉等，也足表態，又非中國雅舞用干戚、羽籥、集體動作者比。」〔註80〕

　　和音樂相同的是，胡舞進入中國之後，在某種程度上也被中國原有舞蹈給同化、融合了，如原屬四方裔樂的〈屈柘〉，任半塘先生說：「〈屈柘辭〉屬軟舞，以雙舞爲主，又分兩種：一則丹裾、峨冠、錦靴、細帶，仍是胡裝，始雖紆徐，繼乃迅集，以舞終袒肩爲其特徵。一則所謂『蓮花〈掘柘〉』，二女童先藏蓮花中，花坼，乃現，繡帽、金鈴，舞姿以幽雅勝，全非胡舞。」〔註81〕在胡舞漢化過程中，「唐

〔註77〕自有宴飲活動以來，詩樂舞就一直存在於宴飲活動之中。此在前二節中有關唐以前的宴飲活動、宴飲詩中已經論述過。

〔註78〕詩、樂分家，大約在春秋戰國之際，參見本論文第二章，註四二。

〔註79〕任半塘云：「聲詩百五十餘曲，可用徒歌、合樂、合舞，分爲三級。（合舞者必合樂）據統計，徒歌者約十首曲而已，僅合樂者約四十四曲，兼合舞者另七十曲。——皆有明文可據，或有資料可推。其餘若干曲今尚未詳，然可必其不皆爲徒歌也。」同註64，〈上編〉，頁30。

〔註80〕同註64。

〔註81〕同註64，〈下編〉，頁243。

舞」的風格於是逐漸形成。

　　因爲有胡人樂舞的傳入，使得唐代的樂舞，不僅在式樣的豐富、種類的繁多超越了前代，並且在表演形式、藝術技巧、風格特徵等方面達到了一個嶄新的水平，既集前代舞蹈的大成，又在對胡舞兼容並收下，對傳統舞蹈加以創新，呈現出多采多姿繁榮的景象。唐代普遍流行的舞曲，如〈白紵〉、〈前溪〉、〈白鳩〉、〈公莫舞〉、〈明君〉等，爲繼承自前代的樂舞；〈黃獐〉、〈竹枝詞〉、〈楊柳枝〉等爲改編自民間的新舞曲；〈胡旋〉、〈胡騰〉、〈柘枝〉、〈達摩支〉等爲胡舞。任半塘《唐戲弄》中以爲：「唐代燕樂之歌舞，不外六型：（甲）大曲儀式歌舞，亞於雅樂舞，適應嘉賓之禮，有文舞、武舞之別，奏於坐、立部伎，舞郎成隊。如〈慶善樂〉與〈九功舞〉、〈破陣樂〉與〈七德舞〉之類是。（乙）大曲普通歌舞，已脫離儀式，有軟舞、健舞之別，爲士大夫宴享所用；或獨舞、或對舞，如〈霓裳〉、〈柘枝〉、〈胡騰〉、〈胡旋〉之類是。（丙）雜曲普通歌舞，亦分軟、健二性，士大夫宴享所用。樂隊而外，歌舞以一、二人任之，如〈楊柳枝〉、〈浣溪沙〉、〈遐方怨〉、〈鳳歸雲〉等是，有敦煌舞譜可憑。（丁）雜曲著詞小舞，專門爲酒令所有，歌曲、舞容，均較簡捷，一人任之，便於催酒而已。如〈三臺〉、〈調笑〉、〈踏轉〉、〈上行杯〉、〈下次據〉之類是。（戊）雜曲踏歌，室內或露天，適於群眾集體爲之。如〈踏歌辭〉、〈繚踏歌〉、〈隊踏子〉、〈蔥嶺西〉之類是。（己）百戲歌舞，如〈五方獅子舞〉之合〈太平樂〉等是。他如驅儺之類、戴假面爲歌舞者，亦可附見。」〔註82〕樂舞曲目的眾多、新奇，實前所未見。

　　唐代樂舞高度發達，樂舞活動幾乎遍及整個社會的各個階層，上自帝王貴戚，文武百官，下至庶民百姓，莫不能舞；舉凡祀神、朝會、宴飲、娛樂，莫不有舞；不論宮庭、園林、歌樓、酒肆、街頭、廣場，莫不可舞。唐代以樂舞爲業的人數眾多，《新唐書》卷

〔註82〕任半塘《唐戲弄》（上海：上海古籍出版社，1984 年），頁 247～248。

二二〈禮樂志〉載：

> 唐之盛時，凡樂人、音聲人、太常雜戶子弟隸太常及鼓吹
> 署，皆番上，總號音聲人，至數萬人。

這只是宮廷樂舞人的數目而已。宮廷之外，如王公貴戚、百官文士、豪商富賈，亦多蓄有家伎。家伎人數，多者如隴西王李博乂「有妓妾數百人」〔註83〕，司徒李愿席上「女伎百餘人」〔註84〕，少者如以衛道爲任的韓愈（768～824），亦有家伎柳枝、絳桃二人。此外，尚有各地方的官伎、營伎，以及民間的職業倡伎、女冠式倡伎等等，以樂舞爲業的倡伎總人數雖無法考知、統計，但由今日可見的資料看來，數目應該是十分龐大的。

以樂舞爲業的人數眾多，致使唐人隨時可以欣賞樂舞的表演，很容易就沉浸在樂舞的情境之中。也因爲樂舞的昌盛，樂舞成爲唐人宴飲活動中很重要的一個表演項目，對習於樂舞生活的唐人來說，宴飲進行中若是「舉酒欲飲無管弦」，是一件很令人傷感的事。

（三）思想的開放

相對於漢代的「罷黜百家，獨尊儒術」，宋代的理學大興，有唐一代思想的開放與多樣，是後人有目共睹的。林繼中以爲：

> 盛唐文人也講「風骨」，也崇「自然」；但風格已從「飄逸」
> 轉向「熱烈」。酒，幾乎成爲唐代文人的標誌，豔麗的牡丹、
> 燦爛的壁畫、耀眼的唐三彩……無不與「熱烈」相關。——
> —上至帝王，下至草野軍民，羯鼓長笛琵琶風靡一時。即
> 便是書法，張旭、懷素那奔蛇走虺的狂草也富有樂感，是
> 線條的交響樂！而這些激情的縱橫，無疑得力於思想的開
> 放，是儒家不得獨尊時代之所賜。〔註85〕

〔註83〕《舊唐書》卷六〇〈宗室傳〉。
〔註84〕唐于鄴《揚州夢記》，見錄於桃源居士編《唐人小說》（上海：上海文藝出版社，1992年影印上海掃葉山房石印本），頁381。
〔註85〕林繼中〈唐宋：文人與文化〉，見《天府新論》1992年第五期，頁68～73。

唐文化的豐富、熱烈與多樣，實與思想的開放有極大的關係。首先，唐朝不是儒家獨尊的時代，儒、釋、道三家鼎立，影響唐人至深，如陳子昂、杜甫、韓愈等人稟儒家思想，以「安社稷」、「濟蒼生」爲任；王維潛心佛學，有詩佛之稱；李白詩中充滿道教瑰麗色彩等等。各種思想雜揉、反映在唐人作品中，呈現出紛華炫麗的光輝，遠不是儒家獨尊時代所能相比的。

　　其次，胡族開放的風俗，更帶給唐代社會勇於變化的風氣。李唐皇室，本即帶有很深的胡族血統〔註86〕，是以對異族多抱持寬待、尊重態度，視夷夏如一〔註87〕；再加上自東晉以來胡人大舉移居中原，長期下來，胡人風俗已深刻影響中國人，改變中國人原有生活習慣。其中最明顯的變化，就是儒家禮教的蕩壞。自晉竹林七賢的放浪以爲風流以來，不論身分貴賤，不論雅俗，莫不以放蕩爲雄，男女雜處，嬉笑爲樂，甚以爲常，朱熹論及此，嘗言：

　　　唐源流出於夷狄，故閨門失禮之事，不以爲異。〔註88〕

在唐人的宴飲活動中，從無男女的分際，男女往往雜坐不分，甚至像白居易〈琵琶行〉詩中所描述，白氏以一個陌生男子身分，竟敢在琵琶女丈夫外出經商、不在家之時，夜入琵琶女舟中，直接要求對方爲自己彈奏，這在宋以後是絕對不可能發生的事，然而唐人卻絲毫不以爲異，〈琵琶行〉詩篇家喻戶曉，但是白居易卻從來不曾因爲這件事而遭受當時人的批評，由此更可見當時社會的風俗於一般。且唐代士人攜伎同遊的風氣十分普遍，才子、佳人故事屢傳，思想、作風都十分地開放。

　　思想開放的影響，促使唐代文人的放浪不羈，更成爲一種社會風

〔註86〕有關李唐皇室血統前人論述頗多，如陳寅恪曾作〈李唐氏族之推測〉、〈李唐氏族之推測後記〉、〈三論李唐氏族問題〉三文論述之，劉盼遂亦有〈李唐爲蕃姓考〉（見《女師大學術季刊》第四期）一文論辯。

〔註87〕唐太宗曰：「自古皆貴中華，賤夷狄，朕獨愛之如一。」見《資治通鑑》卷一九八〈唐紀十四〉貞觀二十一年（647）。

〔註88〕《朱子語類》卷一三六〈歷代類三〉。

氣。李志慧先生以爲：

> 在唐代文人身上，確實很難找到儒家所要求的「溫柔敦厚」、
> 「文質彬彬」的君子之風，很難看到宋以後那種文弱書生的
> 氣質。這種狂傲放誕甚至帶點無賴氣的豪邁風度，這種狂放
> 不羈甚至變成怪癖的思想作風，自然很不符合世族門閥的那
> 一套禮法規定，因而在當時就爲人所詬病。〔註89〕

雖然爲人所詬病，但是這種狂放不羈的作風，促使文士在宴飲場合中
縱酒狂歡，「醉後樂無極，彌勝未醉時。動容皆是舞，出語總成詩。」
〔註90〕藉縱酒狂飲煥發出藝術創作的激情，正是此種風尙的積極意
義，唐代文化炫爛的色彩，就在這種思想、行爲的開放下，盡情地鋪
展開來。

　　不管是政治、經濟、社會、文化各方面，都已經爲唐代的宴飲詩
預先鋪設了一個十分適合的發展環境，宴飲詩就在這樣的背景條件
中，蓬勃地賦作出來。

第二節　唐代宴飲活動的舉行情形

　　唐代宴飲活動的舉行十分頻仍，舉行情形也十分複雜，以下試從
宴飲詩寫作的角度，觀察宴飲活動中與宴人士、活動時間、活動事由、
活動地點、活動方式、活動性質、活動內容等七個角度，呈現唐代宴
飲活動的舉行情形。

一、與宴人士

　　宴飲活動中與宴者的組成存在著許多現實差異情形，首先，就
與宴者身份來看，由於是從宴飲詩寫作的角度來觀察宴飲活動中的
與宴人士，因此這類宴飲活動中的組成份子自然是以能文善詩的文

〔註89〕李志慧《唐代文苑風尙》（西安：陝西人民出版社，1998 年），頁 273。
〔註90〕張說〈醉中作〉，《全唐詩》卷八九。

士為主，但是在文士之外，或為武將，如徐州節度史王智興，自牙將起身，出自行伍，《全唐詩》載其宴飲詩一首；或為方外士，考察《全唐詩》中，方外士曾作有宴飲詩者，有法宣、辨才（？～約644 後數年）、靈一（727～672）、無可、皎然（720～800 前後）、栖白、貫休（832～912）、齊己（864～937？）、尚顏、修睦、無悶（以上僧）、李昇、范堯佐（以上道）等多人。其中如靈一、無可、皎然等人，更是頻與文士宴飲過從，留下宴飲詩作甚多；除此之外，留唐的外國人士亦曾從事宴飲詩的賦作，如中宗朝吐蕃舍人明悉獵〔註91〕、玄宗朝日本人晁衡（698～770）等即是，所作雖不多，但也可以看出這種現象的存在。而在傳統的男性世界中，亦有女性參與宴飲，如宮中的上官婉兒、宋氏五姊妹、鮑氏君徽；又如名妓薛濤（768～831）、女冠魚玄機（844？～868）、李冶（？～784）等，都曾在宴飲場合中不讓鬚眉，佳作頻出。

　　其次，就官位來看，同一場合中宴飲詩的作者，官位或高或低。在宮廷遊宴活動中，這種官位的差距更為明顯。唐代君王遊宴時，除宰相外，必有一大群名為「學士」的文學侍臣隨侍在旁〔註92〕，「帝有所感，即賦詩，學士皆屬和。」〔註93〕，學士是宮廷宴飲詩的主要創作者。這群學士的選定，據《新唐書》卷四六〈百官志〉所言：「凡充其職者無定員，自諸曹尚書下至校書郎，皆得與選。」宰相官從二品，尚書官正三品，校書郎官從九品上，品秩尊卑高下

〔註91〕《唐詩紀事》卷一〈中宗〉：「景龍四年（709）正月五日，移仗蓬萊宮，御大明殿，會吐蕃騎馬之戲，因重為柏梁體聯句。……時上疑御史大夫竇從一、將作大臣宗晉卿素不屬文，未即令續。二人固請，許之。從一曰：權豪屏跡肅嚴霜。晉卿曰：鑄鼎開巖造明堂。此外遺忘。時吐蕃舍人明悉獵請，令授筆與之，曰：玉醴由來獻壽觴。上大悅，賜與衣服。」

〔註92〕《唐詩紀事》卷九〈李適〉：「凡天子饗會遊豫，唯宰相及學士得從」，又《唐詩紀事》卷一〈中宗〉言學士：「每遊別殿，幸離宮，駐蹕芳苑，鳴笳仙禁，或戚里宸筵，王門盛席，無不畢從。」

〔註93〕《唐詩紀事》卷九〈李適〉。

差異可謂極大。其實學士的出身差異不只如此，楊鉅〔註94〕《翰林學士院舊規・初入傳值例》分學士爲十二階〔註95〕，其中「未昇朝」、「白身」兩階，甚至無官職品位可言，如李白的入選翰林學士，即是著名的例證。由此可以看出，只要有才華，爲帝王賞識，不管身份的有無，官職的高低，同時皆可入選爲學士，皆爲宮廷宴飲詩的作者。以實際爲例，如武則天久視元年（700）五月十九日，與群臣遊宴於嵩山石淙，當時隨侍應制賦詩的有皇太子顯、右奉裕率兼檢校安北大都護相王旦（正一品）、太子賓客上柱國梁王武三思（正二品）、內史狄仁傑（正三品）、奉宸令張易之（正三品）、麟臺監中山縣開國男張昌宗（從三品）、鸞臺侍郎李嶠（正四品上）、鳳閣侍郎蘇味道（正四品上）、夏官侍郎姚元崇（正四品下）、給事中閻朝隱（正五品上）、鳳閣舍人崔融（正五品上）、奉宸大夫汾陰縣開國男薛曜（從五品上）、給事中徐彥伯（正五品上）、右玉鈐衛郎將左奉宸內供奉楊敬述（正五品上）、司封員外于季子（從六品上）、通事舍人沈佺期（656～715）（從六品上）諸人，從太子、官正一品到官從六品的都有，官位的高低差距，明顯可見。

出了宮門之外，官位的高低或許不如宮廷差距之大，但這種高低的情形仍是普遍存在的，如上元二年（675）王勃至江寧，宴於吳少府宅，有詩序傳世，時王勃棄官東歸，往交阯省父，並無官職可言〔註96〕；又如天寶四載（745），李邕與杜甫宴於歷下亭，各有詩作，當時李邕（678～747）爲北海太守，杜甫尚無功名，同時與

〔註94〕楊鉅於唐昭宗乾寧初以尚書侍郎知制誥，召充翰林學士。見《舊唐書》卷一七七〈楊收傳〉。

〔註95〕此十二階爲：諸行尚書（正三品）、左右丞侍郎（正四品）、常侍諫議給事舍人（正五品）、諸官知制誥、如諫議知即、太常少卿諸行郎中（約從五品）、諸行員外起居侍御史（約從六品）、殿中補闕（從七品上）、監察拾遺太常博士（約從七品、八品）、四赤令雜人入、未昇朝、白身等。

〔註96〕王勃有〈江寧吳少府餞宴序〉（《王子安集註》卷八）。詩作生平繫年，參考《王子安集註》一書所附〈王子安年譜〉說法，見該書頁686。

宴者尚有邑人蹇處士等人〔註97〕。像這樣的例子，在唐人詩作中頗為多見。這種不管官位高低，同時宴飲為樂的情形，正是宴飲活動中與宴者的組成實況，也就是唐代宴飲詩的創作背景。

　　第三，在個人的才華方面，由於宴飲活動與宴者身份的複雜，再加上個人資質、功力的差別，因而在同一宴飲活動中，賦作者對詩歌的掌握度高下不同，而這一點直接影響到賦作的或優或劣。會作詩的不一定都是「詩人」，這種差距，在宮廷中尤為明顯。初唐時宮廷賦詩活動最盛，君王每每喜歡與臣下歡飲賦詩，然而據史載來看，其實初唐的君主並不擅長賦詩，如太宗的詩作倩上官儀（？～664）為之飾稿，中宗、韋后與長寧、安樂兩公主之作多由上官婉兒（664～710）代筆。君主之外，參與遊宴的臣僚中亦有不擅為詩者，如景龍四年（709）正月五日，中宗於大明殿觀吐蕃騎馬之戲，並重為柏梁聯句〔註98〕，這一次聯句，參與者如李嶠（644～713）、崔湜、鄭愔、李適（663～711）、蘇頲（670～727）、盧藏用、李乂（647～714）、薛稷（649～713）、宋之問（656～715）、上官昭容等諸人，皆以善辭章、能文著名，其中宋之問、上官昭容二人，其在初唐詩壇的崇高地位為世所公認；竇從一、宗晉卿、明悉獵三人並不擅作詩，然而亦同時參與賦作，宴飲詩作者才華的優劣由此可以明顯看出。

　　此外，唐代雖以詩賦取士，然而朝中大臣卻非全由進士晉身，因此不長於賦詩的亦大有人在。如鄭覃以父蔭補官，於憲宗、穆宗、敬宗、文宗、武宗時在朝為官，《舊唐書》稱其「雖精經義，不能為文」，檢索現存唐人詩作，並無鄭覃詩篇存世，此亦可作為其不善賦詩的旁證。鄭覃的不善賦詩，又可從其對詩歌創作的態度窺知：文宗曾於延

〔註97〕李邕詩〈登歷下亭古城員外新亭〉，杜甫詩〈陪李北海宴歷下亭〉、〈同李太守登歷下古城員外新亭〉（以上三詩俱收入《杜詩詳註》卷一）。其中〈陪李北海宴歷下亭〉詩下注云：「時邑人蹇處士等在坐。」

〔註98〕同註91。

英殿論古今詩句工拙，鄭覃竟以為「孔子所刪，三百篇是也。降此五言七言，辭非雅正，不足帝王賞詠。……近代陳後主、隋煬帝皆能章句，不知王者大端，終有季年之失。章句小道，願陛下所不取。」對詩歌創作直接表達反對、鄙視之意，鄭覃的這種態度，更促使其在詩作上無法有大成就。從文宗朝開始，鄭覃先後充任翰林侍講學士、弘文館大學士，文宗對詩歌的喜好，歷史留名，再加上中晚唐帝王喜好遊宴至荒靡無度的情形下，以鄭覃的朝中地位，必曾多次恭逢其盛〔註99〕，曲宴賦詩，在所難免。不擅賦詩者亦廁身作者之列，與以詩賦晉身的進士同宴而賦，才華自不免有高下之別。

　　第四，就人類活動而言，宴飲是個交際的場合，是人際交往最好的方式，在進食之中，以輕鬆的方式彼此進行情感的交融，也是認識友朋最佳的場所，因而在宴飲場合中，往往聚合來自各方人士，與宴者間，或熟稔或陌生，彼此間情感或深或淺，這種熟稔度的不一，與情感的深淺不同，交織組合成宴飲活動。

　　造成與宴者之間陌生的情形，和唐人漫遊的風氣有很大的關係。因為漫游，所以有很多認識他人的機會；因為漫遊，與他人有聚有別，新聚歡宴，餞別離宴，所以有很多參與宴集的機會。每到一地，詩人就與當地名士展開交際、應酬，大量的宴飲詩作就這樣產生了。

　　唐人參與宴集活動的方式，或為著意邀請，或為隨機邀宴，或有不請自至。著意邀請者，事先擬定賓客名單，著意邀約，如代宗永泰元年（765）至大曆四年（769）這數年間，錢起（710～782）等名列十才子諸人剛好都在長安，多次出席了郭曖及昇平公主府中宴會〔註100〕，多次參與相同的宴會，彼此之間自然熟稔。又如裴度（765～839）曾於其別墅中多次邀約白居易、劉禹錫等人共為歡宴

〔註99〕以上俱見《舊唐書》卷一七三〈鄭覃傳〉。鄭覃為故相珣瑜之子。於文宗大和三年（829）起，充翰林侍講學士；大和九年（835）以本官尚書右僕射同平章事，後又加門下侍郎、弘文館大學士等職。

〔註100〕謝海平〈唐大曆十才子成員及其團體形成原因之考察〉，收入《唐代文學家及文獻研究》（高雄：麗文文化公司，1996年），頁27。

〔註101〕，與宴者都是情誼非常深厚的。雖然，在這種組合方式下，賓客與賓客之間仍會有陌生的情形發生，如進士及第後的關宴，名單雖早固定，然而與宴諸人事先或多不相識。至於隨機邀宴者，如《唐詩紀事》卷五三載李商隱（812～858）事：

> 李義山遊長安，投宿旅店，適會客，因召與坐，不知爲義
> 山也。酒酣，客賦〈木蘭花〉詩，眾皆誇示，義山後成。……
> 坐客大驚，詢之，方知是義山。

從上述資料中，我們除了可以看出唐人賦詩品評的風氣之外，有關李商隱一則，更可見唐人對宴集的開放程度，或不必爲舊識，只要剛好遇見有人在舉行宴集，雖然是不曾相識的陌生人，也可以參加。李商隱是爲人所邀請而參加，但也有不請而至者，如唐玄宗爲臨淄王時，嘗戎服臂小鷹疾驅直突豪家子弟昆明池宴〔註102〕；又如王勃的赴南昌都督滕王閣宴〔註103〕，皆是不請自至者。唐代文士向來以放浪不羈出名〔註104〕，不請自至、作詩傲人，或皆是這種「放浪不羈」行爲的一個側面。在這種情形下的與宴者，自然與同時而賦的諸人甚爲陌生了。

　　第五，與宴者之間或有意見相左的情形。如前引的鄭覃例，中晚唐諸君中，就屬文宗最喜論詩，嘗欲置詩學士七十二員〔註105〕，然而身爲學士的鄭覃對詩歌卻是持相反的態度，《唐語林》卷二載其故事：

> 文宗皇帝曾製詩以示鄭覃，覃奏曰：「且乞留聖慮於萬幾，

〔註101〕《舊唐書》卷一七〇〈裴度傳〉：「又於午橋創別墅，花木萬株，中起涼臺暑館，名曰綠野堂。引甘水貫其中，釀引脈分，映帶左右。度視事之隙，與詩人白居易、劉禹錫酣宴終日，高歌放言，以詩酒琴書自樂，當時名士，皆從之遊。」

〔註102〕事見唐杜荀鶴《松窗雜記》、唐李濬《摭異記》。

〔註103〕故事詳見五代王定保《唐摭言》卷五。

〔註104〕李志慧以爲：「唐代那些出身於庶族地主階層的文人，思想上狂傲整達，不拘儒學正宗，行爲上縱情酒色，放浪不羈，被世族譏笑爲『落魄無行』（《舊唐書·駱賓王傳》）。」同註89，頁267。

〔註105〕見《唐語林》卷二。

> 天下仰望。」文宗不悦。覃出，復示李宗閔，嘆伏不已，
> 一句一拜，受而出之。

這種意見相左畢竟只是在詩歌上面而已，然而從歷史中，這種意見的相左或表現在政治上的見解不同，如初唐來濟（610～662）與許敬宗（592～672）個人私交不佳，意見相左〔註106〕，來濟最後甚至是在許敬宗構陷下貶官爲刺史，走向以死謝恩之途的〔註107〕。然而同爲朝臣，許敬宗曾參與朝廷餞送來濟的宴飲活動，並賦有〈奉和聖製送來濟應制〉詩一首，但是他們兩人之間的意見相左、關係交惡，其實早在宴飲活動未開始之前即已存在的。

　　身份的不同，地位的高低不一，才華的有別，或熟稔或陌生，意見或相左，這些存在與宴者身上的差異，隨著宴飲活動的舉行而存在，成爲影響宴飲詩寫作的因素之一。

二、活動時間

　　從時間的角度來觀察唐代宴飲活動的舉行，若以一天的時間作爲觀察，可依其舉行的時間，將宴飲活動分爲兩類，一爲白日之宴，一爲夜晚之宴。

　　白日之宴，最晚黃昏時必結束。這是唐人宴會中頗爲常見的舉行時間，如「暖日晨光淺，飛煙旦彩輕」（許敬宗〈侍宴莎冊宮應制得情字〉《全唐詩》卷三五）〔註108〕、「公主林亭地，清晨降玉輿」（劉憲（？～711）〈侍宴長寧公主東莊〉卷七一）、「歡娛方未極，林閣散餘霞」（陳

〔註106〕如高宗將廢皇后王氏而立武昭儀，許敬宗特贊成其計，而來濟上表密諫，反對此事。分見《舊唐書》卷八二〈許敬宗傳〉與卷八十〈來濟傳〉。

〔註107〕《舊唐書》卷八○〈來濟傳〉：「（來濟）顯慶元年（656），兼太子賓客，進爵爲侯，中書令如故。二年（657），又兼太子詹事。尋而爲許敬宗等奏濟與褚遂良朋黨構扇，左授台州刺史。五年（660），徙庭州刺史。龍朔二年（662），突厥入寇，濟總兵拒之，謂其眾曰：『吾嘗挂刑網，蒙赦性命，當以身塞責，特報國恩。』遂不釋甲冑赴賊，沒於陣。時年五十三。」

〔註108〕以下所引詩出處，若爲《全唐詩》者，則逕言卷數，不書卷名。

子昂（659～700）〈晦日宴高氏林亭〉卷八四）、「江鐘聞已暮，歸棹綠
川長」（岑參（715～770）〈梁州陪趙行軍龍岡北庭泛舟宴王侍御〉《岑
參詩集編年箋註》頁 625）、「日午離筵到夕陽」（杜荀鶴（846～904）〈關
試後筵上別同人〉卷六九三）所寫的都是這種白日之宴。斯蒂芬・歐文
曾歸納初唐時期宮廷詩的結尾爲：「天已晚了，該回去了。但我們餘興
正濃，不想回去。」〔註 109〕，這一共同的結尾語句，正是初唐時期遊
宴活動（不分宮內宮外）多爲白日舉行的明証。其實不僅初唐，對整個
唐人而言，白日是宴飲活動主要的舉行時間，特殊的如曲江宴〔註 110〕、
唐人的探春宴〔註 111〕、上巳祓禊、九日登高等種種宴會〔註 112〕，習俗
上都是在白日舉行宴飲活動，只是後來詩歌的寫作不再如初唐時期的制
式、僵化、有固定的格式罷了。

　　然而這種白日之宴對文士而言，很容易產生欲罷不能的感覺，因
此在宴飲詩中或出現這樣的句子：「朝讌華堂暮未休」（李群玉（808？
～862）〈將欲南行陪崔八讌海榴亭〉卷五六九）、「若值主人嫌晝短，
應陪秉燭夜深遊」（曹松〈陪湖南李中丞宴隱溪〉卷七一七），直欲將
宴飲活動由白日再延長到夜晚了。

　　唐人亦頗興於夜晚之宴，如孟浩然〈寒夜張明府宅宴〉、張繼〈春
夜皇甫冉宅歡宴〉（卷二四二）、許渾（788～約860）〈秋夕宴李侍御宅〉

〔註 109〕　斯蒂芬・歐文《初唐詩》（南寧：廣西人民出版社，1987 年），
　　　　　頁 6。
〔註 110〕　曲江宴以新科進士的集宴最爲著名，《唐摭言》卷三載：「逼曲江大
　　　　　會，則先牒教坊請奏，上御紫雲樓，垂簾觀焉。……曲江之宴，行
　　　　　市羅列，長安幾於半空。公卿家率以其日揀擇東床，車馬闐塞，莫
　　　　　可殫述。」又李山甫〈曲江二首〉寫這種盛況：「千隊國娥輕似雪，
　　　　　一群公子醉如泥。斜陽怪得長安動，陌上分飛萬馬蹄。」（《全唐詩》
　　　　　卷 643）君王可「垂簾觀焉」，而遊客四散回家時的「斜陽怪動」，
　　　　　是可知宴會的舉行時間在白日。
〔註 111〕　《開元天寶遺事》卷四：「（探春）都人士女，每至正月半後，各乘
　　　　　車跨馬，供帳於園圃，或郊野中，爲探春之宴。」
〔註 112〕　《西京雜記》：「樂遊原，……每上巳、重九，士女戲就祓禊、登高，
　　　　　幄幙雲布，車馬填塞，綺羅耀日，馨香滿路。」

（卷五三七）等，從詩題中均可知其爲夜晚之宴。這種夜宴，一則由於宵禁的關係，一則也可能考慮到與宴者半夜回家的不方便、不安全，因此宴飲時間往往很長，由黃昏及於曉旦，如錢起〈夏日陪史郎中宴杜郎中果園〉云：「何事重逢迎，春醪晚更清。林端花自老，池上月初明。踏入仙郎次，鳥連杜史名。竹陰疏柰院，山翠傍蕪城。引滿不辭醉，風來待曙更。」（卷二三八）。由「月初明」一直到「待曙更」，可知本次宴飲活動的舉行由黃昏及於旦明，時間頗長。又如「霞杯達曙傾」（錢起〈宴鬱林觀張道士房〉卷二三七），「賓閣玳筵開，通宵遞玉杯」（崔備〈奉陪武相公西亭夜宴陸郎中〉卷三一八），「吟詩一夜東方白」（李賀（790～816）〈酒罷張大徹索贈詩〉卷三九一），「寒天殊未曉，歸騎且遲迴」（白居易〈郡樓夜宴留客〉《白居易集箋校》卷二○），「六街鼓絕塵埃息，四座筵開笑語同。……即聽雞唱天門曉，吏事相牽西復東」（姚合〈同諸公會太府韓卿宅〉卷五○○），「猶有僧虔多蜜炬，不辭相伴到天明」（皮日休（834？～883？）〈偶留羊振文先輩及一二文友小飲日休以眼病初平不敢飲酒遣侍密歡因成四韻〉卷六一四），「知君不肯燃官燭，爭得華筵徹夜明」（羊昭業〈皮襲美見留小讌次韻〉卷六三一），「席上未知簾幕曉，青娥低語指東方」（曹松〈夜飲〉卷七一七）等句，都是這種通宵達旦宴會的明証。

而在送別宴部分，唐人習慣，走陸路的往往於白日送別，如賈島（779～843）〈送李戎扶侍往壽安〉：「出城逢日高」。走水路的多於夜晚送別〔註113〕，如韓翃〈李中丞宅夜宴送丘侍御赴江東便往辰州〉（卷二四四）詩中云：「一路三江上，孤舟萬里期」，可知別者是採水路遠行的；又如白居易〈琵琶引〉中言：「潯陽江頭夜送客」「主人下馬客在船」〔註114〕，亦是水行夜別的明証。

〔註113〕　羅時進說：「唐人遠行若取水路，則津浦送別多在傍晚，故送行詩中多寫到月。」見羅時進〈唐代送別詩與許渾的創作〉一文，收入《鐵道師院學報》1996 年第六期，頁 46～52。
〔註114〕　《白居易集箋校》卷十二。

　　大抵而言，中宗以前人多興白日之宴，玄宗朝人則白日之宴與夜晚之宴兼有，安史亂後，夜晚之宴明顯增多，且多是通宵達旦之宴，相形之下，白日之宴的舉行反而有不如夜晚之宴多的傾向。

　　若從一年的時間作爲觀察，則唐人一年四季之中無時不可宴。春日之宴，如上巳祓禊、寒食、清明、曲江宴等爲固定的宴會外，唐人最喜遊春之宴，見諸宴飲詩中，春日之宴最爲多數，如李白〈春日陪楊江寧及諸官宴北湖感古作〉（卷一七九）、耿湋（734？～787以後）〈晚春青門林亭燕集〉（卷二六九）、孟郊（751～814）〈南陽公東櫻桃亭子春宴〉（卷三七五）、皮日休〈春日陪崔諫議櫻桃園宴〉（卷六一五）等等均是。夏日之宴，如端午節宴爲固定宴會外，又如李頎（690？～754？）〈夏宴張兵曹東堂〉（卷一三三）、儲光羲（707？～761？）〈夏日尋藍田唐丞登高宴集〉（卷一三七）、王建〈從元太守夏讌西樓〉（卷二九七）、姚合〈早夏郡樓宴集〉（卷五〇〇）等等均是。秋日之宴，固定的以中秋、重九最爲著名，其餘私人宴集亦頗興盛，如李白〈秋日與劉碭山泛宴喜亭池〉（卷一七九）、盧象〈早秋宴張海郎海亭即事〉（卷一二二）、姚合〈和座主相公西亭秋日即事〉（卷五〇一）、許渾〈秋夕宴李侍御宅〉等等均是。冬日之宴，如臘日、守歲等均爲重要之宴，私人宴集亦復不少，如韋應物（733？～約793）〈軍中冬宴〉（《韋應物集校注》卷一）、〈冬夜宴河中李相公中堂命箏歌送酒〉（《劉禹錫詩集編年箋注》頁510）、戎昱（744？～800？）〈冬夜宴梁十三廳〉（卷二七〇）、馬戴〈同州冬日陪吳常侍閒宴〉（卷五五五）等等均是。

　　若從氣候來看，晴時固然宴飲，雨雪之際亦無須廢宴。《開元天寶遺事》卷三〈油幕〉條云：「長安貴家子弟，每至春時，遊宴供帳於園圃中，隨行載以油幕，或遇陰雨，以幕覆之，盡歡而歸。」，如韋應物〈郡齋雨中與諸文士燕集〉（《韋應物集校注》卷一）、劉長卿（約726～790）〈硤石遇雨宴前主簿從兄子英宅〉（《劉長卿詩編年箋注》頁60）、韓偓（844～923）〈秋雨內宴〉（卷六八二）等均是這種雨中之宴的記錄。至於雪中宴樂，亦不乏所見，《開元天寶遺事》卷

一〈掃雪迎賓〉條載：「巨豪王元寶每至冬月大雪之際，令僕夫自本家坊巷口，掃雪爲徑路，躬親立於坊前，迎揖賓客，就本家，具酒炙宴樂之，爲暖寒之會。」與此相類的雪中之宴，如岑參〈白雪歌送武判官歸京〉（《岑參詩集編年箋注》頁 235）、白居易〈花樓望雪命宴賦詩〉（《白居易集校注》卷二〇）、李群玉〈洞庭驛樓雪夜集奉贈前湘州張員外〉（卷五六八）等等均是。

此外，唐代一般宴會基本上都是單獨的宴會，並沒有與其他宴會相連接舉行，至安史亂後方見「連宴」的舉行，連合多次宴會以爲取樂，最有名的當屬發生在代宗大曆二年（767）的「連宴」，《舊唐書》卷十一〈代宗紀〉載：「甲戌，魚朝恩宴子儀、宰相、節度、度支使、京兆尹於私第。乙亥，子儀亦置宴于其第。戊寅，田神功宴于其第。時以子儀元臣，寇難漸平，蹈舞王化，乃置酒連宴。」除此之外，一般文士飲宴，亦偶有「連宴」之舉，如武宗會昌元年（841），劉禹錫、白居易、王起（760～847）等賦有〈會昌春連宴即事聯句〉（《劉禹錫詩集編年箋注》頁 692）一篇，詩題以「連宴」名之，《注》云：「連宴：指寒食、上巳二節相連而宴飲。」〔註115〕，既「連宴」，宴飲活動舉行的時間自然也就加長了。

三、活動事由

唐代宴飲活動舉行的事由有很多，大致上可歸納爲遊樂、節慶與送別三類。

所謂「遊樂」宴飲活動，指的是一般無特別作用、單爲遊樂的宴飲活動，如唐代帝王的遊宴活動，以及官員「每旬暇日尋勝地讌樂」的「旬宴」〔註116〕、或公閒無事之餘的「任追遊樂」〔註117〕下所舉行的宴飲活動，或文士間往來交際應酬的宴飲活動等等，均包含在內。

〔註115〕 見蔣維崧等《劉禹錫詩集編年箋注》（濟南：山東大學出版社，1997年），頁 692。

〔註116〕 同註 9。

〔註117〕 同註 11。

　　所謂「節慶」宴飲活動，指的是固定節日（節）與特殊慶賀事（慶）而言，前者是社會通行的節俗，後者則專就特殊事例而言。就固定節日來說，唐人有承襲傳統並舉行宴飲活動的節日，如元正（元旦）、人日（正月7日）、上元（正月15日）、晦日（正月最後一日）〔註118〕、社日、中和節（2月1日）〔註119〕、寒食、上巳（3月3日）、清明、端午（5月5日）、七夕（7月7日）、中元（7月15日）、重陽（9月9日）、臘日、歲除等，也有因皇帝誕辰而特定的千秋節（玄宗）〔註120〕、天平地成節（肅宗）、慶成節（文宗）、慶陽節（武宗）、嘉會節（昭宗）、乾和節（哀帝）等等〔註121〕，不過這些因帝王誕辰而新訂的節日，最多只有在宮中舉行宴樂以爲慶祝，對宮廷外的地方官員來說，或只是休假一天，並沒有多大的意義，且安史亂後君威大不如前，雖有節日的制定，但卻不見大型慶賀，更無宴飲詩的傳世。現今帝王誕節有宴飲詩留世者，僅玄宗千秋節而已。就特殊慶賀事來說，就宮廷方面，如太宗朝的戰爭得勝、武后朝的建天樞成、玄宗朝的大同殿柱產玉芝等事；在文士方面，如科舉進士及第、爲官遷轉新除等均是。

　　所謂「送別」宴飲活動，指的是因送別而舉行的宴飲活動，包含正式、大型的餞別宴，與簡單、小型的友朋間林下送別宴飲等活動。

四、活動地點

　　就活動地點來看，或在皇家宮殿園林之內，或在私人園林之中，或在公共園林，或在官舍郡齋，或在幕府軍中，或在寺觀，或在客舍

〔註118〕　雖然每月最後一日都可稱爲晦日，然而正月晦日明定爲節日，《荊楚歲時記》云：「元日至月晦，並爲酺聚飲食。每月皆有晦朔，正月初年，時俗重以爲節。」此據《藝文類聚》卷四〈歲時中〉引文。

〔註119〕　德宗貞元五年（789）正月，詔以二月一日爲中和節，以代正月晦日。見《舊唐書》卷十三〈德宗本紀下〉。

〔註120〕　開元十七年（729）定玄宗誕辰爲千秋節，至天寶二年（743）改名爲天長節。見《唐會要》卷二九〈節日〉。

〔註121〕　代宗、德宗、順宗在位時，雖未別置節日，每至降誕日，天下亦皆休假。同註120。

驛館，或在酒樓，或在山林野地，或在江邊湖上等處。

　　宮廷宴飲活動的舉行場所，以皇家宮殿園林為主。從唐代宮廷宴飲詩的詩題來考察，皇家宮殿園林中曾經舉行過宴飲活動的地點有：大明宮、銀潢宮、莎冊宮、上陽宮、望春宮、兩儀殿、麟趾殿、麟德殿、麗正殿、咸亨殿、甘露殿、集賢殿、蓬萊三殿、武成殿、勤政樓、花萼樓、廣達樓、清暉閣、藕荷亭、梨園亭、臨渭亭、白蓮花亭、仙萼亭、宿羽亭、隆慶池、興慶池、昆明池、凝碧池、芙蓉園、桃花園等地。

　　唐代私人園林的甚夥，是以在私人園林之中的宴飲活動最為興盛，如《舊唐書》卷六二〈楊恭仁傳〉中提到：

　　（楊）師道退朝後，必引當時英俊，宴集園林，而文會之
　　盛，當時莫比。雅善篇什，又工草隸，酣賞之餘，援筆直
　　書，有如宿構。太宗每見師道所致，必吟諷嗟賞之。

又如裴度於東都所創建的「綠野堂」，《舊唐書》卷一七〇〈裴度傳〉記載道：

　　於午橋創別墅，花木萬株，中起涼臺暑館，名曰綠野堂。……
　　度視事之隙，與詩人白居易、劉禹錫酣宴終日，高歌放言，
　　以詩酒琴書自樂，當時名士，皆從之遊。

又如杜佑的樊川佳林亭：

　　佑城南有佳林亭，卉木幽邃，佑每與公卿讌集其間，廣陳
　　妓樂。〔註122〕

很明顯的，園林是文士們彼此間交遊宴飲的重要場所。此外，又以進士最重視的關宴為例，《唐摭言》卷三記載道：

　　盧相國鈞初及第，頗窘於牢賫。……時俯及關宴，鈞未辦
　　釀，率撓形於色。僕輒請罪，鈞具以實告。對曰：極細事
　　耳。郎君可以處分，最先後勾當何事？鈞初疑其妄，既而
　　將觀之，紿謂之曰：爾若有伎，吾當主宴，第一要一大第
　　為備宴之所，次則徐圖。

盧鈞視「要一大第為備宴之所」為籌辦關宴的首要之事，可見私第園

─────────────────

〔註122〕《舊唐書》卷一四七〈杜佑傳〉。

林之於宴飲活動的重要性。

　　除了私人園林外，公共園林亦是唐人常宴之所，其中以曲江爲最盛，明胡震亨《唐詩談叢》曾提到：

> 唐時風習豪奢，如上元山棚、誕節舞馬，賜酺縱觀，萬民同樂。更民間愛重節序，好修故事，綵樓達於王公，粔籹不廢俚錢，文人紀賞年華，概入歌詠。又其待臣下法禁頗寬，恩禮從厚。凡曹司休假，例得尋勝地讌樂，謂之旬假，每月有之。遇逢諸節，尤以晦日、上巳、重陽爲重。後改晦日立二月朔爲中和節，並稱三大節，所遊地推曲江最勝。

除了三大節之外，如進士曲江宴，「長安幾於半空」，「車馬闐塞，莫可彈述」〔註123〕，曲江的勝況，在唐人詩中多所描述，如：

> 憶長安，三月時。上苑遍是花枝，青門幾場送客，曲水竟日題詩。駿馬金鞭無數，良辰美景追隨。(杜奕〈憶長安〉《全唐詩》卷三○七)

> 滿國賞芳辰，飛蹄復走輪。好花皆折盡，明日恐無春。(許棠〈曲江三月三日〉《全唐詩》卷六○三)

詩中呈現出喧囂鬧攘的遊宴盛況，不但可以看出當時這種遊宴風氣的鼎盛，更可以看出曲江這一公共的園林場所對唐人宴飲生活的重要性。〔註124〕

　　曲江之外，杭州西湖是繼曲江而成爲吸引文士往遊的大型公共園林，只是西湖遊賞的成形較晚，並未足以與曲江相抗頡〔註125〕。除

〔註123〕《唐摭言》卷三。

〔註124〕有關唐代曲江遊宴的情形，可參見宋德熹〈唐代曲江宴遊之風尚〉和侯迺慧《唐宋時期的公園文化》(臺北：東大圖書公司，1997年)第二章〈樂遊園遊春與政權的興衰〉二文。前者收入《第二屆唐代文化研討會論文集》，頁21～37；後者見是書頁31～48。

〔註125〕曲江遊宴，主要盛於開元 (713～741) 之末，《唐摭言》卷三〈慈恩寺題名遊賞賦詠雜記〉云：「曲江遊賞，雖云自神龍以來，然盛於開元之末。」安史亂後，曲江殘破，貞元 (785～804) 後雖又恢復其往日之姿，但至唐末則只剩荒頹的郊園。侯迺慧因而以爲「樂遊園似乎是隨著唐朝的脈動而生存」，同註126，頁44。至於西湖，

此之外，由於唐代文士有很大的比例、很多的時間都花在仕途上，並不是常常可以住在長安，甚至於有的人連自己的私人園林也無緣享用的。遷調的頻繁，因而爲官所在、由公家所提供的郡齋官舍，是他們常常宴樂的場所〔註126〕。如韋應物〈郡樓春燕〉（《韋應物集校注》卷一）、孟郊〈夜集汝州郡齋聽陸僧辯彈琴〉（卷三七六）、姚合〈早春郡樓宴集〉（卷五〇〇）等均是這種郡齋遊樂的明証。

除了郡齋外，文士或由於入幕的關係，因而亦曾參與軍營中宴飲活動，如李白〈在水軍宴贈幕府諸侍御〉（《李白全集校注彙釋集評》卷十八）、杜甫〈陪柏中丞觀宴將士二首〉（《杜詩趙次公先後解輯校》丁帙卷之七）、韋應物〈軍中冬宴〉（《韋應物集校注》卷一）等等均是。

唐代文士與佛道關係的深厚，與方外士過從密切，再加以寺觀園林的大量存在，因而有不少宴飲活動是在寺觀中舉行，如張說（667～730）〈岳州九日宴道觀西閣〉（卷八八）、王維〈青龍寺曇壁上人兄院集〉（《王維集校注》卷三）、韋應物〈慈恩伽藍清會〉（《韋應物集校注》卷一）、武元衡（758～815）〈資聖寺賁法師晚春茶會〉（卷三一六）、孟郊〈與王二十一員外涯遊昭成寺〉（卷三七六）等均是。

唐代文士漫遊的社會風氣，以及官員仕宦的必需與爲官遷轉的頻繁，因而客舍驛館也是寫作的主要場所之一，如王勃〈白下驛餞唐少府〉（卷五六）、王昌齡〈何九於客舍集〉（卷一四一）、蔡希寂〈洛陽客舍逢祖詠留宴〉（卷一一四）、張子容〈雲陽驛陪崔使君邵道士夜宴〉（卷一一六）、李群玉〈廣江驛餞筵留別〉（卷五六九）等等均是。

侯氏又以爲「這麼優美的園林群區並非在形成之初即受人注意與賞愛，是在中晚唐白居易守杭州，創作了許多西湖的題詠作品才使其漸漸露頭角的。」見氏著《唐宋時期的公園文化》第三章〈著名湖山公園與遊樂文化〉，頁50。

〔註126〕 侯迺慧說：「唐代的地方官員在遷調方面非常頻繁，派任某州縣只是暫時的工作，這些士大夫們多半不會在當地購屋置產，因此任職期間的居住多由公家提供。」有關唐代地方官員於郡齋內宴遊的情形，詳見氏著《唐宋時期的公園文化》第四章〈地方政府公園與治政績效〉，頁139～162。

　　除此之外，繁榮的商業與頻繁的行旅，促成唐代酒樓到處林立，這種完善的服務，使唐人不分貧富貴賤，皆能很方便地隨時隨地進行宴飲享樂活動，如李白少時曾「於任城縣構酒樓，日與同志荒宴其上，少有醒時。」〔註127〕；曾在淄青道任官的韓翃在京師時，「臨淄太校致酒於都市酒樓，邀韓。」〔註128〕；又如王昌齡、高適、王之渙三人曾共詣旗亭，貰酒小飲時，逢梨園伶官十數人會讌〔註129〕。凡此種種，皆可看出唐時酒樓宴飲活動的普遍。

　　唐人亦喜走出戶外，與自然接觸，或在山林野外，如王勃〈聖泉宴〉（《王子安集註》卷三）、杜甫〈陪王侍御宴通泉東山野亭〉（《杜詩趙次公先後解輯校》丙帙卷之七）、王昌齡〈龍標野宴〉（卷一四一）等均是。或在江邊湖上，如杜甫〈與鄠縣源大少甫宴渼陂〉（《杜詩趙次公先後解輯校》甲帙卷之五）、岑參〈早春陪崔中丞同泛浣花谿宴〉（《岑參詩集編年箋注》頁681）、元結（715～772）〈宴湖上亭作〉（卷二四一）、司空曙（720？～790？）〈晦日益州北池陪宴〉（卷二九二）、元稹〈泛江玩月〉（卷四〇六）等均是。

　　唐人宴飲活動的舉行地點十分的多樣，而不同的寫作地點，對宴飲詩作的寫景表現有著直接的影響。

五、活動情形

　　唐人宴飲活動舉行的情形也十分不同，或競為豪奢大型：「公卿列坐於席者百人」，「一宴費至十萬」〔註130〕；或恬然簡樸，「故人具雞黍，邀我至田家」（孟浩然〈過故人莊〉《孟浩然詩集箋注》卷三）。或誼譁熱鬧，「密坐隨歡促，華尊逐勝移。香飄歌袂動，翠落舞釵遺。

〔註127〕　《太平廣記》卷二〇一引《本事詩》。

〔註128〕　唐孟棨《本事詩》〈情感第一〉。

〔註129〕　同註74。

〔註130〕　《舊唐書》卷十一〈代宗紀〉：「時以子儀元臣，寇難漸平，蹈舞王化，乃置酒連宴。酒酣，皆起舞。公卿大夫列坐於席者百人。（郭）子儀、（魚）朝恩、（田）神功一宴費至十萬貫。」

籌插紅螺椀，觥飛白玉卮。打嫌調笑易，飲訝卷波遲。殘席諠譁散，
歸鞍酩酊騎」（白居易〈代書詩一百韻寄微之〉《白居易集箋校》卷十
三）；或沉靜題賦，「文宴無喧夜轉遙」（皮日休〈秋夕文宴得遙字〉
《全唐詩》卷六一四）。

　　或爲純文人聚會，如錢起〈秋夕與梁鍠文宴〉（卷二三七）、皮日
休〈秋夕文宴得遙字〉（卷六一四）、陸龜蒙（？～881？）〈寒夜文宴
得驚字〉（卷六二六）；或爲文士與方外士聚會，如錢起〈過長孫宅與
朗上人茶會〉（卷二三七）、無可〈冬晚與諸文士會太僕田卿宅〉（卷八
一三）。又唐人嗜酒，因而絕大多數的宴飲活動均爲飲酒之會，然而也
有少數的宴飲活動以飲茶之會方式進行，如劉長卿〈惠福寺與陳留諸
官茶會〉（《劉長卿詩編年箋注》頁 11）、錢起〈與趙莒茶讌〉（卷二三
九）、鮑君徽〈東亭茶宴〉（卷七）等等，都是這種飲茶之會中的賦作。
或以特殊理由聚會，如白居易、胡杲（757～845 以後）、吉皎（760～
845 以後）、鄭據（672～845 以後）、劉眞（764～845 以後）、盧眞（764
～845 以後）、張渾（772～845 以後）等七人的七老會〔註131〕。單只
是宴飲活動的舉行，差異就已經非常大。

六、活動性質

　　就活動性質來看，或爲宮廷之宴，或爲官場之宴，或爲私人聚宴。
宮廷之宴，以君王的主持作爲判斷，凡是在皇家宮殿之中，或爲君王
所參與的宴飲活動均屬之。以中宗朝爲例，《唐詩紀事》卷九〈李適〉
載景龍二年（708）七夕至四年（710）四月二十九日間中宗與群臣四
十餘次饗會遊豫活動，如七夕兩儀殿賦詩、人日清暉閣遇雪、蓬萊宮
宴吐蕃使、桃花園宴等等，均是在皇家宮殿中舉行；如幸太平公主南
莊、幸安樂公主西莊、幸韋嗣立（654～719）山莊、幸長寧公主莊等，

────────────

〔註131〕　見《白居易集校注》卷三七〈胡吉鄭劉盧張等六賢皆多年壽，予亦
　　　　　次焉。偶於弊舍合成尚齒之會。七老相顧，既醉且歡，靜而思之，
　　　　　此會稀有，因成七言六韻以紀之，傳好事者〉。

雖非「宮廷」之中，但以御駕親臨，亦屬宮廷宴飲活動。

官場之宴，即《文選》中「公讌」類，指的是「臣下在公家侍讌」〔註132〕，具有濃厚的官場氣息。公讌是官場的延伸，雖在宴飲之中，也不能忘卻官場禮數。安史亂後文士大量進入幕府之中，因而這種官場宴飲活動有加多的情形。如王維〈從岐王夜讌衛家山池應教〉(《王維集校注》卷一)、蘇源明（？～764）〈小洞庭洄源亭讌四郡太守〉（卷二五五）、岑參〈奉陪封大夫宴〉(《岑參詩集編年箋注》頁333)以及武元衡西亭夜宴陸郎中則等等，均是這種官場之宴。

私人聚宴，指的是不帶官場性質的私人聚會活動。如前述的楊師道（？～647）安德山池宴集、裴度的綠野堂宴、杜佑的樊川佳林亭宴、白居易的七老會等等，均屬之。在所有唐代宴飲活動中，最為多數。

七、活動內容

唐代宴飲活動的內容，主要由飲食、音樂、舞蹈、賦詩（包括酒令遊戲）等四項組成。首先就飲食而言，既名為宴飲活動，自然少不了飲食的吃吃喝喝。而在飲食之外，音樂、舞蹈、賦詩（包括酒令遊戲）等三者，構成了宴飲活動的餘興節目，充實了宴飲活動的內容。相關的記錄，在唐代宴飲詩中頗見記錄、形容，如：

> 管弦高逐吹，歌舞妙含春。(張説〈同劉給事城南宴集〉卷八八)
>
> 列筵邀酒伴，刻燭限詩成。香炭金爐煖，嬌弦玉指清。(孟浩然〈寒夜張明府宅宴〉《孟浩然詩集箋注》卷三)
>
> 詩因鼓吹發，酒爲劍歌雄。對舞青樓妓，雙鬟白玉童。(李白〈在水軍宴韋司馬樓船觀妓〉《李白全集校注彙釋集評》卷十八)
>
> 唱歌江鳥沒，吹笛岸花香。(岑參〈梁州陪趙行軍龍岡寺北庭泛舟宴王侍御〉《岑參詩集編年箋註》頁625)
>
> 聽歌驚白髮，笑舞拓秋窗。(杜甫〈季秋蘇五弟纓江樓夜宴崔十三評事韋少府姪三首〉其三《杜詩趙次工先後解輯校》戊帙卷之八)

〔註132〕《文選》六臣注，呂延濟《注》。

紅茵照水開樽俎，翠幕當雲發管弦。歌態曉臨團扇靜，舞
容春映薄衫妍。(楊巨源（755～?）〈邵州陪王郎中宴〉卷三三三)

妓接謝公宴，詩陪荀令題。(白居易〈三月三日被禊洛濱〉《白居
易集箋校》卷三三)

巡合當次誰改令，先須爲我打還京。(施肩吾〈雲州飲席〉卷
四九四)

不肯爲歌隨拍落，卻因令舞帶香迴。(趙嘏（806～852?）〈花
園即事呈常中丞〉卷五四九)

鳳笙龍笛數巡酒，紅樹碧山無限詩。(章碣〈癸卯歲毘陵登高
會中貽同志〉卷六六九)

此外，唐代宴飲詩中以妓、樂、舞蹈爲題書寫的詩篇亦復不少，如孟
浩然〈宴崔明府宅夜觀妓〉(《孟浩然詩集箋注》外編)、韋應物〈司
空主簿琴席〉(《韋應物集校注》卷一)、白居易〈和令狐僕射小飲聽
阮咸〉(《白居易集箋校》卷三三)、許渾〈聽歌鷓鴣辭〉(《丁卯集箋
証》卷五三四)、薛逢〈夜宴觀妓〉(卷五四八)、崔珏〈席間詠琴客〉
(591)、吳融（?～903）〈李周彈箏歌〉(卷六八七)等等即是。熱
鬧的詩、樂、舞活動，組成了宴飲時的娛樂活動。

如此複雜而又多樣的宴飲活動，正是唐代宴飲詩產生的溫床。

第三節　詩歌在宴飲活動中的存在情形

唐以前的宴飲詩寫作，從《詩經》時期禮樂的化身，發展到齊
梁而爲娛樂的工具。唐興，詩歌在宴飲活動中的存在方式承前代的
發展成果，進一步發展成爲具有唐人色彩的宴飲詩文化。宴飲活動
的社會功能，使得在其中所賦作出來的詩歌或難脫「應酬」的範疇。
然而狂放熱情的唐代文士，卻不是「應酬」的範疇可以局限住的，
在宴飲活動中從事詩歌的寫作，也有不少比例呈現出「非應酬」的
表現。以下試將詩歌在唐代宴飲活動中的存在情形，分爲應酬與非
應酬兩方面進行論述。

一、應　酬

　　宴飲活動，是社會生活的一部分，對中國人而言，在宴飲活動中人們眞正著意的，是彼此間的關係，透過飲食的進行，來促進情感的交融，因而宴飲活動具有高度的社會意義與社會功能，是一種社交的活動，而談到社交，就脫離不了「應酬」的成分。詩歌作爲一種「應酬」的形式存在於宴飲活動之中，在宮廷以及官場的宴飲活動中最爲顯著，此則可以從詩題上明顯看出：在宮廷宴飲詩作方面，臣下賦作，除了極少部分（如李白〈宮中行樂詞〉）〔註133〕外，詩題不是以「奉和」起首，就是以「應制」收尾，或兩者兼而用之，且同一宴飲活動中寫出來的的作品，題目全部相同，如中宗景龍三年（709）十二月十四日，中宗與群臣幸韋嗣立山莊，同時賦作者有李嶠、沈佺期等十六人，皆以〈奉和幸韋嗣立山莊侍宴應制〉爲題；又如開元十三年（725）授張說爲集賢殿學士，上並賜宴、賦詩，同時屬和者，包括張說在內有十七人，皆以〈奉和聖製送張說上集賢殿學士賜宴〉爲題。

　　而在官場宴飲詩作方面，亦多以「奉陪」、「陪」等字眼爲詩題起首，如岑參〈奉陪封大夫宴〉（《岑參詩集編年箋注》頁 334）、杜甫〈陪柏中丞觀宴將士二首〉（《杜詩趙次公先後解輯校》丁帙卷之七）、錢起〈奉陪郭常侍宴滻川山池〉（卷二三八）、李群玉〈長沙陪裴大夫夜讌〉（卷五六九）等詩皆是。

　　至於私人宴飲活動，亦不乏「應酬」成分，表現在詩題部分，或作「奉酬」、「酬」、「贈」、「和」、「陪」、「次韻」等字，如劉言史（？～812）〈上巳日陪襄陽李尙書宴光風亭〉（卷四六八），李翱（774～836）相和，題爲〈奉酬劉言史宴光風亭〉（卷三六九）；又如楊發〈東齋夜宴酬紹之起居見贈〉（卷五一七）、劉禹錫〈三月三日與樂天及河南李尹奉陪裴公泛洛禊飲各賦十二韻〉（《劉禹錫詩集編年

〔註133〕有關李白〈宮中行樂詞〉的寫作，將在下一章中進行深入探究。

箋注》頁 621）、杜甫〈曲江陪鄭八丈南史飲〉（《杜詩趙次公先後解輯校》乙帙卷之五）、羊昭業〈皮襲美見留小讌次韻〉（卷六三一）等等，皆是此「應酬」的明証。或於詩題、詩〈序〉中明定寫作格式：或限題，如杜甫〈嚴公廳宴同詠蜀道畫圖〉（《杜詩趙次公先後解輯校》丙帙卷之六）、白居易〈重陽席上賦白菊〉（《白居易集箋校》卷二七）；或限韻，或同用一韻，如初唐高正臣晦日置酒林亭，第一次與宴同賦者二十一人，皆以「華」字爲韻，第二次與宴者九人，皆以「池」字爲韻〔註134〕，又如張登〈重陽宴集同用寒字〉（卷三一三）；或各分一字，如景龍三年（709）重陽節，中宗與群臣臨渭亭登高宴飲賦詩，同賦者二十五人，人各一韻〔註135〕，又如〈與鄠縣源大少府宴渼陂〉一題，杜甫得寒字爲韻（《杜詩趙次公先後解輯校》甲帙卷之五），岑參得人字爲韻（《岑參詩集編年箋註》頁256）〔註136〕等等皆是。或限句數，如劉禹錫〈三月三日與樂天及河南李尹奉陪裴公泛洛褉飲各賦十二韻〉，又如王勃〈春日孫學士宅宴序〉：「人采一字，四韻成篇。」（《王子安集註》卷六），孫愼行〈三月三日宴王明府山亭序〉：「度志陳詩，式紀良會，仍探一字，六韻成章。」（卷七二）上述種種，均是這種「應酬」的規格。

除了從詩題進行觀察外，亦可從詩作內容來觀察其以「應酬」方式的存在情形。大抵而言，這類詩作由於唐人承襲齊梁以來宮廷詩「應

〔註134〕 第一次宴集，陳子昂爲之〈序〉，云：「盡各言志，以記芳遊。同探一字，以華爲韻。」見《全唐詩》卷八四。第二次宴集，周彥暉爲之〈序〉。兩次宴集所賦三十首詩，現皆存世可見。

〔註135〕 所用韻字，分別爲秋（中宗）、亭（楊廉）、枝（韋安石）、涘（岑義）、開（盧藏用）、臣（陸景初）、明（寶希玠）、還（盧懷愼）、暉（蘇瓌）、歡（宋之問）、深（韋嗣立）、酒（馬懷素）、曆（薛稷）、筵（閻朝隱）、月（韋元旦）、花（趙彥伯）、樽（于經野）、日（鄭南金）、直（李咸）、餘（蕭至忠）、風（李迴秀）、時（蘇頲）、濃（李乂）、高（李適）、華（趙彥昭）。

〔註136〕 岑參詩題作〈與鄠縣源少府泛渼陂〉，與杜甫詩題稍異，但後人考此二詩爲同一宴集所作無誤。

酬」的傳統，寫作內容頗見格套，「和諧」是其最終的追求〔註137〕，因而在這種「應酬」成分的作用下，同一宴飲場合中詩作多呈現不可避免的雷同性：詩中往往不涉個人情感好惡，只是應和主人之思，表現對眼前宴飲團體的認同，以眾人的看法為自己的看法，且多以先點題，或敘宴飲事由，或敘宴飲地點；中間寫景，或寫周遭自然風物，或寫眼前宴飲活動的進行情狀；最後表現個人的態度或感受的三段式結構篇章。試以陳子昂〈晦日宴高氏林亭〉一詩為例：

> 尋春遊上路，追宴入山家。主第簪纓滿，皇州景望華。玉池
> 初吐溜，珠樹始開花。歡娛方未極，林閣散餘霞。（卷八三）

本詩採用標準的社會化應酬格套寫作：五言律詩體製，同用「華」字為韻，三段式結構：首聯點題，中間寫景，結尾正合斯蒂芬·歐文先生「天已晚了，該回去了。但我們餘興正濃，不想回去」的格套說法〔註138〕。雖然此詩單從詩題上不容易看出「應酬」的存在，但卻是標準社會化追求「和諧」，「應酬」下的宴飲作品。

　　對唐人而言，這種「應酬」下的賦詩活動，不只是單純的賦詩而已，往往還帶有競賽、遊戲、合樂的作用。以下分別說明之。

（一）競　賽

　　競賽的方式，或以詩成先後為評定標準，此種競賽方式在南朝已然形成〔註139〕，唐代延續之，如《唐詩紀事》卷一所載：

> 是宴也，韋安石、蘇瓌詩先成，于經野、盧懷慎最後成，
> 罰酒。

又如孟浩然「列筵邀酒伴，刻燭限詩成」（〈寒夜張明府宅宴〉《孟浩

〔註137〕從《詩經》開始，「和諧」就是中國宴飲詩不變的表現任務，雖然各朝各代表現的方式或異，然而始終脫離不了「和諧」的藩籬，社會對宴飲詩創作最大的影響就是「和諧」的呈現。有關唐以前宴飲詩「和諧」的表現，詳見本論文第二章敘述。

〔註138〕同註109，頁5。

〔註139〕《南史》卷十〈陳後主紀〉：「常使張貴妃、孔貴人等八人夾坐，江總、孔範等十人預宴，號曰狎客。先令八婦人襞采箋，製五言詩：十客一時繼和，遲則罰酒。」

然詩集箋註》卷三）、劉禹錫「刻燭鬥成篇」（〈會昌春連宴即事〉卷790）、潘述「詩教刻燭賦」（〈水堂送諸文士戲贈潘丞聯句〉卷七八八）等詩句，皆是這種限時寫作的明証。

在時間限制之外，或以詩作內容爲評定標準，如《隋唐嘉話》卷下載宋之問奪袍故事：

> 武后遊龍門，命群官賦詩，先成者賞錦袍。左史東方虬既拜賜，坐未安，宋之問詩復成，文理兼美，左右莫不稱善，乃就奪袍衣之。

此次競賽，本以詩成先後爲高下，但後來卻以詩作內容定優劣，此乃唐轉變六朝「遊戲」心態，開始著重詩作內容風氣的開始。以詩作內容格調爲競賽評定標準最有名的，當屬上官昭容評定群臣詩故事：

> 中宗正月晦日幸昆明池賦詩，群臣應制百餘篇。帳前結綵樓，命昭容選一首爲新翻御制曲。從臣悉集其下，須臾紙落如飛，各認其名而懷之。既進，唯沈、宋二詩不下。又移時，一紙飛墜，競取而觀，乃沈詩也。及聞其評曰：「二詩工力悉敵。沈詩落句云『微臣彫朽質，羞睹豫章材』，蓋詞氣已竭。宋詩云『不愁明月盡，自有夜珠來』，猶涉健舉。」〔註140〕

這種競賽方式，是以在「應酬」之上加上「競賽」的成分方式存在於宴飲活動之中的。最早見於宮中，而後逐漸發展爲唐人宴飲賦詩的社會風尚，如《唐才子傳》卷四提到：

> 凡唐人宴集祖送，必探題分韻賦詩，於眾翁推一人擅場。劉相巡察江、淮，詩人滿座，而（錢）起擅場。郭曖尚主盛會，李端擅場。〔註141〕

〔註140〕 《唐詩紀事》卷三〈上官昭容〉。

〔註141〕 《唐才子傳》此段話，應脫胎自魏慶之《詩人玉屑》卷四：「唐燕集必賦詩，推一人擅場。郭曖尚昇平公主盛集，李端擅場。送劉相巡江淮，錢起擅場。」外此者，與此所載類似、卻早於《唐才子傳》記錄者尚有《唐國史補》卷上、《唐語林》卷三、《唐詩紀事》卷三〇等，唯《唐才子傳》中文字較適合於此處敘述，是以引用。

這種「推一人擅場」方式，即是「競賽」的結果。這種「推擅場」的「競賽」方式，在安史亂後風氣大盛，如《唐摭言》卷三所載：

> 寶曆中，楊嗣復相公具慶下繼放兩榜。時先僕射自東洛入覲，嗣復率生徒迎於潼關。既而大宴於新昌里第，僕射與所執坐於正寢，公領諸生翼坐於兩序。時元、白俱在，皆賦詩於席上。唯刑部楊汝士侍郎詩後成。元、白覽之失色。……汝士其日大醉，歸謂子弟曰：「我今日壓倒元、白。」

元、白在當時社會上已享大名，楊汝士（778～？）以在宴會上為詩勝過元、白為榮，就是一種「競賽」心態的呈現。又如《唐詩紀事》卷五三載李商隱事：

> 李義山遊長安，投宿旅店，適會客，因召與坐，不知為義山也。酒酣，客賦〈木蘭花〉詩，眾皆誇示，義山後成詩曰：……坐客大驚，詢之，方知是義山。

這種「推擅場」的競賽方式，在求取科舉及第的目的推波助瀾下，後來演變成為詩人在宴飲活動中逞才使氣，展現自我才華的方式。如此一來，詩人賦詩，不只是在宴飲即席中求得「擅場」而已，更帶有與同時世人相較、競賽的意味，「競賽」的對象更為寬廣，不在只限於眼前的與宴者而已，也不定要多人同時賦作方可品評出高下，如《唐才子傳》卷六載章孝標事：

> 李紳鎮淮東時，春雪，孝標參座席，有詩名，紳命札請賦，唯然，索筆一揮云：「六出花飛處處飄，粘窗拂砌上寒條。朱門到晚難盈尺，盡是三軍喜氣消。」李大稱賞，薦於主文。元和十四年禮部侍郎庾承宣下進士及第，授校書郎。

章孝標此次賦作，並無同賦者，李紳以社會標準評定之，稱賞之，雖不見實際競賽，卻已有競賽的結果：「大稱賞」。而章孝標亦因此次「競賽」的結果而進士及第。

（二）遊　戲

「以詩為戲」的遊戲方式，早在齊梁時即已形成，在「應酬」的

包圍下，詩人以詩歌作爲遊戲，增加宴飲活動的愉悅氣氛。遊戲的方式，最早承齊梁風尙，以限題、限韻、限句數等方式爲之，而柏梁體聯句的寫作方式雖然起自漢武帝，但與嘲謔、酒令著詞等，最初僅只於在宮中流傳〔註142〕，大約在天寶末季才逐漸出現在文士的宴飲活動中〔註143〕，至安史亂後方蔚爲文士宴飲詩歌寫作的常客。

安史亂前的以詩爲戲，可以分爲雅正與俚俗兩類。雅正的寫作，多以「宴」爲單位，在題目、押韻、字數、句數上或求齊整。大抵而言，這類的賦詩活動在進行之前，多先找一人作爲〈序〉文，在這篇〈序〉文中，往往即講明本次寫作的規則（也就是所謂的「遊戲規則」），如中宗〈九月九日幸臨渭亭登高序〉云：「人題四韻，同賦五言。其最後成，罰之引滿。」（《全唐詩》卷二），本次賦詩，連中宗在內共二十五人的作品現今全都完整的保存下來，這二十五首詩作，清一色爲五言四韻（即八句）的作品，完全依照〈序〉中的規定行事，並且《唐詩紀事》卷一記載：「是宴也，韋安石（651～714）、蘇瓌（639～710）詩先成，于經野、盧懷愼（？～716）最後成，罰酒。」果眞依令行事。又如長孫正隱〈上元夜效小庾體同用春字序〉云：「仍爲庾體，四韻成章，同以春爲韻。」（《全唐詩》卷七二）〔註144〕，是此次宴會中賦作，既限制寫作體裁，又限韻、限句數，同時兼用三種方式。

而在俚俗的部分，則是嘲弄酒令著辭的寫作。安史亂前，這種嘲弄酒令著辭的寫作僅限於宮廷之中，安史亂後，嘲弄酒令著辭方廣爲社會流行，成爲宴飲活動中不可或缺的表現。〔註145〕

〔註142〕 有關宮中書寫情形，將在下一章中進行討論。

〔註143〕 唐代文士聯句之作，現今《全唐詩》中所收錄者，僅卷七八八李白、高霽、韋權輿的〈改九子山爲九華山聯句〉，該詩作於天寶十三載（754），時間上已經非常接近安史亂起之時，且安史亂前僅此一詩存世。

〔註144〕 本詩賦作者六人，作品俱收入高正臣所編《高氏三宴詩集》中，詩題與《全唐詩》稍異，作〈上元夜宴效小庾體并序〉。

〔註145〕 有關唐代酒令藝術的寫作，王昆吾《唐代酒令藝術》（上海：知識出版社，1995年）一書中有詳細且深入的探討。

　　安史亂後的以詩爲戲，由於嘲弄酒令著辭的流行，使得遊戲的意味更濃，如元稹〈元和五年予官不了罰俸西歸三月六日至陝府與吳十一兄端公崔二十二院長思愴曩遊因投五十韻〉詩中描述有關宴飲活動中遊戲情形：

> 邀我上華筵，橫頭坐賓位。那知我年少，深解酒中事。能
> 唱犯聲歌，偏精變籌義。含詞待殘拍，促舞遞繁吹。叫噪
> 擲投盤，生獰攝艇使。逡巡光景晏，散亂東西異。（卷四〇〇）

又如韓愈與李正封〈晚秋郾城夜會聯句〉中，李正封句：「取歡移日飲，求勝通宵博。五白氣爭呼，六其心運度」（卷七九一）；白居易〈代書詩一百韻寄微之〉：「香飄歌袂動，翠落舞釵遺。籌插紅螺碗，觥飛白玉卮。打嫌調笑易，飲訝卷波遲。」（《白居易集箋校》卷十三）寫的都是宴飲活動中這種酒令遊戲的進行。酒令的施行改變了整個宴飲活動的進行氣氛，因而在安史亂後宴飲活動中詩歌的創作鄙俗取代了原先雅正的吟詠，遊戲的味道更濃，如《虛樓續本事詩》載李端（？～785？）事：

> 郭曖宴客，有婢鏡兒善彈琴，姿色絕代，李端在座，時竊
> 寓目，屬意甚深。曖覺之，曰：「李生能以彈箏爲題賦詩娛
> 客，吾當不惜此女。」李即席口號曰：「鳴箏金粟柱，素手
> 玉房前。欲得周郎顧，時時誤拂弦。」曖大稱善，徹席上
> 金玉酒器，并以鏡兒贈李。〔註146〕

郭曖明白要求李端「賦詩娛客」，直接擺明這種遊戲的意圖。又如《唐詩紀事》卷五七所載光風亭夜宴事：

> 光風亭夜宴，妓有醉毆者，溫飛卿曰：「若狀此，便可以痕
> 面對捽胡。」成式乃曰：「捽胡彩雲落，痕面月痕消。」又
> 曰：「擲履仙鳧起，攓衣蝴蝶飄。羞中含薄怒，顰裏帶餘嬌。
> 醒後猶攘腕，歸時更折腰。狂夫自纓絕，眉勢倩誰描。」
> 韋蟾云：「爭揮鉤弋手，競聳踏搖身。傷煩詎關舞，捧心非
> 效顰。」飛卿云：「吳國初成陣，王家欲解圍。拂巾雙雉叫，

〔註146〕　此據《唐人軼事彙編》（上海：上海古籍出版社，1995 年）卷十六，頁 836 所引文。

飄瓦兩鴛飛。」

詩寫妓人醉毆事，此等即事的描繪，純從遊戲著思，只是為了取樂，並沒有多大企圖。

（三）合　樂

在唐代宴飲詩中，有部分的作品是為了即席演奏合樂而作的。雖然，唐代詩歌大體上都是可以合樂歌唱的；雖然，唐代宴飲活動中以既有詩篇來進行演唱的記錄也非常多，但是為了即席演奏合樂而寫作的宴飲詩作，可以考知的卻不太多，如前述中宗幸昆明池群臣應制賦詩，「命（上官）昭容選一首為新翻御製曲」，即是為合樂而賦。又如李賀〈花遊曲〉的寫作，其〈序〉云：

> 寒食諸王妓遊，賀入座。因採梁簡文詩調，賦花遊曲與妓彈唱。（《李賀詩集》卷三）

又如《本事詩》〈高逸第三〉篇載李白作〈宮中行樂詞〉〔註147〕八首之經過：

> （玄宗）嘗因宮人行樂，謂高力士曰：「對此良辰美景，豈可獨以聲伎為娛？倘時得逸才詞人吟詠之，可以誇耀於後。」遂命召白。……上知其薄聲律，謂非所長，命為宮中行樂五言律詩十首。……白取筆抒思，略不停輟，十篇立就，更無加點。

是本詩的寫作，是在君王的命令下書寫，是為應酬；而寫作目的，就是為了合樂。

二、非應酬

在「應酬」的限制下，詩人的創作被限制了發展，或強迫與眾人相同，然而唐代文士向以狂放不羈出名，這種限制、強迫相同的寫作方式是絕對無法滿足自由開放慣了的唐代文士的寫作欲望，是以在「應酬」之外，「非應酬」的寫作蔚然而興。「非應酬」的宴飲詩寫作，

〔註147〕 《文苑英華》錄其中〈柳色〉一首，題作〈醉中侍宴應制〉，是以姑且視為宴飲詩作。

是唐人個性的呈現。有關「非應酬」的部分，唐人多以言志抒懷的方式表現。如陳子昂〈登澤州城北樓讌〉：

> 平生倦遊者，觀化久無窮。復來登此國，臨望與君同。坐見秦兵壘，遙聞趙將雄。武安君何在，長平事已空。且歌玄雲曲，御酒舞薰風。勿使青衿子，嗟爾白頭翁。（〈登澤州城北樓讌〉《全唐詩》卷八三）

單從內容來看，詩中提及戰國時期秦趙長平之役，實可歸入「懷古」詩一類〔註 148〕，然而本詩又不僅是懷古而已，更寄託了陳子昂對現實人事的慨歎〔註 149〕。詩末展現出詩人後期的人生哲學，是深深的感悟，而非虛無的應酬客套，雖爲遊樂宴飲詩，然而能結合作者當時心境與宴飲場所的特點，以抒情風貌呈現。此外，又如李白〈餞別校書叔雲〉一詩：

> 棄我去者昨日之日不可留，亂我心者今日之日多煩憂。長風萬里送秋雁，對此可以酣高樓。蓬萊文章建安骨，中間小謝又清發。俱懷逸興壯思飛，欲上青天覽明月。抽刀斷水水更流，舉杯銷愁愁更愁。人生在世不稱意，明朝散髮弄扁舟。（《李白全集校注彙釋集評》卷十六）

因爲所餞別的人是自己的叔叔，用不著多作客套詞語，詩中直接言志抒懷；與此相類且著名的又如白居易〈琵琶引〉，詩先敘事，後抒懷，直寫淪落天涯的悲懷。又如《唐摭言》卷三載袁肇事：

〔註 148〕 澤州州治在晉城（今山西晉城），戰國末年秦國武安君白起坑殺趙卒四十五萬人的長平就在澤州城北邊不遠之處，長平亦屬澤州所轄管。陳子昂登澤州城北樓，宴飲之際，不禁聯想起長平舊事。詩中抒發對主事者無知的不滿，以「遙聞」二句，反面諷刺了趙括的有勇無謀與虛有其表，面對強敵不知戒慎。就此一表現來看，是「懷古」之作。

〔註 149〕 據韓理洲先生考證，以爲乃武周萬歲通天二年（697）七月征契丹凱旋歸來經澤州時所作，在時間上稍晚於〈登幽州臺歌〉（見氏著〈陳子昂詩文編年考〉，《求是學刊》1982 年第 3 期，頁 40）。陳子昂這次的隨軍出征契丹，由於前鋒不諳兵略，遭到慘敗，而主帥武攸宜既畏敵如虎，又剛愎自用，陳子昂上書獻議，反遭排擠、降職，這種親身體驗，所以陳子昂此詩絕對不是單純的懷古之作，而是寄託了對人事現實的慨歎。

> 盧肇，袁州宜春人；與同郡黃頗齊名。頗富於產，肇幼貧乏。
> 與頗赴舉，同日遵路，郡牧於離亭餞頗而已。時樂作酒酣，
> 肇策蹇郵亭側而過；出郭十餘里，駐程俟頗爲倡。明年，肇
> 狀元及第而歸，刺史以下接之，大慚恚。會延肇觀競渡，於
> 席上賦詩曰：「向道是龍剛不信，果然銜得錦標歸。」

盧肇此詩的寫作，正是爲當年赴舉時無人重視自己、無人爲己送行事
出一口氣，也是一種抒懷的寫作。這種言志抒懷與應酬作品中的「抒
懷」表現是很不一致的，在「應酬」的圍籬下，雖不免抒懷，但所抒
之懷，是以眾人的感受爲感受，並不是真正詩人的懷抱。

　　由於宴飲活動的舉行常常具有濃厚的社會交往功能，因此作爲詩
歌存在於宴飲活動中，「應酬」是其最常見、也最普遍的寫作功能，
真正以「言志抒懷」作爲表現的在數量上不如「應酬」的多。但是這
類詩歌的寫作，本身已是擺脫「應酬」的拘束，而較能有詩人真實的
一面表現。

　　「醉後樂無極，彌勝未醉時。動容皆是舞，出語總成詩。」〔註150〕
宴飲酒酣耳熱之際，積蓄在唐人胸中的情感很容易便在酒意之中，化
爲唐人最熟習拿手的詩歌形式宣洩而出，是以雖然宴飲活動的社會功
能，促使宴飲詩的寫作有很大的比例皆以「應酬」形式表現，但是在
「應酬」之外，「非應酬」的寫作還是頻仍可見的。存在於宴飲活動之
中，詩歌或以「應酬」的格套，呈現出集體相彷彿的形貌；或以「非
應酬」的自由創作，呈現出詩人的個人風格情思。「應酬」與「非應酬」，
就是唐代宴飲詩在宴飲活動中的立身的基礎。

第四節　結　語

　　宴飲詩是社會生活的一部分，唐代社會，不管是在政治、經濟、
社會、文化方面，都已經爲宴飲活動的舉行預鋪了一個很好的發展背
景。在這個良好的基礎上，唐代宴飲活動以多樣的風貌，蓬勃的舉行

〔註150〕　張說〈醉中作〉，《全唐詩》卷八九。

著，繁盛普及的程度，是前代無可匹敵的。而在宴飲活動中，詩歌以
「應酬」與「非應酬」兩種方式存在，既呈現群體的和諧，又兼顧到
個人才性的突顯。不同的場合有不同的寫作規範，同中有異，和而不
同，各具面貌，從而構築出唐代宴飲詩豐富的創作表現。

第四章 遊樂宴飲詩

　　遊樂宴飲，是唐人生活中很重要的一部分，尤其是在安史亂前，國勢強盛，社會的安定，交通的便利，園林的興盛等種種，爲唐人遊樂生活預鋪了一個非常好的發展空間，仕進的必需，漫遊的成風，都增進了唐人遊樂宴飲的舉行。並且在朝廷刻意的倡導下，文武百官遊樂成風，士大夫寄情自然，每以遊宴會友。安史亂後，國勢雖大不如前，然而社會上下逃避現實，更耽於遊樂，頻繁的人際交往，產生豐富的遊樂宴飲詩，在所有的唐代宴飲詩中，遊樂宴飲詩最爲大宗。

第一節　宮廷遊樂宴飲詩

　　南北朝時期，宴飲詩幾乎都是宮廷詩的天下，在初唐（618～710）九十餘年裏，宮廷是詩歌創作的重鎮，現今可見的初唐宴飲詩，亦以宮廷保留最多，尤其是中宗朝（705～710）的宮廷遊宴詩，在整個唐代宮廷遊宴詩中留存最多，也最完整〔註1〕。玄宗朝（712～755）的

〔註1〕據《唐詩紀事‧李適》條所載，中宗景龍二年（708）到四年（710）間，共舉行大大小小的遊樂活動四十二次之多，遊樂的次數，或許不是唐代之最，如晚唐諸君，沉迷於遊樂，「每月宴設，不減十餘」，然而記錄都不像中宗朝如此詳盡；且景龍年間四十二次遊樂裏所賦寫的詩作，雖不是每一首皆得到留存，有的只是少數一兩首存世而已，然而幾乎每次活動的賦作，現今都還有存世的，這種保存完整

作品留存亦不少。然而安史亂後，君王沉迷遊宴的情形雖或變本加厲，如懿宗（860～873）「每月宴設，不減十餘」，然而所留存下來的遊樂宴飲詩卻屈指可數。在這些詳略不一的各朝宮廷遊宴詩中，隨著君王的態度改變，而有不同的表現，呈現出不同的內容與寫作心態。

一、詩作內容

宮廷遊樂宴飲詩由於應制的關係，明顯呈現出以君王好尚為指標的寫作方式，詩作內容隨著君王好尚的遷轉，而有不同的表現。〔註2〕

（一）太宗朝（627～649）

唐太宗早期，由於創業維艱，頗能記取前代覆亡教訓，「縱禁苑所養鷹犬，并停諸方所進珍異，政尚簡肅」〔註3〕，並提倡儒學，努力振奮。上行下效，因此在宮廷宴飲活動中也產生了一些揚棄齊梁輕豔綺絕作風，展現戒慎戰兢態度的作品，如太宗〈賦尚書〉：

> 崇文時駐步，東觀還停輦。輟膳玩三墳，暉燈披五典。寒心睹肉林，飛魄看沉湎。恣情昏主多，克己明君鮮。滅身資累惡，成名由積善。既承百王末，戰兢隨歲轉。（《全唐詩》卷一）

歷史上失敗的統治者因縱慾享樂而敗亡的史實，令辛苦打拼得天下的太宗膽顫心驚，雖在飲酒作樂的同時，亦不敢絲毫輕忘前代教訓，在賦詩中呈現出戒慎小心的顫兢心態。同時魏徵（580～643）亦作有〈賦西漢〉一首：

> 受降臨軹道，爭長趣鴻門。驅傳渭橋上，觀兵細柳屯。夜宴經柏谷，朝遊出杜原。終藉叔孫禮，方知皇帝尊。（《全唐詩》卷三一）

的程度，在整個唐代中是絕無僅有的。

〔註2〕 明楊慎《升庵詩話》卷八〈桃花詩〉云：「唐自貞觀（627～649）至景龍（707～710），詩人之作盡是應制，命題既同，體製復一。」其實不僅是貞觀至景龍而已，只要是應制詩，就都具有「命題既同，體製復一」的共同點，只是景龍以前，詩人之作盡是應制罷了。

〔註3〕 《舊唐書》卷二〈太宗紀〉。

魏徵此詩，完全沒有一絲輕靡氣息，在懷古的包裏下，有的只是秉持儒家禮教觀念的積極勸諫。劉肅《大唐新語》卷九記載這兩首詩的本事說道：「太宗在洛陽，宴群臣於積翠池。酒酣，各賦一事。太宗賦尚書，……徵賦西漢，……帝曰：徵言未嘗不約我以禮。」這本是一次君臣共歡的宴飲活動，然而會中不論君或臣的詩作中，卻絲毫嗅不出任何縱情歡樂的味道，反而呈現出與歡樂輕鬆心情截然相反的戒慎進取心態。又如：

> 粵余君萬國，還慚撫八埏。庶幾保貞固，虛己力求賢。（太宗〈春日玄武門宴群臣〉《全唐詩》卷一）
>
> 河山非所恃，於焉鑑古今。（太宗〈五言塞外同賦山夜臨秋以臨為韻〉《翰林學士集》）〔註4〕

這種戒慎進取態度的呈現，正是太宗早期政權建立之初，宮廷遊樂宴飲詩的主要風格。

　　這種戒慎行事，積極進取的態度，隨著帝業的穩固，生活的富庶安逸，逐漸消失在繁歌熱舞中，原本政尚簡肅的太宗，也逐漸喜歡上宴飲生活，尤褒《全唐詩話》中記載道：

> 太宗嘗謂唐儉：酒杯流行，發言可喜。是時，天下初定，
> 君臣俱欲無為，酒杯善謔，理亦有之。

積極進取、戒慎行事等正經八百、「有為」的詩歌，是不適合「無為」的宴飲活動的，而原本就是作為遊戲文學的江左齊梁宴飲詩歌寫作方式正是應和著「無為」、「善謔」的需求，正是促進宴飲氣氛的最佳寫作方式，於是太宗逐漸喜歡上江左詩歌〔註5〕，並延攬大批江左文人

〔註4〕本書收錄於傅璇琮編《唐人選唐詩新編》（西安：陝西人民教育出版社，1996年）中。

〔註5〕早在為秦王時，李世民就已經延攬了一些江左文士，擴大自己的勢力，與太子建成爭奪王位。武德四年（621）所開的文學館，十八學士中出自江左的就有虞世南、褚亮、姚思廉、許敬宗、陸德明、蔡允恭、劉孝孫等七人。在這些江左文士的薰陶之下，「少尚威武，不精學業」的李世民逐漸喜歡上江左的文化藝術。唐太宗對江左文學的這種喜好，以至於在朝廷之上當面批駁了御史大夫杜淹等人所提

作爲文學侍臣〔註6〕。上之所好，下必從之，尤其是在宴飲應制詩方面，由於應制詩的特殊性質，臣下奉詔作詩往往須仿傚君王的詩作，君王作什麼樣的詩，臣下相和自然也不能超出這種範式，於是宮廷遊宴詩作的內容逐漸擺脫戒慎的態度，轉而朝向傳承齊梁以遊戲爲主的宴飲詩表現方式。

　　宮廷宴飲詩既傳承自齊梁，於是表現在詩作上，首先是寫作命題的延襲。以許敬宗等撰之《翰林學士集》中所收的詩篇作爲例子〔註7〕，或同題共賦，如〈賦得早秋〉（〈五言早秋侍宴應詔〉）、〈五

的陳之樂府爲亡國之音的觀點，《貞觀政要》卷七記載：「太常少卿祖孝孫奏所定新樂。太宗曰：『禮樂之作，是聖人緣物設教，以爲撙節，治政善惡，豈此之由？』御史大夫杜淹對曰：『前代興亡，實由於樂。陳將亡也爲《玉樹後庭花》，齊將亡也而爲《伴侶曲》，行路聞之，莫不悲泣，所謂亡國之音。以是觀之，實由於樂。』太宗曰：『不然。夫音聲豈能感人？歡者聞之則悅，哀者聽之則悲，悲悅在於人心，非由樂也。將亡之政，其人心苦，然苦心相感，故聞之則悲耳。何樂聲哀怨，能使悅者悲乎？今〈玉樹〉、〈伴侶〉之曲，其聲具存，朕能爲公奏之，知公必不悲耳。』尚書右丞魏徵進曰：『古人稱，禮云，禮云，玉帛云乎哉？樂云，樂云，鐘鼓云乎哉？樂在人和，不由音調。』太宗然之」。除此之外，太宗並曾虛心向虞世南等江左詩人請教，對魏徵、令狐德棻等人抨擊的「庾信體」心慕不已，實際創作了不少具有「徐庾風氣」的作品，如〈秋日效庾信體〉直接點明仿傚，其餘如〈詠雪〉、〈詠雨〉等二十餘首，皆有徐庾風味在。並從事豔詩的寫作，《新唐書》卷一〇二〈虞世南傳〉：「帝嘗作宮體詩，使賡和。」身體力行地表達出對齊梁詩風的喜好。

〔註6〕汪籛先生以爲，唐太宗大抵多用熟知經史的江南士族子弟爲文學侍從之臣，以備顧問；而在決定施政方針時，則極爲重視山東微族人士的意見。參見《汪籛隋唐史論稿》（北京：中國社會科學出版社，1981年）頁93～97。今人杜曉勤先生則據現今可見有關資料加以統計整理，發現唐初武德、貞觀中可考知的詩人三十八人中，來自江左有十四人：文士十四人中，來自江左的有十二人。總計在所有的詩人文士中，來自江左的即佔半數。詳見杜曉勤《初盛唐詩歌的文化闡釋》（北京：東方出版社，1997年），頁45。

〔註7〕《翰林學士集》中所錄十三題，僅「五言奉和淺水源觀平薛舉舊跡應詔令同上五首並御詩」與「五言奉和詠棋應詔並同上六首並御詩」二題從題目上看不見與宴飲的關係，然而前題「平薛舉舊跡應詔」，褚遂良詩有「平分共飲德，率土更聞韶」句，似乎此詩亦是在宴飲

言七夕侍宴賦得歸衣飛機一首應制〉、〈五言延慶殿集同賦花間鳥〉；或限韻而作，如〈五言遼東侍宴同賦臨韻應詔〉、〈五言春日侍宴望海同賦光韻應詔〉；或分題而賦，如〈五言侍宴延慶殿同賦別題應詔〉〔註8〕等等，此等命題方式，都是齊梁以來宮廷宴飲賦詩的習慣，都是把賦詩當作一種遊戲來對待，在命題上即有濃厚的遊樂味道。其次是內容的承襲。齊梁詩人在創作詠物應景詩時多「緝事比類，非對不發，博物可嘉，職成拘製。」（《南齊書‧文學傳》），事類繁富，辭藻綺麗。太宗後期的宮廷宴飲詩亦有這種「綺縠紛披，宮徵靡曼」的現象。如：

> 階蘭凝曙霜，岸菊照晨光。露濃稀晚笑，風勁淺殘香。細葉凋輕翠，圓花飛碎黃。還持今歲色，復結後年芳。（太宗〈賦得殘菊〉《全唐詩》卷一）

> 大君端宸暇，睿賞狎林泉。開軒臨禁籞，藉野列芳筵。參差歌管颺，容裔羽旗懸。玉池流若醴，雲閣聚非煙。湛露晞堯日，薰風入舜弦。大德侔玄造，微物荷陶甄。謬陪瑤水宴，仍廁柏梁篇。闕名徒上月，郤辯詎談天。既喜光華旦，還傷遲暮年。猶冀升中日，簪裾奉肅然。（杜正倫〈玄武門侍宴〉《全唐詩》卷三三）

> 殿閣炎光盡，池臺爽氣歸。荷香風裏歇，樹影日中衰。蟬聲出林散，鳥路入雲飛。承恩方未極，無由駐落暉。（朱子

場合中賦作的；「詠棋」諸詩，雖不明情況，然而從命題方式來看，亦頗有宴飲風格。如此看來，全集所錄幾乎都是有關宴飲的詩作。初唐早期（主要是太宗朝）的宴飲詩作，現今《全唐詩》中保留並不多，反而是收藏於異邦的《翰林學士集》保存較多。《翰林學士集》今藏於日本名古屋真福寺，爲唐代寫本。集僅一卷，共收太宗時君臣唱和詩五十一首，詩的寫作時間大致在太宗貞觀八年（634）到貞觀二十三年（649）太宗逝世前。本集所錄，《全唐詩》僅收入其中十二首（其中一首尚是幾句），其餘皆爲中土久已不傳的佚詩。有關敘述，見《唐人選唐詩新編》中，由陳尚君爲《翰林學士集》所寫的〈前記〉。

〔註8〕此次賦作，太宗〈賦得殘花菊〉（《全唐詩》作〈賦得殘菊〉），長孫無忌〈賦得寒叢桂〉，許敬宗〈賦得阿閣鳳〉，上官儀〈賦得凌霜燕〉。

奢〈五言早秋侍宴應制〉《翰林學士集》）

芬芳禁林晚，容與桂舟前。橫空一鳥度，照水百花然。綠
野明斜日，青山澹晚煙。濫陪終宴賞，握管類窺天。（虞世
南（558～638）〈侍宴應詔賦韻得前字〉《全唐詩》卷三六）

諸如此類，都是「綺縠紛披，宮徵靡曼」最明顯的例證。除了「綺縠紛
披，宮徵靡曼」外，此時詩作內容表現還有一個共同的特色，就是很重
視景物的書寫，並且透過景物的書寫，呈現出遊宴活動的快樂之情狀。
而這種景物的書寫，又集中在園林風物的形容上。以前述詩為例，除太
宗詩因以「殘菊」為題書寫，不待論外，其餘如朱子奢、虞世南等詩，
幾乎全由園林景物的形容所構成；杜正倫之詩，雖在園林之外，另關注
到飲食、歌舞，然而整體而論，園林仍是最主要的描寫對象。宴飲詩重
園林景物的形容，其實是自魏晉以來宴飲詩寫作的傳統，齊梁承之，唐
人襲之，成為太宗後期宮廷遊宴應制詩作的主要內容。

（二）高宗朝到中宗朝（650～710）

自高宗朝武后擅政以來，唐宮廷中一直是女權高漲的局面，在政
權上先有武后專政，而後韋后、太平公主、安樂公主，莫不呼風喚雨、
叱吒一時；而在宮廷詩壇中，上官婉兒獨掌詔令，評定群臣詩作高下，
對宮廷詩的發展，頗具影響。女權高漲，未必是什麼壞事，然而在傳
統父權社會中，想要維持女權統治，卻不是一件容易的事，因此武后
專任來俊臣等酷吏，鞫治反對聲浪，以致羅織罪名，陷構入罪，在朝
之臣，除非阿附武氏一族，否則很難倖免於罪，當時因而獲罪入獄、
論死者多不勝其數。處在這樣的政治環境中，宮廷宴飲詩的創作產生
了兩種的情形：一是絕口不涉政治好惡，就眼前景描繪，由於宴飲活
動多在山水園林之中，所以詩中多描山繪水的詞句。二是曲奉上意：
主政者喜歡看什麼樣的詩，就往那方向歌詠，詩意不脫君王制作範
圍；君上喜歡聽什麼樣的話，就寫什麼樣的詞，因此詩中多諛詞媚句。
曲奉上意，因此只能延襲前作，不能開拓；描山繪水，無關政治，不
致惹禍上身，因此可以擁有真情性。有關曲奉上意的部分，將在下一

小節中加以詳述，至於描山繪水部分，由於描山繪水本就是魏晉齊梁以來宴飲詩寫作的要點，太宗後期宴飲詩已然承襲，高宗朝以後，在這種特殊的政治背景的作用下，宮廷遊樂宴飲詩於是很自然地在寫景之中大用其力，大費其詞。如：

> 別殿秋雲上，離宮夏景移。寒風生玉樹，涼氣下瑤池。暫花仍吐葉，巖木尚抽枝。願奉南山壽，千秋長若斯。(魏元忠〈銀潢宮侍宴應制〉《全唐詩》卷四六)

> 公主林亭地，清晨降玉輿。畫橋飛渡水，仙閣涌臨虛。晴新看蛺蝶，夏早摘芙渠。文酒娛遊盛，忻叨侍從餘。(劉憲〈侍宴長寧公主東莊〉《全唐詩》卷七一)

> 御道紅旗出，蜂園翠輦遊。繞花開水殿，架竹起山樓。荷芰輕薰幄，魚龍出負舟。寧知穆天子，空賦白雲秋。(蘇頲〈春日芙蓉園侍宴應制〉《全唐詩》卷七三)〔註9〕

> 紫禁肅晴氛，朱樓落曉雲。豫遊龍駕轉，天樂鳳簫聞。竹外仙亭出，花間輦路分。微臣一何幸，詞賦奉明君。(喬知之(？～697)〈侍宴應制得分字〉《全唐詩》卷八一)

> 三光回斗極，萬騎肅鈎陳。地若遊汾水，歌疑歷渭濱。圓塘冰寫鏡，遙樹露成春。弦奏魚聽曲，機忘鳥狎人。築巖思感夢，礪石想垂綸。落景搖紅壁，層陰結翠筠。素風紛可尚，玄澤藹無垠。薄暮清笳動，天文煥子辰。(武平一〈奉和幸韋嗣立山莊侍宴應制〉《全唐詩》卷一〇二)

> 紅萼競燃春苑曙，粉苞新吐御筵開。長年願奉西王母，近侍慚無東朔才。(趙彥昭〈侍宴桃花園詠桃花應制〉《全唐詩》卷一〇三)

諸如此類，均以園林風物為書寫的主要對象，並且透過園林風物的書寫，呈現出遊宴活動的歡喜之情，在形容上與太宗朝，甚至是齊梁詩作，差異並不太大。然而，隨著唐代社會各方面的蓬勃發展，自由開

〔註9〕此詩《全唐詩》中另載有《唐詩紀事》不同版本的詞句：「并數登高日，延齡命賞詩。宸遊天上轉，秋物雨來滋。降鶴水仙馭，吹花入睿詞。微臣復何幸，長得奉恩私。」

放的社會風氣，使唐人能夠充分地追逐自我的夢想，實現抱負，各行各業欣欣向榮。武后朝以後，整個社會已和帝國初建立時有很大的不同，在這種大環境下，詩歌當然也不落人後的，有了長足的進展。宮廷外的詩壇，正轟轟烈烈的進行詩歌改革，深閉的宮門，也擋不住這一股潮流的波動，逐漸從傳統宮廷詩風的刻板、僵化、制式的拘束中釋放出來，自然清新的風格慢慢盈盪在宮廷詩作中。以宋之問〈三陽宮侍宴應制得幽字〉一詩為例：

> 離宮祕苑勝瀛洲，別有仙人洞壑幽。巖邊樹色含風冷，石上泉聲帶雨秋。鳥向歌筵來度曲，雲依帳殿結為樓。微臣昔忝方明御，今日還陪八駿遊。（《全唐詩》卷五二）

全詩八句之中，除尾聯作為應酬結語外，餘皆是園林風物的形容，雖或間有「歌筵」、「曲」的書寫，實際仍重在自然風物（鳥）的形容而非歌舞筵。雖然同是園林風物的書寫，但是若以宋之問此詩和虞世南等太宗朝宮廷詩人的作品相比，可以發現：太宗朝宮廷詩人的作品中，景物與人往往是對立的，景是景，人是人，兩不相干，景物雖美，終究別隔於詩人之外；而宋之問此詩則多了一分情感的投入，如頷聯中的「含風冷」、「帶雨秋」均屬詩人情感的投射，而不是巖邊樹、石上泉的本色；如頸聯「鳥向歌筵來度曲，雲依帳殿結為樓」，亦是從人主觀的角度書寫，彷彿鳥、雲皆與人同歡。在這兩聯的形容中，人與景物是相融的呈現，而不是對立。與此相類似的，如宋之問另一首〈奉和梁王宴龍泓應教得微字〉：

> 水府淪幽壑，星軺下紫微。鳥驚司僕馭，花落侍臣衣。芳樹搖春晚，晴雲繞座飛。淮王正留客，不醉莫言歸。（《全唐詩》卷五二）

本詩中間兩聯的對句，不再是單調的刻劃寫景，在宋之問筆下，花、鳥與人的關係不是兩個獨立對立的個體，而是一種互動的關係，「驚」、「落」二字，賦予花鳥動作生命力；「芳樹」、「晴雲」也以擬人法寫作，春天宛若被動地來到晚季。結尾擺脫宮廷詩牢籬，以漢淮

南王好客寓指梁王武三思，「不醉莫言歸」，一幅賓主相歡的場面，很生動地傳達了出來。雖然不脫排偶，但呈現出的，卻是清新自然的風貌。再舉蘇頲〈興慶池侍宴應制〉為例：

> 降鶴池前回步輦，棲鸞樹杪出行宮。山光積翠遙疑逼，水態含青近若空。直視天河垂象外，俯窺京室畫圖中。皇歡未使恩波極，日暮樓船更起風。（《全唐詩》卷七三）

在此之前宮廷宴飲詩傳統，或四言，或五言，未見七言之作，因而以七言為詩，本身就帶有一種創新意味在（雖然此詩為應制之作，則七言為詩的創新，應屬帝王，而非蘇頲，但此已反映出當時詩壇風氣轉向）。本詩頷聯「山光積翠遙疑逼，水態含青近若空」二句，形象地描繪山光水態，「遙疑逼」、「近若空」，相反相成，分外生動。末尾二句「未極」、「更起風」，不獨寫景，更寓抒情，讓全詩盈溢有餘，語雖結而意未盡。同是寫景為主，然而表現手法以自不同。又如蘇頲另一首〈侍宴桃花園詠桃花應制〉：

> 桃花灼灼有光輝，無數成蹊點更飛。為見芳林含笑待，遂同溫樹不言歸。（《全唐詩》卷七四）

雖然題為詠桃花，然而為詩著眼並不局限在一朵小小的桃花，或一株桃樹上而已，蘇頲此詩，呈現在讀者面前的，是境界廣大的桃林，是滿天飄舞的桃花；他的桃花，是有生命的，有情感的，而人在其中，與花融合一志。在藝術的表現上，具有十足的唐詩開闊風貌，遠非格局狹小的齊梁宮廷宴飲詩可相比擬的。

　　大抵而言，由於宮廷詩的寫作傳統，以及武后朝以來特殊的政治背景，本時期宮廷遊宴詩作的同質性很高，都是著重園林風物的書寫，不論是詩題或是詩作內容，遊樂都是很重要的表達內容。然而在傳承舊習之餘，已有部分的詩人（如前述宋之問、蘇頲之流）開始注意到擺脫慣例的拘束，以真情和骨力寫作宮廷題材，同樣是寫景，卻能呈現出自然清新的風格，在眾多虛偽空泛的作品中獨樹一格。雖然在宮廷宴飲詩作中，真正能夠有此突破的詩人並不會太多，然而所代

表的意義卻是值得重視的。

（三）玄宗朝（712～755）：遊樂不忘政教

　　相較於中宗朝宮廷遊樂宴飲詩的著力寫景，濃厚的遊樂取向，玄宗朝宮廷遊樂宴飲詩在遊樂之上披上政治教化的外衣，以另一種迥異於中宗朝的面貌呈現在世人面前。濃厚的政教氣氛，正是玄宗朝宮廷遊樂宴飲詩主要的特徵。

　　中宗景龍四年（710），韋后與安樂公主思謀奪位，合鴆中宗，唐帝國幾乎重演武后君臨天下故事，幸賴當時的臨淄王、即後來的玄宗李隆基剿誅叛亂，天下方能重歸秩序。目睹中宗因游宴行樂而亡身，激烈的宮闈鬥爭，使得玄宗在即位之初，戒惕謹慎，頗有貞觀之風，反映在宮廷宴飲詩上面，則是呈現出在遊樂中，時時不忘政治教化的作用，如開元十三年（725）時，玄宗作〈春晚宴兩相及禮官麗正殿學士探得風字〉，〈序〉文就是一篇開元政治革新的總結：

> 朕以薄德，祗膺曆數，正天柱之將傾，紉地維之已絕，故得承奉宗廟，垂拱巖廊，居海內之尊，處域中之大。然後祖述堯典，憲章禹跡績，敦睦九族，會同四海。猶恐烝黎未乂，徭戍未安，禮樂之政虧，師儒之道喪，乃命使者，衣繡服，行郡縣，因人所利，擇其可勞，所以便億兆也；乃命將士，摱介冑，勵矢石，審山川之向背，應歲月之孤虛，所以靜邊陲也；乃命禮官，考制度，稽典則，序文昭武穆，享天地神祇，所以申嚴潔也；乃命學者，繕落簡，緝遺編，纂魯壁之文章，綴秦坑之煨燼，所以修文教也。故能使流寓返枌榆之業，戎狄稱藩屏之臣；神祇歆其禋祀，庠序闡其經術。既家六合，時巡兩京，函秦則委輸斯遠，鼎邑則朝宗所利。封畿四塞，從來測景之都；城闕千門，自昔交風之地。陰陽代謝，日月相推，豈可使春色虛捐，韶華並歇？乃置旨酒，命英賢，有文苑之高才，有拔垣之良佐，舉杯稱慶，何樂如之？同吟湛露之篇，宜振凌雲之藻。於時歲在乙丑，開元十三年三月二十七日。（《全唐詩》卷三）

〈序〉文爲開元政治革新的總結，因此在這種情形下所作出來的宮廷宴飲詩，自然也充滿政教味道：

> 乾道運無窮，恆將人代工。陰陽調曆象，禮樂報玄穹。介胄清荒外，衣冠佐域中。言談延國輔，詞賦引文雄。野霽伊川綠，郊明鞏樹紅。晃斿多暇景，詩酒會春風。（唐玄宗《全唐詩》卷三）

玄宗此詩中，充滿積極振奮的情緒，將一己的政治理想呈現在詩作之中，雖是宴飲行樂，然而卻不忘施政，不忘教化；強調陰陽的和諧、禮樂的功能，展現政治的典範。宴飲的遊樂行爲，至此成爲一種德政的化身，是朝廷善政的產物。貞觀朝積極進取的詩風，以嶄新的形象重新出現在宮廷宴飲詩作中。觀今可見玄宗所作的宮廷宴飲詩篇，泰半皆如此類，充滿了政治教化的意味，如：

> 九歌揚政要，六舞散朝衣。天喜時相合，人和事不違。禮中推厚意，樂處感心微。（〈首夏花萼樓觀群臣宴寧王山亭回樓下又申之以賞樂賦詩〉《全唐詩》卷三）

> 還將聽朝暇，回作豫遊晨。不戰要荒服，無刑禮樂新。合酺覃土宇，歡宴接群臣。（〈春中興慶宮酺宴〉《全唐詩》卷三）

> 赤帝收三傑，黃軒舉二臣。由來丞相重，分掌國之鈞。……俾予成百揆，垂拱問彝倫。（〈左丞相説右丞相璟太子少傅乾曜同日上官命宴東堂賜詩〉《全唐詩》卷三）

上述諸句，皆表現出對施政、教化的重視，「人和事不違」，「禮中推厚意」，在彬彬有禮、一團和氣之中完成政治教化的作用。

　　與君王賦作中表達對政治教化的重視與自滿的心態相呼應，臣下應制賦詩，也不能離開此一思維，如：

> 東壁圖書府，西園翰墨林。誦詩聞國政，講易見天心。（張説〈恩制賜食於麗正殿書院宴賦得林字〉《全唐詩》卷八七）

> 聖政惟稽古，賓門引上才。坊因購書立，殿爲集賢開。（張説〈春晚侍宴麗正殿探得開字〉《全唐詩》卷八八）

> 皇恩與時合，天意若人期。（張説〈奉和聖製花萼樓下宴應制〉

《全唐詩》卷八八）

相對於君王對政治、教化的關注，臣下應制詩中所表現出的則是對朝政的歌詠，宣揚政治改良的成效。詩中雖或有景物的形容與宴飲歌舞情節的描寫，然而陳述重點不在遊樂，而是藉遊宴的歡樂的形容來表達對聖王德政的歌頌，並呈現出在禮節規範中，君臣上下一心的和諧景象。以王昌齡〈夏月花萼樓酺宴應制〉一詩爲例：

> 士德三元正，堯心萬國同。汾陰備冬禮，長樂應和風。賜慶
> 垂天澤，流歡舊渚宮。樓臺生海上，簫鼓出天中。霧曉筵初
> 接，宵長曲未終。雨隨青幕合，月照舞羅空。玉陛分朝列，
> 文章發聖聰。愚臣忝書賦，歌詠頌絲桐。(《全唐詩》卷一四二)

王昌齡此詩中，雖然極寫宴飲活動的熱鬧：「樓臺生海上，簫鼓出天中」、「雨隨青幕合，月照舞羅空」，說明宴飲活動的綿長：「霧曉筵初接，宵長曲未終」，然而重點卻不是在呈現遊樂的歡欣之情，而是藉由歡宴來歌詠朝廷德政：「堯心萬國同」。詩中雖是句句寫宴飲，然而卻是句句不離政治教化的歌詠，句句是應和於禮教的陳述。

探究玄宗朝宮廷宴飲詩之所以有濃厚政教意味的理由，或應分從君、臣兩方面論述。就君的方面而言，唐玄宗先後平定韋后與安樂公主、以及太平公主兩次政變，雖非開國君主，卻有強烈的憂患意識，這一點和唐太宗頗有相類似之處。目睹武后的酷吏持政、中宗的遊樂喪身，前車之鑑，使玄宗積極想從事政治改革，建立良好的政治典範，開元年間（713～741），先後重用姚崇、宋璟、張說，以身作則，待之甚爲禮敬。在這樣的心態影響下，宴飲詩也就化身爲政教的代言者，在宴飲享樂之際，君王藉以宣揚良好的政教理念，爲群臣樹立典範，因而在君王的詩作中，充滿濃厚的政教味道。

就臣的方面而言，雖說朝士應制賦詩必須取合於帝王的喜好，但是更重要的是出自朝士內心中對儒家傳統君臣倫理思想的要求。自武后朝以來，君臣關係一直不合儒家傳統的政治倫理觀，不管是武后朝的高壓統治，排除異己，使大臣從此以言爲諱者二十年；或是中宗朝

的縱情享樂，狎猥佻佞，忘君臣禮法，都是不符合儒家思想的。玄宗
登基時，朝士們要求重建良好君臣關係的呼聲越來越高，如開元元年
（713）晉陵尉楊相如上疏云：「人主莫不好忠正而惡佞邪，然忠正者
常疏，佞邪者常親，以至於覆國危身而不寤者，何哉？誠由忠正者多
忤意，佞邪者多順旨，積忤生憎，積順生愛，以親疏之所以分也。明
主則不然。愛其忤以收忠賢，惡其順以去佞邪，則太宗太平之業，將
何遠哉！」〔註10〕提出要重建貞觀時良好的君臣關係的要求。其後不
久，姚崇亦言「先朝褻狎大臣，虧君臣之敬，臣請陛下接之以禮，可
乎？」「自燕欽融、韋月將獻直得罪，由是諫臣沮色；臣請凡在臣子，
皆得觸龍鱗，犯忌諱，可乎？」〔註11〕，明白對武后以來君臣間不正
確的關係加以批評，希望玄宗能重整政治倫理，建立良好的君臣關
係。而約成書於開元八年（720），由吳兢編纂的《貞觀政要》一書中，
如〈君道篇〉、〈政體篇〉、〈任賢篇〉、〈求諫篇〉、〈納諫篇〉、〈君臣鑑
戒篇〉、〈忠義篇〉等，皆津津樂道於貞觀中「君臣合德」之事，更爲
玄宗及朝士們處理君臣關係提供了一個良好的範本。朝士們對儒家傳
統政治倫理的要求，與玄宗的政治理念正相符合，君臣想法一致，因
而當宮廷遊樂宴飲活動進行時，不管君或臣，都自然而然地以政教爲
書寫內容，充滿了濃厚的政教氣氛。

　　玄宗朝宮廷遊樂宴飲詩中充滿濃厚的政教意味，就宴飲詩的發
展來看，可以說是一種復古的行爲，這種復古，可以上溯到《詩經》
中宴飲詩的寫作。《詩經》中的宴飲詩，「所歌頌的不僅是宴禮的外
在的節文儀式，更重要的是人的內在道德風範，是好禮從善的能動
欲求。」〔註12〕《詩經》中的宴飲詩，是一種禮樂的化身，所歌唱
的是「人道的和平政治」。玄宗朝宮廷遊樂宴飲詩亦是如此，歌頌

〔註10〕《資治通鑑》卷二一〇〈唐紀〉二六。
〔註11〕同註 10。《全唐文》卷二〇六收錄本文，題爲〈十事要說〉，但文字
　　　　與此稍有出入。
〔註12〕趙沛霖〈《詩經》宴飲詩與禮樂文化的關係〉，《天津師大學報(社科版)》
　　　　1989 年第六期。

的是在傳統政治倫理下、彬彬有禮的君臣關係，政教的和諧才是他們所關注的重點，類同於《詩經》以禮教爲主的創作精神，而不是如中宗朝以前般採取齊梁描山繪水、刻畫宴飲活動以吟詠情性的表現，這正是玄宗朝宮廷宴飲詩作和武后、中宗朝宮廷宴飲詩最大的不同處。但是要注意的是，玄宗朝宮廷遊樂宴飲詩的這種復古，只是在創作精神方面而已，至於寫作的體製與技巧，其實都還是唐人的手法，與中宗朝以前並無多大的不同。

雖然如此，對宮廷宴飲詩而言，玄宗朝這種以禮教爲主的創作精神復古的表現，並不是件什麼好事，斯蒂芬・歐文以爲「在太宗朝，詩歌是宮廷中的一種愉快消遣」，「在武后和中宗朝，詩歌更多地成爲宮廷重要場合的正規頌詞」，「但詩歌仍是一種娛樂，一種密切聯繫中宗和他的小批修文館直學士侍從的特別聯結物。到了玄宗朝，宮廷詩成爲禮節性的制作，成爲一項皇帝和朝臣都要忍受的任務。它那嚴肅的冗贅陳述，以及帝王主題的含蓄說教，使得一切靈巧和優雅的閃光都消失了。」〔註13〕玄宗朝的這種「復古」表現，不但沒有爲宮廷宴飲詩開展出新生命，相反地卻是扼殺了宮廷宴飲詩的生機。時代是進步的，而宮廷宴飲詩的復古卻是一種倒退的舉動，雖與當時的政治發展相結合，卻與詩歌的發展相背離；政治教化的宣揚，雖然爲宮廷宴飲詩的寫作另闢蹊徑，但這條蹊徑卻是一條比先前寫景更加狹隘的死巷，可供詩人創作的空間更形局限、狹窄；滿足了君王的心態，卻不符合文士的期望與社會的青睞。「復古」的結果，反而加速初唐以來詩壇重心移轉的發展，宮廷宴飲詩在詩壇的地位退讓，文士宴飲詩取而代之，正式擅場。

（四）德宗朝（780～804）

安祿山之亂起，玄宗遷蜀，肅宗倉卒即位，亂離之際，宮廷宴飲活動，幾乎一時停止。迨安史之亂敉平後，德宗貞元四年（788），史

〔註13〕斯蒂芬・歐文《盛唐詩》（賈晉華譯，南寧：廣西人民出版社，1987年），頁24。

書上始又復見大型遊宴活動的記載〔註14〕。雖然，中晚唐時期沉迷遊宴活動的君主不少〔註15〕，喜歡文學的君王也有一些〔註16〕，然而宮廷遊樂宴飲詩存世的卻只有六首，其中五首全是德宗朝所作〔註17〕，

〔註14〕《舊唐書》卷一三〈劉太眞傳〉：「貞元三年（787）以後，仍歲豐稔，人始復生人之樂。」《舊唐書・德宗紀下》載貞元四年（788）春正月，「宴群臣於麟德殿，設九部樂，内出舞馬，上賦詩一章，群臣屬和。」這次宴樂，是安史之亂後，在正史上首次出現的宮廷大型遊宴活動。雖前面肅宗上元二年（761）八月癸丑，「以中官李輔國守兵部尚書，於尚書省上，命宰臣送之，酣宴竟日。」但此次宴送李輔國並非遊樂宴飲活動，是以不論。

〔註15〕如穆宗、敬宗、懿宗等皆以荒僻享樂、遊幸無恆著稱，詳見第三章政治背景部分的敘述。

〔註16〕喜歡文學的中晚唐君王有德宗、文宗、宣宗三人。其中德宗「雅尚文學，注意是選。乘輿每幸學士院，顧問錫賚，無所不至。御饌珍肴，輟而賜之。又嘗召對於浴堂，移院於金鑾殿，對御起草，賦詩唱和，或旬日不出。」（《翰林志》），「善爲文，尤長於篇什，每與學士言詩於浴堂殿，夜分不寐。」（《唐詩紀事》卷二〈德宗〉），「文思俊拔，每有御製，即命朝臣畢和。」（《舊唐書》卷一三七〈劉太眞傳〉），《舊唐書》中所載德宗宴飲賦詩賜詩事，共十二條，次數之多，爲《舊唐書》之冠；且現今可見中晚唐有關宮廷宴飲詩，以德宗朝詩作留存最多，德宗一朝宮廷詩的興盛，由此可以推知、想見。文宗在文學方面亦頗有偏好，《唐語林》卷二言其「好五言詩，品格與肅、代、憲宗同，而古調尤清峻。」，「試進士，上多自出題目。及所司試，覽之終日忘倦。常召學士於内庭論經，較量文章，宮人已下侍茶湯飲饌。」更由於對詩的喜好，文宗曾經想要設置詩學士七十二員。其後的宣宗，「雅好儒士，每山池曲宴，與學士屬和詩什。每公卿出鎮，賦詩餞行。時論以大中之政有貞觀風。」（《職源》），「上聽政之暇，多賦詩，多令翰林學士屬和。」（《東觀奏紀》卷中），「嗜書，嘗構一殿，每退朝，必獨坐内觀書，或至夜中燭炧委積，禁中謂上爲『老儒生』。」（《唐語林》卷二），又因爲宣宗「耽昧經史，觀書不休，宮中竊目上爲『老博士』」（《大中遺事》）。從老儒生、老博士之名，可以看出宣宗對知識的喜好程度；典籍中有關宣宗與臣下論詩、賦詩的記載，在中晚唐君王中最多，宣宗對文學的喜好，因此可見。除上述三人確實喜好文學，並多所創作外，敬宗嬉遊之隙，亦嘗學爲歌詩，曾欲置「東頭學士」，以備曲宴賦詩，事未行而帝已崩。見《舊唐書》卷一五四〈熊望傳〉。

〔註17〕由於社會的動盪不安與經濟的窘乏，德宗朝的宮廷宴飲活動較少舉

且都同為麟德殿宴百僚集會之作。就內容而言，主要承襲玄宗朝政教為主的書寫，有關遊宴活動的形容雖不少，但都是作為朝廷德政的烘托，可以說是玄宗朝復古精神的延伸。以德宗詩為例：

> 憂勤承聖緒，開泰喜時康。恭己臨群后，垂衣御八荒。務閒春向暮，朝罷日猶長。紫殿初筵列，彤庭廣樂張。成功歸輔弼，致理賴忠良。共此歡娛事，千秋樂未央。（〈麟德殿宴百僚〉《全唐詩》卷四）

詩中關於宴飲活動的形容雖不少，但整體內容主要是呈現國泰民安、君臣和樂融洽的歡愉景象，尤其重在施政態度的呈現，諸如「恭己」、「垂衣」，「成功歸輔弼，致理賴忠良」等句，都是良好政教的形容，濃厚的政教氣氛，與玄宗朝的表現十分類似。

德宗著重政教的書寫，尚與玄宗詩作甚為類似，然而若以臣下應制諸作來相比較，可以發現雖然同是政教的書寫，玄宗朝與德宗朝有些許的不同：玄宗朝臣諸作，如「聖政惟稽古，賓門引上才」、「皇恩與時合，天意若人期」、「汾陰備多禮，長樂應和風」等等，均是在雍容中呈現朝政的良善；而德宗朝臣諸作，往往特意突顯君威的恩重與國勢的雄大，這種表現，在女學士詩作中尤為明顯。以尚宮宋氏若昭（？～825）詩為例：

> 垂衣臨八極，肅穆四門通。自是無為化，非關輔弼功。修文招隱伏，尚武殄妖兇。德炳韶光熾，恩霑雨露濃。衣冠陪御宴，禮樂盛朝宗。萬壽稱觴舉，千年信一同。（〈奉和御製麟德殿宴百僚應制〉《全唐詩》卷七）

雖然出自女子之手，然而詩中非但沒有一絲嬌柔之氣，反而比一般男性所書寫的詩作，還要來得雄偉開闊。論胸襟，論氣象，均是浩瀚廣博，氣勢非凡，特意突顯的是君威的恩重與國勢的雄大，是一篇深具大國架勢的應制作品。一般宮廷宴飲詩，在歌詠朝廷風度之餘，往往不免描山繪水、吟歌詠舞一番，而此詩句句刀斧，英雄氣概畢現，比

行，且以節慶宴為主，遊樂宴很少見，因而所傳詩作亦不多。

男性更要男性化，難怪當時在宮中，德宗高其風操，不以妾侍命之，而呼爲學士先生〔註18〕。以女子爲學士，實可謂爲曠絕古今之舉；同胞五姊妹均入宮爲學士，更爲難得，縱使開放如唐朝，亦僅此一例而已。《全唐詩》中又存有另一首宋若昭妹妹的同時作品：

> 端拱承休命，時清荷聖皇。四聰聞受諫，五服遠朝王。景媚鶯初囀，春殘日更長。命筵多濟濟，盛樂復鏘鏘。酆鎬誰將敵，橫汾未可方。願齊山嶽壽，祉福永無疆。（尚宮宋氏若憲（？～835）〈奉和御製麟德殿宴百官〉《全唐詩》卷七）（一作若荀詩）

相較於前述宋若昭的詩作，若憲（或云若荀）這首詩在氣勢上就比較弱了一些，「景媚鶯初囀，春殘日更長」二句，類似於一般宮廷應制寫景之句，有嫵媚之姿，而少澎湃之氣。然而整首詩所呈現的仍屬泱泱大國姿態，「酆鎬誰將敵，橫汾未可方」，睥睨一切的氣勢實非凡常可比。

　　德宗朝曾於宮中賦詩的女詩人，除宋尚宮五姊妹外，尚有鮑氏君徽一人。《全唐詩》載其傳略，說她「善詩，與尚宮五宋齊名。德宗嘗召入宮，與侍臣賡和，賞賚甚厚。」〔註19〕，鮑氏現存宮廷宴飲詩一首，同屬〈奉和麟德殿宴百僚應制〉之作：

> 睿澤先寰海，功成展武韶。戈挺清外壘，文物盛中朝。聖祚山河固，宸章日月昭。玉筵鶯鵠集，仙管鳳皇調。御柳新低綠，宮鶯乍囀嬌。願將億兆慶，千祀奉神堯。（《全唐詩》卷七）

〔註18〕《新唐書》卷七七〈后妃傳〉中記載道：「（宋氏）五女，皆警慧，善屬文。長曰若莘，次若昭、若倫、若憲、若荀。莘、昭文尤高。……貞元（785～804）中，昭義節度使李抱真表其才，德宗召入禁中，試文章，幷問經史大誼，帝咨美，悉留宮中。帝能詩，每與侍臣賡和，五人者皆預，凡進御，未嘗不蒙賞。又高其風操，不以妾侍命之，呼學士。……自貞元七年（791），祕禁圖籍，詔若莘總領，穆宗以若昭尤通練，拜尚宮，嗣若莘所職。歷憲、穆、敬三朝，皆呼先生，后妃與諸王、主，率以師禮見。寶曆初卒，贈梁國夫人，以鹵簿葬。若憲代司祕書，文宗尚學，以若憲善屬辭，粹論議，尤禮之。」

〔註19〕《全唐詩》卷七。

鮑氏詩作，現存共四首，除此詩外，皆爲較柔婉、細緻的作品，可以窺見其詩風，因而在此詩中，所展現雖然遠不如宋若昭的聲調高亢，然而與諸多宮廷宴飲詩相較，氣勢亦不遑多讓，在格局上，或有凌駕之姿，如起頭六句，對朝廷恩澤，大行歌詠，氣勢磅礡，非一般「偶聖睹昌期，受恩漸弱質」〔註20〕、「小臣諒何幸，亦此影華纓」〔註21〕詩句可相比擬的；氣度的恢宏，盛唐詩作亦或有所不如。

誰說女子一定是柔弱的代表？唐代的女子，從武則天、韋后，從太平公主、安樂公主，從上官婉兒到宋尙宮五姊妹，到鮑君徽，不管在政治上，或在文學詩歌上，都分別曾叱吒風雲一時，眾男兒只有裙下臣服的份。宋尙宮五姊妹與鮑君徽，或許在政治上權力不如上官婉兒，然而表現在詩作風格上，氣度的恢宏，卻遠非上官婉兒所能相況的。唐朝女子的不讓鬚眉，在宋氏等女學士身上，又再度得到証驗。

相應於女學士作品的氣勢萬千，一般大臣之作雖然也歌詠君威國容，然而在表現上則顯得較溫和些，如盧綸（？～799？）〈奉和聖製麟德殿宴百僚〉：〔註22〕

> 雲闢御筵張，山呼聖壽長。玉欄豐瑞草，金陛立神羊。台鼎資庖膳，天皇奉酒漿。蠻夷陪作位，犀象舞成行。網已祛三面，歌因守四方。千秋不可極，花發滿宮香。（《全唐詩》卷二七六）

首聯「雲闢」、「山呼」，加入想像的形容後，誇大了君王的威容。再藉由「瑞草」、「神羊」爲輔襯，寫出筵宴的莊重神盛；而蠻夷的陪列，犀象的成行，都是盛寫國勢的繁容鼎盛；並以「網祛」、「歌守」兩句，歌詠君王德政。

特意突顯君威的恩重與國勢的雄大，正是德宗朝宮廷遊樂宴飲詩寫作內容的特色。

〔註20〕崔元翰〈奉和聖製重陽旦日百寮曲江宴示懷〉《全唐詩》卷三一三。

〔註21〕權德輿〈奉和聖製九月十八日賜百僚追賞因書所懷〉《全唐詩》卷三二○。

〔註22〕本詩《全唐詩》重出，一作常袞詩，收錄於卷二五四。

二、寫作態度

宮廷遊樂宴飲詩雖說內容或以寫景為主，或以政教為尚，各有所重，然而詩歌自古即帶有「言志」的功能，尤其是在宮廷這種特殊的場域之中，寫作心態的表白（言志）更是重要：對君王而言，表白心態可以昭明臣下遊宴意義；對臣屬而言，心態的表白是一種效忠的宣告，不但可以增強君王對自己的信任，更是一種應酬不可或缺的禮節。《舊唐書》卷二一〈禮儀志〉云：「享宴之禮立，則君臣篤」，宴飲活動的這種和睦上下的功能，在心態的表白中得到實踐。但是這種寫作態度的表達，隨著時代的或榮或衰，政治的或寬或嚴，而有不同的呈現。

（一）中宗朝以前（618～710）：從盛業的歌頌到諂媚的化身

貞觀朝武功的彪炳，激發人心中的雄心壯志，因此在初唐前期的宮廷宴飲詩中，或充滿了武功的贊揚與豪邁的雄語，如太宗〈幸武功慶善宮〉：

> 壽丘惟舊跡，酆邑乃前基。粵于承累聖，懸弧亦在茲。弱齡逢運改，提劍鬱匡時。指麾八荒定，懷柔萬國夷。梯山咸入款，駕海亦來思。單于陪武帳，日逐衛文媲。端扆朝四岳，無為任百司。霜節明秋景，輕冰結水湄。芸黃遍原隰，禾穎積京畿。共樂還鄉宴，歡比大風詩。（《全唐詩》卷一）

《舊唐書》卷二八〈音樂志〉載：「（貞觀）六年（632），太宗行幸慶善宮，宴從臣於渭水之濱，賦詩十韻。」慶善宮是太宗出生的地方，在功成名就之後，太宗曾多次返回慶善宮，並行享宴，以資慶賀。上述詩作即寫於宴飲之中，此詩後來又被以管弦，成為舞者六十四人的大型歌舞表演，名為〈功成慶善樂〉。此詩雖不免承齊梁餘緒，講究對偶排比，但在對偶排比之中，將太宗長久以來征戰功業做一概括呈現，「弱齡逢運改，提劍鬱匡時」，所展現出的雄偉豪邁氣象，遠非齊梁纖巧輕綺詩風所能相比。詩末句引漢高祖大風詩「大風起兮雲飛揚，威加海內兮歸故鄉，安得猛士兮守四方。」相比，頗有古今一氣

的豪邁慷慨氣勢。全詩充滿盛世雄豪氣象，積極開朗的風格，正符合太宗此時的心態。

　　君王的豪邁雄語或有自誇盛業之嫌，然而這種對貞觀盛世的歌頌，亦出現在臣下和作的詩篇中，如：

　　　　一舉氛霓靜，千齡德化流。（許敬宗〈奉和宴中山應制〉《全唐詩》卷三四）

　　　　大德侔玄造，微物荷陶甄。（杜正倫〈玄武門侍宴〉《全唐詩》卷三三）

貞觀朝由於文治武功臻盛，天下如一家，因此這種歌頌的詞句，可以視爲對現實盛業的一種歌揚。

　　隨著齊梁詩風的被提倡與寫作，這種心態的表白又逐漸恢復過往的諂媚作風，以諛詞媚句作結的風氣又再度充斥在唐代宮廷遊樂宴飲詩作中。如：

　　　　謬陪瑤水宴，仍廁柏梁篇。（杜正倫〈玄武門侍宴〉《全唐詩》卷三三）

　　　　濫陪終宴賞，握管類窺天。（虞世南〈侍宴應詔賦韻得前字〉《全唐詩》卷三六）

　　　　刷羽同棲集，懷恩愧稻梁。（虞世南〈侍宴歸雁堂〉《全唐詩》卷三六）

　　　　願奉南山壽，千秋長若斯。（魏元忠〈銀潢宮侍宴應制〉《全唐詩》卷四六）

　　　　如臨竊比微臣懼，若濟叼陪聖主遊。（蘇瓌〈興慶池侍宴應制〉《全唐詩》卷四六）

　　　　微臣一何幸，再得聽瑤琴。（宋之問〈上陽宮侍宴應制得林字〉卷十五）

　　　　微臣昔忝方明御，今日還陪八駿遊。（宋之問〈三陽宮侍宴應制得幽字〉）

　　　　聖藻懸宸象，微臣竊仰觀。（崔湜〈侍宴長寧公主東莊應制〉《全唐詩》卷五四）

今日陪歡豫，皇恩不可酬。（崔湜〈幸梨園亭觀打毬應制〉）（一作〈梨園亭子侍宴應制〉《全唐詩》卷五四）（一作喬知之詩）

微臣從此醉，還似夢鈞天。（蘇味道〈初春行宮侍宴應制〉《全唐詩》卷六五）

願奉瑤池駕，千春侍德音。（李適〈侍宴長寧公主東莊應制〉《全唐詩》卷七〇）

不才叨侍從，詠德以濡翰。（劉憲〈奉和幸韋嗣立山莊侍宴應制〉《全唐詩》卷七一）

微臣一何幸，詞賦奉明君。（喬知之〈侍宴應制得分字〉《全唐詩》卷八一）

臣覺筵中聽，還如大國風。（張說〈侍宴武三思山第應制賦得風字〉《全唐詩》卷八七）

願奉聖情歡不極，長遊雲漢幾昭回。（武平一〈興慶池侍宴應制〉《全唐詩》卷一〇二）

一窺輪奐畢，慚恧棟梁材。（趙彥昭〈安樂公主移入新宅侍宴應制同用開字〉《全唐詩》卷一〇三）

如上述此等諛詞媚句似乎有幾種共通的表達方式，或從貶抑自己著手，用「微」、「小」等字眼、詞意來反襯朝廷皇恩的無邊偉大；或直接形容皇恩的浩瀚，「奉聖情」的歡欣之情。漢代文學侍臣的「主上所戲弄，倡優蓄之」地位，使得文學侍臣在宮廷之中，莫不盡己所能取媚於主上，對詩歌所造成的影響，是諛詞媚句的歌頌意識的流風；歌頌意識，向來是宮廷詩作不可或缺的表現。唐代宮廷宴飲詩承繼前代習尚，自是不能免俗。再加上前已提過，唐代宮廷宴飲活動建立在「君臣篤」的基礎上，自然宮廷宴飲詩的最佳表現，就是呈現君臣上下一派和諧，你謙我恭的調調，諛詞媚句正可以呈現這種氛圍。如此說來，初唐時期宮廷詩人的這種表現作風，實在無可訾議。

然而事實並非如此簡單。首先從宮廷詩人的地位談起，宮廷詩人在朝廷中的地位，由於學士的選定，「凡充其職者無定員，自諸曹

尙書下至校書郎，皆得與選。」〔註23〕，因此雖然同爲學士，但卻
尊卑不一，品秩各有高下之分，然而每逢宮中進行宴飲活動之時，
這種身份的差距卻在有意下被泯滅，「內宴則居宰相之下，一品之上」
〔註24〕對學士而言，可謂榮寵至極。《大唐新語》卷七載張說事，更
可証明這種榮寵的存在：

> 張說拜集賢學士，於院廳讌會，舉酒，說推讓不肯先飲，謂
> 諸學士曰：「學士之禮，以道義相高，不以官班爲前後。說聞
> 高宗朝修史學士有十八九人，時長孫太尉以元舅之尊，不肯
> 先飲，其守九品官者亦不許在後，乃取十九杯一時舉飲。長
> 安中，說修《三教珠英》，當時學士亦高卑懸隔，至於行立前
> 後，不以品秩爲限也。」遂命數杯一時同飲，時議深賞之。

對於官高，如居宰相之位的學士來說，這種榮寵的感受或許不太深
刻，但是對於位卑，如以校書郎爲學士的人來說，這種無視官階的存
在，得居宰相之下、一品之上的尊榮，卻是感受深刻的。從《大唐新
語》此段記載中我們也可以發現到，「數杯一時同飲」的這種平等地
位的舉動，在高宗、武后朝時乃常例，但在玄宗時似乎已成爲較罕見
的事，因此張說這一番話與動作，方能爲時議所「深賞之」。學士等
宮廷詩人在朝中地位尊卑不一，唯有在內宴時方能泯滅這種地位的差
距，而以詩作高下定尊卑，因此在陪侍君王遊宴享樂的時候，每逢有
賦詩機會，位高的想要藉以深固寵幸不移，位卑的也想要藉這個機會
在君王前好好表現，求得賞識。皆有求於君王。

其次，更進一步探究，其實君王對待學士的態度，並不如表面
上的寵愛。在初唐時期，學士在帝王心目中的地位，其實仍未脫漢
代以來「俳優蓄之」的文學遊戲侍臣地位，如唐太宗雖然文治武功
並舉，自己也作了不少詩，然而實際上還是看重勳舊武將，輕視文
人，盧照鄰（634～686）甚至稱當時是「文臣鼠竄，猛士鷹揚」的

〔註23〕《新唐書》卷四六〈百官志〉。
〔註24〕同註23。

時代〔註25〕。初唐社會、文化風尚帶有很濃厚的六朝氣息，後世所謂「大唐氣象」此時尚未完全形成。六朝的士人風尚，傾向於麻木不仁的及時行樂態度〔註26〕，唐帝國初建立，恢宏的氣象曾經使文人稍思振奮，然而長期以來根固於士人心中的這種奴性，並且初唐宮廷詩人最先多為隋代舊臣，由隋入唐，舊習難改，再加上帝王對待學士的態度，若中宗甚至曾經「數引近臣及修文學士，與之宴集，嘗令各效伎藝，以為笑樂」〔註27〕，直把近臣學士視如伎人，在宴飲活動中作為笑樂的對象。而在另一方面，後人研究，多以為「武后、中宗朝宮廷詩人無論在人格方面還是在人生姿態上都有猥瑣、諂媚之嫌。」「這除了與他們的個人品格有關外，更主要的恐怕還是特定的政治環境、文化氣氛使然，因為即使忠直如李昭德、狄仁傑、張說等人，在武后朝也曾或迫于酷吏淫威而自誣、或屈節事張易之、武三思之徒，表現出性格中懦弱的一面。」〔註28〕這種猥瑣、諂媚姿態的形成，早在高宗朝武后初立為后時已啓先聲，當時秉忠進言、持反對意見的大臣，如褚遂良（596～658）、長孫無忌（？～659）、韓瑗（606～659）等，或先貶後殺，或死後追削官爵，籍其家，下場均甚慘，以至於《新唐書》卷一○五〈韓瑗傳〉言：「自瑗與遂良相繼死，內外以言為諱者將二十年。」這將近二十年的群臣嚜不敢言，正是百官氣節由忠鯁而諛媚大轉變的標誌。武后正式臨朝，以酷吏治官，被誣下獄，甚至因而致死者不勝其數，「在太宗朝的廿三年裏，立了廿一位宰相，平均每位作了七年；在武后周

〔註25〕盧照鄰〈粵若〉，《全唐文》卷一六七。

〔註26〕詳見前章論及南北朝宴飲詩部分，葛曉音《八代詩史》中語。

〔註27〕《舊唐書》卷一八九〈郭山惲傳〉：「時中宗數引近臣及修文學士，與之宴集，嘗令各效伎藝，以為笑樂。工部尚書張錫為〈談容娘舞〉，將作大臣宗晉卿舞〈渾脫〉，左衛將軍張洽舞〈黃獐〉，左金吾衛將軍杜元琰誦〈婆羅門咒〉，給事中李行言唱〈駕車西河〉，中書舍人盧藏用效道士上章。」

〔註28〕見杜曉勤《初盛唐詩歌的文化闡釋》（北京：東方出版社，1997年），頁264。

朝的廿一年裏，立了六十六位宰相，平均每位僅作了兩年而已。」
〔註29〕這種職位更替的頻仍，使在朝爲官者莫不戰戰兢兢，在這種
情形下，宮廷詩人的人格自然很容易在現實中被扭曲，爲了保住官
位，爲了實現理想，很自然而然地便順應潮流，阿諛諂媚以求得主
上歡欣〔註30〕。在如此種種的背景、情形下，想要宮廷詩人突破消
極心態，而有多少氣節產生，是頗令人懷疑的。於是很自然地，投
帝王所好，以求豐身潤家，成爲宮廷詩人的主要目的。學士等宮廷
詩人在國家重要政策上既不見重視，甚者無置喙的份量〔註31〕，因
此只有在詞采上得勝，取媚於帝王，曲避禍害，求得賞賜，達成心
願，諛詞媚句也就在宮廷宴飲詩中叢出了。

　　第三，作爲一種宮廷文化的表徵，宴飲詩中諛詞歌頌意識的流
露，其實也是一種應酬的慣例，表面上十分的謙恭、感恩，其中並不
一定有多少眞心誠意存在的，不管是節慶、一般遊樂，還是餞別，詩
中的歌頌媚詞其實都是沒有兩樣的，往往只是一種文詞的賣弄，並無
新意。然而，造成宮廷中宴飲詩中諛詞媚句的大量產生，究竟背後有
什麼文化因素呢？鄒川雄先生以爲：

> 在陽／陰默認體制下，中國人在公開互動中展現出許多特
> 色。首先，極端重視人與人關係的和諧。「和爲貴」幾乎是
> 中國人在公開場合的最高信條。……公開場合的互動最重
> 視面子問題。中國人依此形成獨特的「面子文化」。……要
> 在公開場合維持和諧及保持每個人的面子，其基本的做法

〔註29〕金凱《初唐文人樂府詩之研究》（政大中文碩士論文，民八七年六
　　　　月），頁 69。
〔註30〕杜曉勤以爲：「由於先天的文化素質的限制、特定的社會政治情勢
　　　　和思想文化背景的影響，龍朔文士群體普遍具有尚文輕儒、急於
　　　　干進、利欲薰心、阿諛獻媚，無儒雅之態、無骨鯁之氣的人格特
　　　　徵。而這些人格特徵和文化素質又影響了他們的藝術審美觀和詩
　　　　歌創作思想，使他們有意識地對貞觀詩風進行『變體』。」見杜曉
　　　　勤《齊梁詩歌響盛唐詩歌的嬗變》（臺北：商鼎文化出版社，1996
　　　　年）下編，頁 165。
〔註31〕參見註六。

就是，採行合乎「禮儀」的行動，也就是達成「合宜的角色扮演」。……除了合乎「禮儀」而行動外，為求和諧、面子與自我保護，中國人在公開場合採用如下兩種策略：即「和稀泥策略」與「自我貶損策略」。……「和稀泥」是指行動者在互動時，不求別的目的，只是「為了和諧而和諧」。也就是讓所有事物，不問是非對錯，不管有理無理，全部包容在一起成為一和諧的整體。……至於「自我貶損策略」則是指，為了做面子給別人，為了博取別人好感，或為了自我保護，中國人常常在與人互動時表現出自己的地位卑下。例如常使用自我貶抑之辭，……其實自我貶損做為一種謀略，……它是一種「奉其陽」的行為，一種在面臨對方強勢（即形勢之陽）時，所常常使用的策略。〔註32〕

初唐宮廷詩人往往喜歡用「微」、「小」等字眼、詞意來反襯朝廷皇恩的無邊偉大，這種自我貶抑之詞，正是鄒先生所言的「奉其陽」的行為。鄒先生這一段話，正可以解釋，初唐宮廷宴飲詩中諛詞媚句特多，除了因為君王對待的態度之外，最主要還是中國人傳統這種「奉其陽」、「和為貴」的處世哲學下的產物。

這種阿諛諂媚的表現，除了以自我貶抑的諛詞媚句作結外，宮廷詩人有時也會投君王所好，表現出另一種風貌，如：

對酒鳴琴追野趣，時聞清吹入長松。（武三思〈奉和聖製夏日遊石淙山〉《全唐詩》卷八〇）

山中日暮幽巖下，泠然香吹落花深。（張易之（？～705）〈奉和聖製夏日遊石淙山〉《全唐詩》卷八〇）

上述諸句，皆是各詩結尾之句，可以看出和傳統宮廷詩以諛詞媚句作結有很大的不同，詩中自然美景的清新感洋溢於詩外，唯有像這樣，方能說是識得宴遊之樂。然而進一步探究其所以清新之故，實不可否認其所受道教玄思的影響。石淙山為道教勝地，武后率領群臣往遊其

〔註32〕見鄒川雄《拿捏分寸與陽奉陰違——一個傳統中國社會行事邏輯的初步探索》（臺大社會所博士論文，民八四年六月），頁358～361。

中，本即屬一次道教性質的活動，當時同賦者包含武后自己共十七人，每一首詩都不離道教範疇的書寫，道教的玄思滲入詩作中，因而有如此清新詞句的產生，換句話說，這也可以算是一次的投其所好的心態的呈現。

（二）玄宗朝（712～755）：化媚詞為太平盛世的謳歌

雖然，玄宗朝宮廷宴飲詩在創作精神上真的和中宗朝以前有很大的不同，但是身為應酬的一部分，還是不能免俗地必須要或恭維主人，或歌功頌德一番。然而由於基本創作精神的差異，使得玄宗朝宮廷宴飲詩中的歌功頌德之語與初唐時有很大的不同：初唐的宮廷宴飲詩，尤其是武后以後的詩作，只為博取君王歡心而賦，是一種「奉其陽」的權宜運用，往往離不開虛偽的諛詞媚句；玄宗朝的宮廷宴飲詩，在君臣關係和諧中產生，是良好政教的化身，是開元盛世的寫真。雖然同是恭維歌頌，但是基本創作態度卻有很大的不同。如：

歲歲無為化，寧知樂九功。（張九齡〈恩賜樂遊園宴應制〉《全唐詩》卷四九）

行樂無限時，皇情及芳草。（張說〈四月十三日詔宴寧王亭子賦得好字〉《全唐詩》卷八六）

聖朝多樂事，天意每隨人。（張說〈恩賜樂遊園宴〉《全唐詩》卷八八）

銜杯不能罷，歌舞樂唐虞。（胡皓〈奉和聖製同二相以下群官樂遊園宴〉《全唐詩》卷一〇八）

共惜芸香暮，春風幾萬年。（徐安貞〈書殿賜宴應制〉《全唐詩》卷一二四）

天文同麗日，駐景惜行杯。（王維〈奉和聖製賜史供奉曲江宴應制〉《王維集校注》卷二）

從以上諸例中可以看出，玄宗朝宮廷宴飲詩中的歌功頌德之語是一種太平盛世的謳歌，詩中多從大處著筆，天地、社會、教化等等，皆可著墨，但是很少論及自己，在氣勢上多開闊，這一點，與初唐

後期從個人自我出發，以己爲喻，多貶抑自己，浮濫矯情的諛詞媚句，在氣度上表現明顯不同。葛曉音先生解釋這種現象，說道：「開元前期政治清明的特殊時代條件，使開元風骨形成了樂觀豪邁的基調，與建安的慷慨悲涼迥然有別。他們看到開元前期四海清晏、萬國來朝的盛明氣象，深幸古人理想的"至化"成爲躬逢的現實。謳歌太平便成爲他們自覺的願望，而不是應制的虛套。」〔註33〕去除酷吏的舉報，良好君臣關係的重建，開元之治的清明，使宮廷詩人不再有遭迫害的隱憂與壓力，於是不必再如初唐詩人般的極於表現自己的忠誠，以至於謙卑的幾乎失去人格；而文人政治格局的初步形成，對儒學經世精神的重視，使玄宗朝詩人普遍具有強烈的功名意識與積極進取的精神，人生理想也更雅正，充滿「致君堯舜，齊衡管樂」的政治理想〔註34〕；再加上社會經濟的極度繁盛，「小邑猶藏萬家室。稻米流脂粟米白，公私倉廩俱豐實」「百餘年間未災變」，〔註35〕一幅美好太平盛世的景象具現在玄宗朝詩人眼前；更由於君王賦詩著眼於施政教化的澤披蒼生，於是宮廷詩人的阿媚隨之轉化爲一種太平盛世的詠嘆調，促成宮廷宴飲詩中歌功頌德之詞的普遍，然而這種謳歌是時代所帶來的眞實感受反映，雖或不免有些誇大形容，但基本上和初唐後期的阿諛諂媚心態是截然不同的。

（三）德宗朝（780～804）：盛世的渴望與虛擬情境的誇詞

　　德宗朝的宮廷遊樂宴飲詩不但承襲玄宗朝以政教爲主的復古表現，並且更加突顯君王的恩威與國勢的雄大，不管是君或臣的作品，都極力鋪陳帝國的繁榮與興盛，這種鋪陳的情形，比起玄宗朝，只能說有過之而無不及。或刻畫無爲的太平之治，如：

〔註33〕葛曉音《詩國高潮與盛唐文化》（北京：北京大學出版社，1998年），頁337〈論開元詩壇〉。
〔註34〕參見杜曉勤《初盛唐詩歌的文化闡釋》，頁300～309。
〔註35〕杜甫〈憶昔〉，《杜詩趙次公先後解輯校》戊帙卷之一。

恭己臨群后，垂衣御八荒。務闌春向暮，朝罷日猶長。（德宗〈麟德殿宴百僚〉《全唐詩》卷四）

垂衣臨八極，肅穆四門通。自是無爲化，非關輔弼功。（宋若昭〈奉和御製麟德殿宴百僚應制〉《全唐詩》卷七）

端拱承休命，時清荷聖皇。（宋若憲〈奉和御製麟德殿宴百官〉《全唐詩》卷七）

或強調兵力的強盛，如：

修文招隱伏，尚武殄妖兇。（宋若昭〈奉和御製麟德殿宴百僚應制〉《全唐詩》卷七）

酆鎬誰將敵，橫汾未可方。（宋若憲〈奉和御製麟德殿宴百官〉《全唐詩》卷七）

戈挺清外壘。……聖祚山河固。（鮑君徽〈奉和御製麟德殿宴百僚應制〉《全唐詩》卷七）

或寫國威的遠播，如：

四聰聞受諫，五服遠朝王。（宋若憲〈奉和御製麟德殿宴百官〉《全唐詩》卷七）

蠻夷陪作位，犀象舞成行。（盧綸〈奉和聖製麟德殿宴百僚〉《全唐詩》卷二七六）

從詩句的形容來看，似乎德宗時大唐帝國極其鼎盛，因而君臣上下同心歌詠，歡愉無限，玄宗朝詩人不曾使用的兵力強大、威震四夷的形容，德宗朝宮廷詩人卻著意書寫；無爲的理想政治在玄宗朝詩人筆下只是偶一爲之、輕描淡寫的提到〔註36〕，德宗朝詩人卻極力鋪陳。然而當進一步了解當時的情勢時，卻得到一個完全相反的答案：德宗在位，共二十六年〔註37〕，經歷安史之亂後，大唐帝國的國勢不管在政治、經濟、社會各方面都大不如前，德宗時，安史之亂雖已平定，然

〔註36〕直接點明無爲的，僅張九齡「歲歲無爲化」（〈恩賜樂遊園宴應制〉《全唐詩》卷四九）一句。

〔註37〕德宗於大曆十四年（779）五月即位，至貞元二十一年（805）正月駕崩，前後共二十六年。

而繼之而來的卻是藩鎮的跋扈、割據的事實〔註38〕，德宗即位次年的建中二年（781）甚至爆發一場持續五年的大規模兵變，朱滔、王武俊、田悅、李納、李希烈等人稱王稱帝〔註39〕，德宗甚至被涇原鎮軍趕出長安。後來兵亂雖被平定，但藩鎮的勢力卻依舊爲朝廷大患，而「德宗自復京闕，常恐生事，方鎮有兵，必姑息之。」〔註40〕近人呂思勉先生論德宗，以爲：「德宗初政，可謂能起衰振弊，然而終無成功者，則以是時藩鎮之力太強，朝廷兵力、財力皆不足，而德宗銳意討伐，知進而不知退，遂致能發而不能收也。」〔註41〕是以史傳論德宗，以爲「出車雲擾，命將星繁，罄國用不足以饋軍，竭民力未聞破賊。一旦德音掃地，愁歎連甍。」〔註42〕除了藩鎮的內憂之外，如吐蕃等強鄰也不時侵擾，多次寇邊，叛服不定〔註43〕。社會經濟方面，

〔註38〕《舊唐書》卷十五〈憲宗紀下〉云：「自貞元十年（794）已後，朝廷威福日削，方鎮權重。」趙翼《廿二史箚記》卷二十〈唐節度使之禍〉云：「及安、史既平，武夫戰將以功起行陣，爲侯王者，皆除節度使，大者連州十數，小者猶兼三四，所屬文武官，悉自置署，未嘗請命於朝，力大勢盛，遂成尾大不掉之勢。或父死子握其兵而不肯代，或取舍由於士卒，往往自擇將吏，號爲留後，以邀命於朝，天子力不能制，則含羞忍恥，因而撫之。姑息愈甚，方鎮愈驕。」

〔註39〕《舊唐書》卷十二〈德宗紀〉：「（建中三年782十一月）朱滔、田悅、王武俊於魏縣軍壘各相推獎，僭稱王號。滔稱大冀王，武俊稱趙王，悅稱魏王。又勸李納稱齊王。僭署官名如國初親王行臺之制。丁丑，李希烈自稱天下都元帥、太尉、建興王，與朱滔等四盜膠固爲逆。」

〔註40〕《唐語林》卷三〈識鑒〉。

〔註41〕呂思勉《隋唐五代史》（台北：九思出版社，1977年）第六章第二節，頁282。

〔註42〕《舊唐書》卷十三〈德宗紀下〉史臣曰。

〔註43〕如貞元二年（786），吐蕃寇涇、隴、邠、寧數道，並及於好畤，京師戒嚴；十二月，陷夏州、銀州。三年，又犯塞，大掠汧陽、吳山、華亭界民庶，陷華亭，又陷涇州之連雲堡，俘掠邠、涇、隴，等州民戶殆盡。四年（788），吐蕃寇涇、邠、明、慶、廓等州，焚彭原縣，邊將閉城自固。賊驅人畜三萬計，凡二旬退。六年（790），又攻陷北庭都護府，節度使楊襲古奔西州。八年（792），寇涇州。貞元十三年（797）起，由於吐蕃外有侵逼，故遣使求好，德宗「以其豺狼之性，數負恩背約，不受表狀，任其使卻歸。」貞元十三年（797）至十六年（800）間，唐朝多次破吐蕃，收復失土，短暫獲得勝利。

德宗即位之初，承大亂之後，民生已是凋敝，更逢蝗災，造成大饑，「關中饑民蒸蝗蟲而食之」「穀價騰踊」〔註44〕，又逢大地震，「江溢山裂，廬舍多壞，居人露處」〔註45〕。內有藩鎮割據，外有吐蕃侵擾，兵事繁多，國用不足，或曾以軍興庸調不給，向京城富商借錢〔註46〕，朝廷更不只一次因為歲凶而賜百官錢、罷宴〔註47〕。也因為如此，所以宮廷宴飲活動直到貞元四年（788）以後方見載於史籍，雖然貞元後期外患、經濟狀況稍見改善〔註48〕，但仍有多次因歲凶出太倉粟米

有關吐蕃寇邊、叛服情形，詳見《舊唐書》卷十二、三〈德宗紀〉與卷一九六〈吐蕃傳〉。

〔註44〕《舊唐書》卷十二〈德宗紀上〉：「（貞元元年〔785〕正月）大風雪，寒。去秋螟蝗，冬旱，至是雪，寒甚，民饑凍死者踣於路。……（夏四月）時關東大饑，賦調不入，由是國用益窘。關中饑民蒸蝗蟲而食。……五月癸卯，分命朝臣禱群神以祈雨。蝗自海而至，飛蔽天，每下則草木及畜毛無復子遺。穀價騰踊。」

〔註45〕貞元四年（788），連日地震不斷，《舊唐書》於是年正月至五月間，共載地震十八次，甚者連日地震不斷。同年八月甲午，「京師地震，其聲如雷」。見《舊唐書》卷十三〈德宗紀下〉。

〔註46〕《舊唐書》卷十二〈德宗紀上〉：「（建中三年782夏四月）太常博士韋都賓、陳京以軍興庸調不給，請借京城富商錢，大率每商留萬貫，餘並入官，不一二十大商，則國用濟矣。判度支杜佑曰：『今諸道用兵，月費度支錢一百餘萬貫，若獲五百萬貫，纔可支給數月。』甲子，詔京兆尹、長安萬年令大索京畿富商，刑法嚴峻，長安令薛萃荷校乘車，於坊市搜索，人不勝鞭笞，乃至自縊。京師囂然，如被盜賊。搜括既畢，計所得纔八十萬貫，少尹韋禎又取僦質庫法拷索之，纔及二百萬。」

〔註47〕賜錢穀部分，如貞元元年（785）十一月丁丑，詔文武常參官共賜錢七百萬貫，「以歲凶穀貴，衣冠窘乏故也。」；貞元十五年（799）四月，以久旱歲凶，「應京城內外諸軍縣鎮職員官，見共五萬八千二百七十一人，宣令每人賜粟一石。」罷會部分，如貞元二年（786），以歲饑罷元會；八年（792），以歲凶罷九日賜宴；十五年（799），以年凶罷中和節宴會與三月群臣宴賞，同年十一月，又因兵興罷冬至朝會；二十年（804），亦以歲儉罷中和節宴。見《舊唐書》卷十二、三〈德宗紀〉。

〔註48〕對外部分，貞元九年（793），原附於吐蕃的劍南西山羌、哥鄰、白狗、弱水、逋租、南水等六國君王均遣使來朝貢；而向來侵寇中國嚴重的吐蕃，在貞元十三年（797）至十六年（800）間，唐朝軍隊

耀民、罷節宴的記錄〔註49〕，而跋扈的藩鎮也屢有叛亂之情形發生〔註
50〕，與開元天寶（713～755）極繁盛世相較，治亂興衰實有如天與
壞般的高下之別。「太平盛世」對德宗朝而言，根本只是一種虛幻的
理想，現實中並不存在的。然而在德宗朝的遊宴詩中，卻極力突顯兵
力強大、威震四夷的形容，這種形容，與現實有明顯的脫節與背離。

　　而在「無爲」方面，也與現實情況完全相反。身爲帝王，德宗非
但不是「無爲」，反而是與之截然相反的事必躬親。《舊唐書》卷一三
九〈陸贄傳〉載：

> 上即位之初，用楊炎、盧杞秉政，樹立朋黨，排擯良善，
> 辛致天下沸騰，鑾輿奔播。懲是之失，貞元以後，雖立輔
> 臣，至於小官除擬，上必再三詳問，久之方下。〔註51〕

以上所述是貞元八年（792）陸贄爲相以前的事。等到陸贄貞元十年
（794）十二月免相後，「上遂躬親庶政，不復委成宰相」〔註52〕。關

亦曾多次破其師，收復失土，短暫獲得勝利。至於國內，在經濟方
面，據全漢昇先生研究，安史亂後，物價持續了三十多年的昂貴，
到德宗初年才停止，從貞元（785～804）間到宣宗大中（847～859）
年間的七十年左右又下落德非常低廉。（詳見全漢昇〈唐代物價的變
動〉，《中央研究院歷史語言所集刊》第十一本）物價低廉，民生也
就不那麼困苦了。

〔註49〕其實從註47中可以知道，貞元以來還曾因爲歲凶而多次罷宴，又《舊
唐書》卷十三〈德宗紀〉載貞元十四年（798）六月，以旱儉，出太
倉粟賑貸，冬十月，「以歲凶穀貴，出太倉粟三十萬石，開場糶以惠
民」，隔年並罷中和節宴三月群臣宴賞，更「出太倉粟十八萬石，糶
於京畿諸縣」。物價低廉之說，似未全然。

〔註50〕如貞元八年（792），襄州軍亂；貞元十五年（799）二月，宣武軍節
度史董晉卒，卒後未十日，汴州大亂；同年三月，淮西節度使吳少
誠叛，王師屢敗績，直至貞元十六年（800）冬十月方平定。

〔註51〕《唐語林》卷六有相類似的記載：「德宗時，楊炎、盧杞爲宰相，皆
奸邪用事，樹立朋黨，以至天子播遷，宗社幾覆。德宗懲輔相之失，
自是除拜命令，不專委於中書。凡奏擬用人，十阻其七。貞元（785
～804）以後，宰相備位而已。每擇官，再三審覆，事多中報。貞元
三年（787）八月，中書省無舍人，每有詔敕，宰相追他官爲之。及
兵部侍郎陸贄知政事，以上艱於選用，乃上疏論之。」

〔註52〕同註41，頁328。德宗躬親庶政的情形，或可以舉拔人才爲例，《唐

於此，呂思勉先生以為：「亦朋黨之習，迫之使不得不然也。」〔註53〕

　　從上述中可以了解，德宗朝宮廷遊宴詩作中有關帝國的一切形容都是與現實情形完全背離的，因此，若從詩句的形容與現實吻合的角度來進行評論，如果說玄宗朝的遊宴詩作是一種太平盛世的詠嘆調的話，那麼德宗朝遊宴詩中有關盛世的歌詠就是一種虛擬情境的誇詞。

　　進一步探究這種虛擬情境的誇詞之所以呈現，與其說是一種粉飾盛業，投君王所好的諂媚阿諛的工具，不如說是德宗朝君臣對中興、太平的一種普遍的嚮往與渴望的心態。基於這種嚮往，這種渴望，因而在詩作的結尾，不約而同的皆表達出對「眼前」盛事的無限期望，如：

　　　　共此歡娛事，千秋樂未央。(德宗〈麟德殿宴百僚〉《全唐詩》卷四)

　　　　千秋不可極，花發滿宮香。(盧綸〈奉和聖製麟德殿宴百僚〉《全唐詩》卷二七六)

　　　　萬壽稱觴舉，千年信一同。(宋若昭〈奉和御製麟德殿宴百僚應制〉《全唐詩》卷七)

　　　　願齊山嶽壽，祉福永無疆。(宋若憲〈奉和御製麟德殿宴百官〉《全唐詩》卷七)

　　　　願將億兆慶，千祀奉神堯。(鮑君徽〈奉和御製麟德殿宴百僚〉《全唐詩》卷七)

上述諸句，皆表達出對「眼前」盛事的無限期望，尤其在宋若憲與鮑君徽的詩中，「願」字的使用，更明顯的傳達出詩人這種渴望的心情。這種渴望，是一種生成於開元天寶時代的盛世精神，在詩人心理的積澱中，屢經戰亂後仍不絕如縷的餘韻的遺響，顯示出強盛的時代精神的巨大感召力。雖然眼前貞元政局困險重重，多不如意，然而比起建

───────────────

語林》卷三〈賞譽〉載：「德宗每年徵四方學術直言極諫之士，至者萃於闕下，上親自考試，絕請託之路。是時文學相高，當途者咸以推賢進善為意。上試制科于宣德殿，下等者，即以筆抹之至尾。其稱旨者，必吟誦嗟嘆。翌日，遍示宰相學士，曰：『此皆朕之門生。』公卿無不服上精鑒宏詞。」德宗不但親自出題考試，甚至親自閱卷，斷絕一切請託的可能。躬親庶政到如此之地步。

〔註53〕同註41。

中，甚至是大曆時期的政局來，卻是改善了一些，於是點燃詩人心中
這股中興、重現盛世的期望，促使他們發為誇張的形容之詞，虛擬的
盛世因而在筆下重現〔註54〕。蔡瑜以為：「在特定的政治氛圍下，某
些文人期待以文學重塑盛世，或至少不能使文學流於衰世之徵驗的心
態，這毋寧是文學與政治的另一種型態的微妙呈現。」〔註55〕是虛擬
盛世，除了阿媚君王的作用外，實亦有出自於文人內心的期望，這種
「政治關懷」，正是傳統文人不變的熱誠。

三、正統體制外的變調

　　上面所述，都是宮廷宴飲詩的正統寫作體制，雖或不免阿諛諂
媚，然大抵而言，內容都是雅正的。然而在雅正之外，還有因應娛樂
性質而產生的變調，這種變調，活現了宴飲詩的生命。

（一）宮廷現形記：嘲弄酒令歌詞

　　王昆吾《唐代酒令藝術・引言》中提到：「酒筵是唐代社會的一
個袖珍版本，酒令是這個袖珍社會的藝術核心。對唐代文化研究來
說，它們至關重要。」

　　宮廷詩，雖然是初唐詩作的最大宗，是初唐詩歌藝術的代表重
鎮，然而向來對初唐宮廷詩的評價卻不高，結構的難以擺脫三段拘
束，華辭麗句的堆砌，宛如類書般的製作，以及諛詞媚句的充斥，在
在都是造成初唐宮廷詩格調不高、內容空洞、枯燥，千篇一律的缺點。
宮廷宴飲詩是宮廷詩的一部分，因此宮廷詩所有的毛病，宮廷宴飲詩
中全都具有。問題是，過往批評中所謂的宮廷宴飲詩，指的均是齊言
歌詞一類，然而宮廷宴飲活動中的詩歌歌詠，並不是只有齊言的一類

〔註54〕宮廷遊樂宴飲詩由於現存篇章太少，或證據力稍顯薄弱。德宗朝宮
　　　　廷宴飲活動多因節慶而舉行，是以節慶宴飲詩保存的篇章亦較多，
　　　　因此本論點宜參見節慶宴飲詩的表現。
〔註55〕見蔡瑜〈論「聲音之道與政通」的意涵及其在唐詩學中的演繹過
　　　　程〉，收入氏著《唐詩學探索》（臺北：里仁書局，1998 年），頁 237
　　　　～324。

而已，在正統文學觀之外，雜言的酒令歌詞、俳優類的調笑辭曲，皆在宴飲活動中佔有一席之地，去除掉禮法社會倫常規範的拘束，更率眞地呈現人生的眞實面。

在中國自古的宮廷宴飲活動中，俳優類調謔創作與雜言的酒令歌詞一直綿延不斷，與雅正文學相隨。貞觀時期（627～649）雖然戒愼行事，積極進取，然而輕鬆的調謔嘲弄卻一直沒有斷絕，如《大唐新語》卷十三所載長孫無忌與歐陽詢（557～641）的互嘲：

> 太宗嘗宴近臣，令嘲謔以爲樂。長孫無忌先嘲歐陽詢曰：「聳膊成山字，埋肩不出頭。誰家麟閣上，畫此一獼猴？」詢應聲答曰：「索頭連背暖，漫襠畏肚寒。只由心渾渾，所以面團團。」太宗斂容曰：「汝豈不畏皇后聞耶？」無忌，后之弟也。〔註56〕

長孫無忌與歐陽詢分別就對方長相，以五言四句詩加以嘲謔，詞語清新，無江左堆砌華辭麗句、諛媚歌頌等弊病，率眞露骨地呈現形容，正是嘲謔文學的本色。今人王昆吾先生研究，以爲「在隋唐之際，嘲是一種流行甚廣的語言藝術，當時人且視之爲是否"明辨"、是否通解文章的標準。」王昆吾先生並且進一步指出嘲的六個特點：一、多以首句稱呼所嘲事物的之名；二、多爲應令而作，或具酒令性質；三、用隱語影射；四、用雙關語；五、講究諧音、拆字、定韻；六、著重描寫事物的典型特徵。而這些特點，正是嘲誚詩的游戲性質的反映。〔註57〕從王先生的歸納與前面的事例中，我們可以看出，初唐時的這種嘲謔的言語，雖然具有率眞寫實的特點，然而在表達上多用影射、雙關方式，事雖露骨而語詞隱晦，而且僅只於嘲謔調笑而已，並沒有其他現實的索求，還是可以算作有所節制、含蓄的。

經過貞觀朝的開拓，帝基穩固，武后專政以後，宴飲活動更形增加，調謔嘲弄的言語，仍不時出現在宮廷宴飲活動之中，如《朝野僉

〔註56〕此事又見《隋唐嘉話》、《本事詩》、《唐語林》等書記載。
〔註57〕見王昆吾《唐代酒令藝術》（上海：知識出版社，1995 年），頁 94。

載》卷四記載：

> 契丹賊孫萬榮之寇幽，河內王武懿宗爲元帥，引兵至趙州，
> 聞賊駱務整從北數數千騎來，王乃棄兵甲，南走邢州，軍
> 資器械遺於道路。聞賊已退，方更向前。軍迴至郡，置酒
> 高會，元一於御前嘲懿宗曰：「長弓短度箭，蜀馬臨階騗。
> 去賊七百里，隈牆獨自戰。甲仗縱拋卻，騎豬正南竄。」
> 上曰：「懿宗有馬，何因騎豬？」對曰：「騎豬，夾豕走也。」
> 上大笑。懿宗曰：「元一宿構，不是卒辭。」上曰：「爾協
> 韻與之。」懿宗曰：「請以莽韻。」元一應聲曰：「裏頭極
> 草草，掠鬢不莽莽。未見桃花面皮，漫作杏子眼孔。」則
> 天大悅，王極有慚色。懿宗形貌短醜，故曰「長弓度短箭」。

張元一嘲弄武懿宗不敢作戰，言詞辛辣，批評露骨；雖臨場命以難押的「莽」字爲韻，亦能針對武懿宗長相調謔一番，使得被嘲謔的武懿宗只有羞慚，無法言語。這種即性式的嘲謔言語，率眞寫實的風格，在一片矯柔造作的宮廷宴飲詩中，別具一股清新風味，是以能博得君王「大笑」、「大悅」，甚至命臣下當場創作。特別是它的內容詞語雖或諷刺、譏笑到了極點，但是被諷刺、譏笑的對象卻不能有任何的惱怒的特點，使得人們敢於抒發眞實情感，就這一點而言，最是難得。

　　到了中宗朝，君王的宴飲活動開始有了腐化的跡象，所謂「皆狎猥佻佞，忘君臣禮法，唯以文華取幸」〔註58〕，即指中宗朝的君臣遊宴活動情形。而這種「狎猥佻佞，忘君臣禮法」風氣的形成，和中宗個人特質有很大的關係：當時世謂中宗爲「和事天子」〔註59〕，不管對朝臣，對宮闈，中宗實在缺乏威望。中宗的昏懦，造成宮廷宴飲活動中幾乎沒有禁忌可言，於是在詩作中方面，一些新的轉變就產生了。就好的一面來看，促進詩歌的正面發展，如前所述的自然風格的追求，詩作內容、格式的開拓，在此時紛紛出現；就不好的一面來看，種種「狎猥佻佞」的詞語就產生出來了。如某優人所唱詞：

〔註58〕《唐詩紀事》卷九〈李適〉。
〔註59〕《新唐書》卷一〇九〈宗楚客傳〉。

迴波爾時栲栳，怕婦也是大好。外邊祇有裴談，內裏無過
李老。

《本事詩》〈嘲戲第七〉載此詩本事：「中宗朝御史大夫裴談，崇奉釋
氏，妻悍妒，談畏之如嚴君。……時韋庶人頗襲武氏之風軌，中宗漸
畏之，內宴唱〈迴波詞〉，有優人詞曰：……韋后意色自得，以束帛
賜之。」此詩套用〈迴波詞〉格式創作，真實寫出中宗與韋后之間的
關係，文詞淺白，正是酒令歌詞本色。然而優人膽敢在內宴大場合中
公開取笑天子家事，更可以看出當時宴飲活動中的這一種忘君臣禮法
的情形。禮法既已被拋到腦後，因此人的私欲就如脫韁野馬，開始流
露出來了。或藉由宴飲活動，唱辭求官，如孟棨《本事詩》〈嘲戲第
七〉中所載沈佺期與崔日用詩：

迴波爾時佺期，流向嶺外生歸。身名已蒙齒錄，袍笏未復
牙緋。(沈佺期〈迴波詞〉)

臺中鼠子直須諳，信足跳梁上壁龕。倚翻燈脂污張五，還
來醬帶報韓三。莫浪語，其王相。大家必欲賜金龜，賣卻
貓兒相報賞。(崔日用〈乞金魚詞〉)

首一例中，沈佺期依〈回波辭〉格式作辭，沒有使用任何隱語、雙關
詞的遮掩，直接表達出自己的希望：「身名已蒙齒錄，袍笏未復牙緋」，
詞語直接淺白，對於所求毫不以為恥；後一例中崔日用〈乞金魚詞〉
命題、詠物頗具嘲謔風格，雖以雙關影射，然而求緋魚的心思卻表達
的十分明白。沈、崔二人之所以膽敢如此直言不諱地求官，主要是風
氣使然，《本事詩》載沈佺期詩前曾說「內宴，群臣皆歌〈迴波樂〉，
撰詞起舞，因是多求遷擢。」可見當時求官不僅沈佺期一人而已，而
是群官皆有的作為。《唐詩紀事》卷十另載有崔日用一首〈又賜宴自
歌〉，亦是宴飲中起舞自歌的求官之詞：

東館總是鵷鷺，南臺自多杞梓。日用讀書萬卷，何忍不蒙
學士。墨制簾下出來，微臣眼看喜死。

較之前首〈乞金魚詞〉，此詩表現更為直接、露骨，不但求官，甚至
連得官後的情形都預先設想好了。結果此歌一唱，當日中宗就以崔日

用兼修文館學士,「日用舞蹈拜謝」。此外,《新唐書》卷一一九〈武平一傳〉載宮廷宴飲酒酣耳熱之際,胡伎襪子、何懿等人邊唱邊舞演「合生」時,態度倨傲、放肆無禮,竟然直接就想要搶奪朝廷大臣宋廷瑜的賜魚,後來武平一針對此事上書勸諫,中宗竟不採納。連優人都敢在君王之前擺出奪魚姿態,完全是當時群臣求官的風氣所造成的。襪子、何懿等人所唱歌詞雖然不知為何,然而史稱其「歌言淺穢」,詞句的鄙陋應可知。「狎猥佻佞,忘君臣禮法」,宴飲歌詞到如此地步,直可以用「厚顏無恥」四字責之,和「嘲」大異其趣:「嘲」雖露骨,但僅只賣弄文字技巧,多以隱語雙關,謔而不及亂,或頗得詩人諷刺之味;而沈、崔等所代表的求遷擢歌詞,或直言不知避諱,詩人溫柔敦厚之旨,至此已完全喪失殆盡;人性的醜陋一面,完全在詞句中呈現出來。

　　然而酒令歌詞中呈現人生的真實面,並不全然是不好的,眾官求遷擢,醜態畢出之際,還是有守禮的臣子不忘規勸,如李景伯〈迴波詞〉:

　　回波爾時酒卮,兵兒志在箴規。侍宴既過三爵,喧譁竊恐非宜。(《全唐詩》卷一〇一)

據《新唐書》卷一一六〈李懷遠傳〉記載:「中宗嘗宴侍臣及朝集使,酒酣,各命為〈回波詞〉,或以諂言媚上,或要丐謬寵,至景伯,獨為箴規語以諷帝,帝不悅。中書令蕭至忠曰:『真諫官也。』」唐人宴飲活動中,依前代習俗,亦有「酒監」的設置,李景伯雖非酒監,然而此詩頗有「監」的味道,可惜得不到君王的採納。

　　綜合上面敘述,可以發現〈迴波詞〉是中宗朝宮廷遊樂宴飲活動中,頗常為歌唱的酒令曲調,或可用來嘲謔,如優人嘲中宗、裴談的懼內;或可用來求官,要丐謬寵,如沈佺期的求緋魚;或可用來箴規,如李景伯的諷詞;或可用來諂言媚上等等。〈迴波詞〉有它一定的格式:首句先以「回波爾時」起句,後二字命題,第二句說明主旨、或事出緣由,接下來以兩句進行意念陳述。由於是酒筵中的即席歌舞,優人文士皆可作為,因此在詞句方面傾向於淺白,流露的情思真實無

僞，呈現人生眞實的一面。

當然，在宴飲活動中的酒令歌辭不只〈迴波詞〉一曲，在這一類調謔的詩作中，雖然詞語俚俗淺白，然而在內容上，比起或專事歌功頌德、充滿諛詞媚句、缺乏個人風格的江左類詩歌來說，其實更具現實色彩。初唐時期，有關此類作品保存的數量雖然不多，但是每首都有自己獨特的功能，都能從不同角度反映出宮廷宴飲生活的眞實風貌，雖然不見正統詩壇重視，但卻眞實地存在宴飲活動之中，爲與宴者營造氣氛。

（二）張說的奉酒詩

玄宗朝改革中宗朝君臣間無禮法的陋習，強調政治教化，因而在張說的三首奉酒詩就完全沒有中宗朝那種厚顏無恥的無賴味：

> 樂奏天恩滿，杯來秋興高。更蒙蕭相國，對席飲醇醪。（〈奉蕭令嵩酒并詩〉）
>
> 聖德垂甘露，天章下大風。又乘黃閣賞，願作黑頭公。（〈奉宇文黃門融酒〉）
>
> 西掖恩華降，南宮命席闌。詎知雞樹後，更接鳳池歡。（〈奉裴中書光庭酒〉《全唐詩》卷八九）

詩題下注「已下三首，俱賜宴東堂作。」，此三首奉酒詩，與其說是酒令歌詞，反倒更相近似於正統的宮廷應制詩作，只是在詞語表達方面，比一般宮廷應制詩來得更爲輕鬆，較無修飾的斧琢痕跡，但是詩中仍不免歌頌天恩等官場客套話，可以說是傳統雅正的宮廷宴飲詩與嘲笑調謔的酒令文學的綜合體。

（三）李白〈宮中行樂詞〉

談到玄宗朝的宮廷宴飲詩，就不能不提到大詩人李白。李白在天寶元年至三年間曾入宮待詔，任翰林學士，並有多次於君王行樂時賦詩的記錄，其中，可以考見可能和宴飲活動有關的詩篇當推〈宮中行樂詞〉。〈宮中行樂詞〉共八首，繫年爲天寶二年（743）早春，李白

四十三歲時宮中應制的作品〔註60〕。本組詩爲奉詔應制之作應無可疑〔註61〕，然是否爲宴飲中詩作就頗爲可疑。本詩侍宴之說起於《文苑英華》，《文苑英華》錄其中〈柳色〉一首，題作〈醉中侍宴應制〉，除此外不見其他證據，後人箋注此詩，亦多不以爲宴飲之作，然而由於《文苑英華》有「侍宴」之說，因此此處姑存一格，試加以論述之。

　　李白的〈宮中行樂詞〉以五言律詩方式創作，就詩作內容來看，和其他一般常見的宴飲應制詩相去甚遠：大抵宴飲應制之作，多爲君王事先命題或賦作，然後群臣才繼承上意，發爲詩篇；是群臣一題共作，往往一題之下，同時有多篇作品存在。然而李白此詩，若孟棨《本事詩》〈高逸第三〉中所載可信的話〔註62〕，乃玄宗宮中行樂時，臨時徵召李白入宮侍作，是李白一人奉詔獨作的作品，並沒有其他臣僚的同時創作；且詩歌的寫作本來就是爲了合樂而賦，是作爲行樂中演唱的曲目，是宮中遊樂時作爲背景的詩篇，並非一般宮廷宴飲詩習見的以詩爲文字遊戲的表現。動機不同，作用相異，促使本組詩作風格與同時期作品截然不同。或言當時原作十首，後因亡佚，現今可見僅八首。試錄其詩：

　　　　小小生金屋，盈盈在紫微。山花插寶髻，石竹繡羅衣。每
　　　　出深宮裏，常隨步輦歸。只愁歌舞散，化作綵雲飛。

　　　　柳色黃金嫩，梨花白雪香。玉樓巢翡翠，珠殿鎖鴛鴦。選
　　　　妓隨雕輦，徵歌出洞房。宮中誰第一，飛燕在昭陽。

〔註60〕　此據安旗主編《李白全集編年注釋》（成都：巴蜀書社，1992 年）上冊，頁 442。

〔註61〕　王琦本題下原注：「奉詔作五言」。又孟棨《本事詩》〈高逸第三〉：「（玄宗）嘗因宮人行樂，謂高力士曰：『對此良辰美景，豈可獨以聲伎爲娛？倘時得逸才詞人吟詠之，可以誇耀於後。』遂命召白。……上知其薄聲律，謂非所長，命爲宮中行樂五言律詩十首。……白取筆抒思，略不停輟，十篇立就，更無加點。」王定保《唐摭言》卷十三〈敏捷〉：「開元中李翰林應詔草〈白蓮花開序〉及宮詞十首。時方大醉，中貴人以冷水沃之稍醒，白於御前索筆一揮，文不加點。」故此爲奉詔應制之作應無可疑。另詳見《李白全集編年注釋》，頁 452，詹瑛考述。

〔註62〕　詳見註 61。

盧橘爲秦樹，蒲桃出漢宮。煙花宜落日，絲管醉春風。笛奏龍鳴水，簫吟鳳下空。君王多樂事，還與萬方同。

玉樹春歸日，金宮樂事多。後庭朝未入，輕輦夜相過。笑出花間語，嬌來燭下歌。莫教明月去，留著醉姮娥。

繡戶香風暖，紗窗曙色新。宮花爭笑日，池草暗生香。綠樹聞歌鳥，青樓見舞人。昭陽桃李月，羅綺自相親。

今日明光裏，還須結伴遊。春風開紫殿，天樂下珠樓。豔舞全知巧，嬌歌半欲羞。更憐花月夜，宮女笑藏鉤。

寒雪梅中盡，春風柳上歸。宮鶯嬌欲醉，簷燕語還飛。遲日明歌席，新花豔舞衣。晚來移綵仗，行樂好光輝。

水綠南薰殿，花紅北闕樓。鶯歌聞太液，鳳吹繞瀛洲。素女鳴珠佩，天人弄綵毬。今朝風日好，宜入未央遊。

從字面上看來，這八首詩詞藻豔麗浮華，輕佻而缺少風骨，是標準的齊梁緣情綺靡的作品，直接描寫宮中遊樂生活的種種側面，而無政治教化、謳歌太平治世等詞語，和一般習見的宮廷宴飲詩截然相異。歷來論述此組詩，有兩極化的評價：反對者如唐汝詢，抨擊其「掇江、庾之綺麗，離鮑、謝之沉雄，選李者信不當採。」〔註63〕；稱讚者如汪瑗、蕭士贇等，以「深得〈國風〉諷諫之體」美之〔註64〕。諷諫之意，須得君王明悟方可理解，否則只是徒爲奢華的歌詠而已，然而就今日可見資料來看，對於李白，玄宗雖然寵愛優渥，逾於常人，曾得龍巾拭唾，御手調羹，力士抹靴，貴妃捧硯，但是至始自終都把李白當成一個文學弄臣來對待，並未予以眞正的重視，甚至以「此人固窮相」稱之〔註65〕。在這種情形下，就算李白寫作此八首詩時果眞如汪瑗等人所說，隱寓有諷諫之意，玄宗也是不能體悟的；換句話說，其實，自始自終這組詩都是從享樂的角度出現在宮廷之中的。因此，詩

〔註63〕唐汝詢《唐詩十集癸集三》，此轉引自《李白全集編年注釋》頁450。

〔註64〕汪瑗《李詩五言辯律・序》。此據《李白全集校注彙釋集評》頁763所載。

〔註65〕見《酉陽雜俎》前集卷十二，《唐語林》卷二。

中反映出天寶年間宮廷生活的漸趨浮華，享樂主義在政治的壓抑下沉寂了一段時間後，又再度出現在宮廷之中。

　　李白這八首〈宮中行樂詞〉的存在，反映出一個不可忽視的事實：雖然，表面上由於儒學的抬頭，政教成爲宮廷中宴樂賦詩的主要抒寫對象，然而這種有關政教的抒寫，已經陷入乏味的禮儀，脫離眼前現實的歡娛與自由開放的氣氛。問題是，玄宗和唐代其他帝王，不管是之前的武后、中宗，或是之後的德宗、文宗，甚至是穆宗、敬宗、懿宗，在遊宴時追求快樂的基本心態是一致的，君臣同賦既已陷入乏味的圍籬，於是玄宗另設立翰林院，「接納詩人和弄臣，以便在他攜帶妃嬪出遊時得到娛樂」〔註66〕，李白就是在帝王的這種需求下，待詔翰林的，而〈宮中行樂詞〉八首，正是此時的創作。相較起來，這八首詩的創作精神反而較類似於前述初唐宮廷遊宴時的嘲謔酒令諸作，都是在追求眼前當下的快樂，只不過在玄宗朝，將中宗朝的「狎猥佻佞」「忘君臣禮法」換爲較典雅的詩歌創作罷了。

　　同是柏梁體聯句，高宗的「屛欲除奢政返淳」〔註67〕和中宗的「潤色鴻業寄賢才」〔註68〕二句，正好反映了初唐宮廷遊樂宴飲詩從戒愼進取到娛情享樂的發展經過。由戰兢行事到狎猥佻佞，由雅正賦作到阿媚求官，宮廷宴飲生活正逐步走向腐化之中。居其中的帝王，當宴飲歡樂時所接觸的，不是山水歌舞的歌詠描繪，就是阿諛諂媚、虛情假意的佞詞，初唐國勢的上升，帶來的卻是宮廷宴樂水準的下降。雖然玄宗曾勵精圖治一陣子，宣揚政教，然而天寶年間，又逐漸沉迷於享樂之中，李白的八首〈宮中行樂詞〉就是最明顯的証據。沉迷宴樂，終於導致大亂發生，大唐國祚幾乎斷絕，宮廷宴樂也因而中

〔註66〕同註13。
〔註67〕〈咸亨殿宴近臣諸親柏梁體〉《全唐詩》卷二。
〔註68〕〈十月誕辰內殿宴群臣效柏梁體聯句〉《全唐詩》卷二。

斷，直到德宗貞元四年，方又再次重現於史載中。德宗朝的宮廷遊樂宴飲詩，背離現時地虛擬盛世，將時人渴望盛世重現的心態全然表現出來。

　　唐代宮廷遊樂宴飲詩，從太宗朝的積極進取、武后中宗朝的山水娛情、玄宗朝的宣揚政教，一直到德宗朝的虛擬情境，完完全全與當時的政局相結合，反映出政治現實的一面，可以說是一部活生生的歷史記錄。雖爲遊樂宴飲詩，然而除武后、中宗朝詩作中具有明顯遊樂意味外，其餘時間多半爲其他主題所掩蓋。身處宮廷範圍之中的詩人，只能順應君王的喜好，賦作君王喜歡的詩句，因而同一時期作品的風貌是相近且類似的，詩人間的個別差異並不大。

第二節　文士遊樂宴飲詩

　　離開宮門之外，文士們或於私人園林，或於都城官舍，或於名山勝地等處，展開具交誼性質的遊樂宴飲活動，這些遊樂宴飲活動，或帶有官方色彩，或純爲私人性質，構築出豐富的唐人交往生活。尤其是經過初唐近百年來的休養生息，大唐國勢達到最高峰，開元之治，四海昇平，繁榮的結果，使得社會上遊樂宴飲活動達到極盛，「幄幕雲布，車馬塡塞，綺羅耀日，馨香滿路」〔註69〕，宴飲活動熱鬧的舉行，於是伴隨著的文士賦詩活動也大盛：「曲水竟日題詩」〔註70〕，留下豐富多彩的宴飲詩作。安史亂後，雖然國勢大不如前，然而以現存文士遊樂宴飲活動中即席創作的詩篇作一統計研究〔註71〕，得到結果如下：

〔註69〕《西京雜記》。
〔註70〕杜奕〈憶長安〉《全唐詩》卷三○七。
〔註71〕主要樣本來源：《全唐詩》與《全唐詩補編》，並兼及別集、選集。若有重出者，不管該詩重出次數，皆以一次（首）爲計。可以考知爲誤收之詩作，則刪去不論。又，所以爲計算者，或由詩題，或由詩句内容，或由前人校注考証，凡是可以考知爲宴飲中即席創作之作，方在計算之列，否則，即姑且排除在外，不予計算。

表：唐代文士遊樂宴飲詩統計表（單位：首）

時　　期	現存詩數	平均每年創作首數
中宗以前	43	0.46
玄 宗 朝	97	2.2
安史亂後	482	3.17

從上表中可以發現：玄宗朝，就時間上來看，只有四十五年，還不到中宗以前的一半〔註72〕，然而現存的文士遊樂宴飲詩數量（九十七首）卻爲中宗以前（四十三首）的兩倍多，若以時間除以篇數，則中宗以前平均一年創作僅零點四六（0.46）首，而玄宗朝平均一年創作二點一六（2.16）首，創作的頻率爲初唐時期四點七（4.7）倍〔註73〕。若再進一步就詩作的宴會重疊性來看，現今可見的玄宗朝文士遊樂宴飲詩幾乎都是一宴存一詩，同一宴集中賦作存詩最多者也不過僅四首而已〔註74〕；中宗以前卻不是這樣，如〈夜宴安樂公主宅〉、〈安德山池宴集〉與〈冬日宴于庶子宅各賦一字〉三次宴集中同賦均爲七首，則上述三次宴集，即存詩二十一首，在全部四十三首中，即佔去將近半數的篇數。如此兩相對照比較，很清楚可以看出玄宗朝文士遊樂宴飲活動的頻繁與宴飲詩寫作的興盛；而這種頻繁與興盛，實爲中宗以前人所望塵而莫及。

安史亂後，雖然財政困窘，宮廷遊樂宴飲活動曾多次被迫停止，然而宮廷之外的遊宴活動非但沒有因爲經濟的困頓而減少，反

〔註72〕中宗以前（618～710），共九十三年；玄宗（含睿宗）（711～755），共四十五年。

〔註73〕當時實際創作的數量必不只此數，然而由於現存詩作有限，無由得知全部情形，故姑且以現存爲論。

〔註74〕一宴存兩首詩以上者，有：〈青龍寺曇璧上人兄院集〉，存有王維、王縉、王昌齡、裴迪四人詩作；〈與鄠縣源大少府泛渼陂〉，存有杜甫、岑參二人詩作；〈同盧明府早秋宴張郎中海亭〉，存有孟浩然、盧象二人詩作；〈登歷下古城員外新亭〉，存有李邕、杜甫二人詩作。總數爲十首。

而有更蓬勃發展之勢。雖然其中曾有幾段時期爲君王所明令禁止〔註75〕，然而更多時間、更多地區卻是自在發展的，遊宴活動更盛於玄宗朝。再加上安史亂後詩人有意的保存詩作〔註76〕，詩作保存的情形遠較安史之亂前良好，因此安史亂後遊宴詩作在數量上比起玄宗朝來更爲豐富，現今存世有四百八十二首，若以時間除以篇數〔註77〕，平均每年創作三點一七（3.17）首，創作頻率約爲玄宗朝的一點五（1.5）倍。安史亂後文士遊樂宴飲詩的盛多，透過比較統計，可以完全瞭解。以下試針對所有唐代遊樂宴飲詩作，進行探析，明白其時代特色與時代變遷情形。

一、官場遊樂宴飲詩

安史之亂的發生，徹底改變了唐代官場的結構。結構不同，促使詩人在宴飲活動中的地位也不同。再加上時代賦詩風尚的改變，因而在官場遊樂宴飲詩的寫作上，在安史之亂前後呈現出不同的特色。

（一）中宗朝以前（618～710）：宮廷的小縮影

中宗朝以前，詩歌的寫作中心在宮廷，出了宮門之後，確知爲官場應酬之作並不多。由於官場之中，自有其倫理，雖非君臣上下之分，但亦有從屬、尊卑之別，尤其在王公貴府的官場酬酢活動中，行止進退頗類宮廷，可以算是宮廷的小縮影，因而表現在遊樂宴飲詩中，不

〔註75〕德宗對群臣的宴集活動是加以嚴密管制的，「朝官或相過從，金吾皆上聞」，結果造成「人家不敢歡宴，朝士不敢過從」，這種情形一直到憲宗時期方見改變。而後武宗亦曾下詔限制百官宴樂，甚至連新進進士及第宴會也加以禁止，這種禁止，直到宣宗朝才有所改變。

〔註76〕安史亂後文士編輯詩集的情形十分常見，除了編輯之外，如白居易刻意保存詩作，生前曾多次對自己的詩作從事編輯、整理的工作，而後爲避免作品散佚，曾把三本文集分別寄藏在廬山東林寺、蘇州禪林寺和洛陽聖善寺，又交給姪子和外孫各一本，以便永久保存，傳諸後世。

〔註77〕時間計算，從肅宗至德元載（756）至哀帝天祐三年（907），共一百五十二年。

論在形式或內容表現上，都頗類似於宮廷詩作〔註78〕，以魏元忠〈修書院學士奉敕宴梁王宅〉一詩爲例：

> 大君敦宴賞，萬乘下梁園。酒助間平樂，人霑雨露恩。榮光開帳殿，佳氣滿旌門。願陪南山壽，長奉北辰樽。（《全唐詩》卷四六）

這一次宴集，雖屬官宴，然而由帝王下詔命宴，本即有宮廷影響，再加上宴飲地點在梁王武三思宅，以武三思當時權傾一時的勢力，學士臨席賦詩，自是不敢輕忽疏漏，表現得恭謹異常，因而魏元忠此詩全然宮廷風貌，首述宴集之由，次頌宴飲之景，最後表明自我態度，以歌頌媚語作結。又如駱賓王（622〜684）〈初秋登王司馬樓宴得同字〉：

> 展驥端居暇，登龍喜宴同。締賞三清滿，承歡六義通。野晦寒陰積，潭須夕照空。顧慚非夢鳥，濫此廁雕蟲。（《駱臨海集箋注》卷二）

王司馬其人今不詳，然而從此詩前〈序〉文中，駱賓王對其推崇備至來看，官位應比駱賓王高。本詩官場應酬味道濃厚，詩末貶抑自己爲濫充數者，以退爲進，推崇此次宴會，仍屬歌頌諛媚之詞。又如駱賓王另一首〈春夜韋明府宅宴得春字〉：

> 酌桂陶芳夜，披薛嘯幽人。雅琴馴魯雉，清歌落范塵。宿雲低迴蓋，殘月上虛輪。幸此承恩洽，聊當故鄉春。（《駱臨海集箋注》卷二）

尾聯以「承恩」言之，明顯歌頌之意。從上述諸例中可以了解，歌頌媚句雖然多出現在宮廷宴飲詩中，然而在初唐有關官場酬酢的遊樂宴飲詩作中，仍是不減頌讚媚揚之音，作法類同於宮廷。

〔註78〕幾乎研究初唐詩者，都把王公貴府中所賦的諸篇一律視爲宮廷詩來進行研究。如許總《唐詩體派論》（臺北：文津出版社，1995 年）、霍然《隋唐五代詩歌史論》（長春：吉林教育出版社，1995 年）、斯蒂芬·歐文《初唐詩》（賈晉華譯，南寧：廣西人民出版社，1987 年）、吳元嘉《初唐宮廷詩內容探析──以君臣唱和詩爲對象》（中興中文碩士論文，民八七年）等等，皆如此進行探討。

（二）玄宗朝（712～755）：隨「場域」而變

玄宗朝的官場遊樂宴飲詩，由於保存篇章較多，很明顯可以看出「場域」對詩歌內容的影響。

論起官場宴飲詩，首推王公貴府中諸作。許總以為，「在開元初期，就文學宮廷化而言，承襲舊有傳統的王府實在比玄宗宮廷更為嚴重。」〔註79〕要注意的是，許總在這裡所謂的「宮廷化」，其實指的是初唐以來娛樂取向的宮廷詩傳統，而不是玄宗當朝的宮廷詩寫作風格。如前所述，玄宗朝宮廷遊樂宴飲詩朝向政教的宣揚發展，是繼《詩經》中宴飲詩「禮教的化身」以來，禮儀教化再一次成為宴飲詩寫作的主旨，盛唐時宮廷詩這種寫作方式，和初唐時娛樂主導下，描山繪水的宮廷詩在內容作風上明顯不同。但是盛唐時期王公貴府的遊樂宴飲詩沿襲的是初唐以來娛樂取向的宮廷詩傳統，而不是取法當時玄宗朝宮廷詩的寫作風格：「宮廷化」有了明顯的分歧現象。以王維〈從岐王夜讌衛家山池應教〉一詩為例：

> 座客香貂滿，宮娃綺幔開。澗花輕粉色，山月少燈光。積翠紗窗暗，飛泉繡戶涼。還將歌舞出，歸路莫愁長。（《王維集校注》卷一）

在三段式結構下，鋪展開來的是宴飲當下的景物形容，從座客到歌舞伎，從屋內陳設到屋外自然風景，交織成一幅美麗的宴飲圖畫。娛樂是全詩的主旨，不見絲毫政教的影子，承襲的是初唐以來宮廷詩傳統，而不是受到盛唐宮廷寫作的影響。與初唐時稍有不同的是，初唐時官場應酬諸作中習見的那種歌頌媚句在此詩中不曾出現。又如張諤〈岐王席上詠美人〉：

> 半額畫雙蛾，盈盈燭下歌。玉杯寒意少，金屋夜情多。香豔王分帖，裙嬌敕賜羅。平陽莫相妒，喚出不如他。（《全唐詩》卷一一○）

這是一首以美人為詠的作品，通篇盡是從各個角度寫美人，更是明顯

〔註79〕許總《唐詩史》（南京：江蘇教育出版社，1994年）上冊，頁408。

的與政教不相干。與此相類的尚有崔顥（704？～754）〈岐王席觀妓〉一首〔註80〕，極寫妓舞美狀，都是娛樂取向，無關政教，承襲的是初唐以來宮廷詩的風格，而與盛唐宮廷遊宴詩分流。

　　探究盛唐王公貴府遊宴詩所以與宮廷詩作風分流，而以娛樂為重心的原因，其實很簡單，因為王公貴主縱使權傾一時，畢竟不是帝王；雖然對政事（尤其是科舉舉人方面）有相當的影響力，但是卻沒有最後的決策權；爵位雖高，地位雖尊崇，卻沒有任何實際的政績可供歌頌，縱使想要宣揚亦無事可稱；再加上自從安樂、太平公主先後思謀奪權的政變以後，諸王貴主於君臣之分際更加謹慎。文士遊於王公貴府中，宴飲賦詩，怎可不顧現實？是以取眼前事物，極寫宴樂之景與情，內容自然無關政教了。

　　開元十年（722），唐玄宗下詔「諸王、公主、駙馬、外戚家，除非至親以外，不得出入門庭」〔註81〕，王公貴府從此退出官場應酬的範圍，取而代之的，是一般官員間的宴集活動。官員間的官場交際應酬，其實早在初唐時即已有之〔註82〕，然而自開元十八年（730）起經帝王多次刻意的提倡、鼓勵〔註83〕，命侍臣及百僚在曹務無事之後尋

<hr />

〔註80〕崔顥〈岐王席觀妓〉（一作〈處女曲〉）：「二月春來半，王家日漸長。柳垂金屋煖，花發玉樓香。拂匣先臨鏡，調笙更炙簧。還將歌舞態，夜夜奉君王。」（《全唐詩》卷一三○）。

〔註81〕《舊唐書》卷八〈唐玄宗本紀上〉：「（開元十年九月）乙亥，制曰：『……凡在宗屬，用申懲戒：自今已後，諸王、公主、駙馬、外戚家，除非至親以外，不得出入門庭，妄說言語，所以共存至公之道，永協和平之義，克固藩漢，以保厥休。貴戚懿親，宜書座右。』又下制，約百官不得與卜祝之人交遊來往。」

〔註82〕如駱賓王〈初秋登王司馬樓宴得同字〉、〈春夜韋明府宅宴得春字〉，杜審言〈秋夜宴臨津鄭明府宅〉皆是此等官場遊宴之作。

〔註83〕開元十八年（730）春，「命侍臣及百僚每日暇日尋勝地讌樂，仍賜錢令所司供帳造食。」（《舊唐書》卷八〈玄宗紀〉）；開元十九年（731）二月又下〈賜百官錢令逐勝宴集敕〉：「思順時令，以申惠澤，咸宜邀歡芳月，繼賞前春，夙夜在公，既同咸一之理，休沐式宴，俾共昇平之樂，中書門下及供奉官、嗣王郡王、左右丞相、少傅賓客、諸司三品以上長官、侍郎少卿、少匠、司業、少尹、兩縣令、都水

勝地讌樂，並賜錢令所司供帳造食，官場遊樂宴飲活動遂蔚蔚然興盛。

從王公貴府宴集到一般官員聚會，宴飲活動的組成成員有了很大的變遷，這種變遷，直接影響身在其中文士的詩作風格。布爾迪厄「認為有一個結構統轄著日常生活的實際行爲，個人行爲會受到因生存的客觀結構所孕育而成的生存心態以及其所擁有的資本的影響，並且會依其本身在場域中的位置而定。其公式如下：〔（生存心態）（資本）〕＋場域＝實際行爲」照布爾迪厄的說法，個人在「場域」（champ）中的位置，「是由其所擁有的『資本』（capital）數量與結構而決定，並形成其『階級』（class）結構，造成不同的生活品味。」〔註84〕從作者角度來看，由於王公貴府往往擁有左右政事的能力，一介文士，當他得幸參與王公貴府的宴會時，宴會中的表現，便很可能直接影響到他日後仕途的發展，如《集異記》中所載王維的故事即是一例〔註85〕。以

　　使、朝集使、上佐巳上、并新除未赴任者、及東宮諸司長官、中舍中允、少詹事、諭德、中郎率府蕃官、三品巳上，至春末巳來，每至假日，宜準去年正月二十九日敕，賜錢造食，任逐勝賞。」（《唐大詔令集》卷八十）。然而這種「每旬暇日」宴樂，漸漸不能滿足唐人宴游的需求，因此玄宗後來又下詔，「自今後，非惟旬休及節假，百官等曹務無事之後，任追遊宴樂。」（《全唐文》卷三十三〈許百官遊宴詔〉）。開元二十九年（741），又詔「親王巳下及内外官各賜錢令讌樂」（《舊唐書》卷八〈玄宗紀〉）。這一連串的詔令，都是帝王刻意提倡、鼓勵臣僚遊宴的明證。

〔註84〕見邱天助《布爾迪厄文化再製理論》（臺北：桂冠圖書公司，1998 年），頁 110。

〔註85〕《集異記》卷二：「王維右丞，年未弱冠，文章得名。性閑音律，妙能琵琶。遊歷諸貴之間，尤爲岐王之所眷重。時進士張九皋聲稱籍甚，客有出入公主之門者，爲其地，公主以詞牒京兆試官，令以九皋爲解頭。維方將應舉，言於岐王，仍求庇借。岐王曰：『貴主之強，不可力爭，吾爲子畫焉。子之舊詩清越者可錄十篇，琵琶新聲之怨切者可度一曲，後五日至吾。』維即依命，如期而至。岐王謂曰：『子以文士請謁貴主，何門可見哉！子能如吾之教乎？』維曰：『謹奉命。』岐王乃出錦繡衣服，鮮華奇異，遣維衣之，仍令齎琵琶，同至公主之第。岐王入曰：『承貴主出内，故攜酒樂奉醼。』即令張筵，諸伶旅進。維妙年潔白，風姿都美，立於行。公主顧之，謂岐王曰：『斯何人哉？』答曰：『知音者也。』即令獨奉新曲，聲調哀切，滿坐動

王維來說，相對於岐王、公主，當時仍是布衣身份的王維在政治上沒
有「資本」的（未有功名、官位），王維擁有的最主要的「資本」，就
是他在文學（詩歌）與音樂上高度的才華，因而在王公貴府這種尊卑
高低明顯、特殊的「場域」中，由於現實利益（求功名）的「生存心
態」的作用，直接影響到他的實際創作，「如王維在十幾歲時已顯示出
高度個性化的創作才能，在進入岐王府後，則寫出與典型的宮廷風格
略無差別的游宴詩，脫離王府之後，才又恢復了個性生機。」〔註86〕
但是一般官員間的宴會卻不是這樣。同官相宴，固無高低可言；就算
是高下有別、在朝在野有異，在高傲自信的盛唐文士眼中，官位的高
低只是機緣的問題而已，只是暫時性的，官高者未必永遠都居高位，
官卑者也未必永遠沉淪下僚〔註87〕。這種態度，葛曉音以「開元風骨」

容。公主自詢曰：『此曲何名？』維起曰：『號〈鬱輪袍〉。』公主大
奇之。岐王因曰：『此生非止音律，至於詞學，無出其右。』公主尤
異之，則曰：『子有所為文乎？』維則出獻懷中詩卷呈公主。公主既
讀，驚駭曰：『此皆兒所誦習，常謂古人佳作，乃子之為乎？』因令
更衣，昇之客右。維風流蘊藉，語言諧戲，大為諸貴之欽矚。岐王
因曰：『若令京兆府今年得此生為解頭，誠為國華矣。』公主乃曰：
『何不遣其應舉。』岐王曰：『此生不得首薦，義不就試。然已承貴
主論託張九皋矣。』公主笑曰：『何預兒事？本為他人所託。』顧謂
維曰：『子誠取，當為子力致焉。』維起謙謝。公主則召試官至第，
遣宮婢傳教。維遂作解頭，而一舉登第矣。」王維的故事雖然未必
可信，但是可以視為此一時期的一種求仕進的模式。詳細考述見傅
璇琮《唐代科舉與文學》（臺北：文史哲出版社，1994年），頁67。
〔註86〕同註79，頁408。
〔註87〕王冷然與御史高昌宇書曰：「……往者雖蒙公不送，今日亦自致青
雲。天下進士有數，自河以北，唯僕而已。光華籍甚，不是不知，
君須稍垂後恩，雪僕前恥；若不然，僕之方寸別有所施。何者？故
舊相逢，今日之謂也。僕之困窮，如君之往昔；君之未遇，似僕之
今朝。因斯而言，相去何遠！君是御史，僕是詞人，雖貴賤之間，
與君隔闊；而文章之道，亦謂同聲。而不可以富貴驕人，亦不可以
禮義見隔。……今公之富貴亦不可多得。意者，望御史今年為僕索
一婦，明年為留心一官。幸有餘力，何惜些些？此僕之宿憾，口中
不言；君之此恩，頂上相戴。儻也貴人多忘，國士難期，使僕一朝
出其不意，與君並肩臺閣，側眼相視，公始悔而謝僕，僕安能有色
於君乎？……別來三日，莫作舊眼相看。」見《唐摭言》卷二〈恚

呼之，認爲盛唐文士「在追求功名的熱情中顯示出來的強烈自信和崢崢傲骨」，並且由於「對於道德操守的尊崇，使他們追求功名的熱望減少了庸俗的成分，增添了理想的光彩。」〔註88〕因爲這種自信，使他們處在一般官員的宴會之中，雖然尊卑仍然有別，必要的禮儀仍是得遵守，但是卻已不再如初唐文士的拘束、猥瑣，因而在他們的詩作中，再也找不到初唐官場遊樂宴飲詩中習見的那種無個人氣骨可言的歌頌媚句。以孟浩然〈夏日與崔二十一同集衛明府席〉一詩爲例：

> 言避一時暑，池亭五月開。喜逢金馬客，同飲玉人杯。舞鶴乘軒至，遊魚擁釣來。座中殊未起，簫管莫相催。（《孟浩然詩集箋注》卷三）

本詩題一作〈宴衛明府宅遇北使〉。綜觀孟浩然一生，欲爲官而難遂，有詩名而無官職，然而在群官圍繞中，卻不見任何的卑損之意，盛唐詩人對自我的肯定態度，由此可見。又如杜甫於天寶四年（745）所作的〈同李太守登歷下古城員外新亭〉：

> 新亭結構罷，隱見清湖陰。跡籍臺觀舊，氣溟海嶽深。圓荷想自昔，遺堞感至今。芳宴此時俱，哀絲千古心。主稱壽尊客，筵秩宴北林。不阻蓬蓽興，得兼梁甫吟。（《杜詩趙次公先後解輯校》甲帙卷之一）

本詩前六句記新亭景物，今昔互換，曲折中興起思古之悠情。後六句敘登亭情事，「主」指員外，「客」指太守，「蓬蓽」自謂。方是時，杜甫尚無功名，而李邕爲北海太守，身分本有高低之分，是以詩句指稱之中有此謙卑的自謂，然而「蓬蓽興」的不受阻礙，則在謙遜之中保持了個人尊嚴。這種表現，和初唐時的貶抑自我、頌揚主人的手法是截然不同的。又如高適（700～765）〈同李太守北池泛舟宴高平鄭太守〉：

> 每揖龔黃事，還陪李郭舟。雲從四岳起，水向百城流。幽

恨〉。王冷然於開元五年（717）中進士第，雖然此文中不免過於目中無人，但是，有什麼樣的社會，才會有什麼的人。王冷然只不過比他人敢於說出心中想法罷了。

〔註88〕同註33，頁337～339。

意隨登陟，嘉言即獻酬。乃知縫掖貴，今日對諸侯。（《全唐詩》卷二一四）

天寶五載（746），時年四十七歲尚無功名的高適隨北海太守李邕同游〔註89〕，在一次的宴集中寫下此詩。詩中高適直抒奉陪官宴之情，尊敬之意雖明顯，卻沒有卑遜抑己的恭維，循禮而行，不卑不亢。

　　盛唐詩人的這種自信到了李白手中，就不再只是如杜甫、高適之流的循禮謹事而已，雖然是官宴，何能減李白狂放之情？以〈春日陪楊江寧及諸官宴北湖感古作〉為言：

昔聞顏光祿，攀龍宴京湖。樓船入天鏡，帳殿開雲衢。君王歌大風，如樂豐沛郡。延年獻佳作，邈與詩人俱。我來不及此，獨立鍾山孤。楊宰穆清風，芳聲騰海隅。英僚滿四座，粲若瓊林敷。鷁首弄倒景，蛾眉撥明珠。新弦綠梨園，古舞嬌吳歈。曲度繞雲漢，聽者皆歡娛。雞棲何喈喈，沿月沸笙竽。古之帝宮苑，今乃人樵蘇。感此勸一觴，願君覆瓢壺。榮盛當作樂，無令後賢吁。（《李白全集校注彙釋集評》卷十八）

詹瑛《李白詩文繫年》繫此詩於天寶十三載（754）。對曾經出入宮廷，獲御手調羹、貴妃捧硯、力士抹靴的李白來說，縱使天子近在眼前，亦不以為意，區區官宴，何貴之有？是以詩中不但沒有任何恭維之句，反倒有教訓之語：「榮盛當作樂，無令後賢吁」。

　　上述詩中，作者都是以布衣參與官宴，卻都能秉持自身風骨，不曲媚於人。至於官位相當者共宴，平等的精神更是貫穿全詩，如蘇源明〈小洞庭洄源亭讌四郡太守〉：

小洞庭兮牽方舟，風蝺蝺兮離平流。牽方舟兮小洞庭，雲微微兮連絕陘。層瀾壯兮緬以沒，重巖轉兮超以忽。馮夷逝兮護輕橈，蛟龍行兮落增潮。泊中湖兮澹而閒，並曲澈兮悵而還。適予手兮非予期，將解袂兮叢予思。尚君子兮壽厥身，承明主兮憂斯人。（《全唐詩》卷二五五）

〔註89〕此據佘正松《高適研究》（成都：巴蜀書社，1992年）說法。見是書頁44。

詩前〈序〉云:「天寶十二載（753）七月辛丑，東平太守扶風蘇源明，觸濮陽太守清河崔公季重、魯郡太守隴西李公蘭、濟南太守太原田公琦、濟陽太守隴西李公偗于洄源亭，既尊封壤，乃密惠好。前此濟陽以河堤之虞、夫役之弊，請南略我宿及魯之中部，宿人頌其不便。源明請廢濟陽，以平陰、長清屬濟南，盧、東阿歸我，陽穀隸濮陽，役均三邦，利倍二邑。不可。則分我壽西入濮陽，東入濟陽，魯之中都北入於我，書貢閭闔，旨下陳留，陳留太守王公，盛德帝俞，才美人與，自總連率，實惟澄清。□命屬官湖城主簿王子說會五太守於東平議，縣乃不割，郡亦仍舊，已事修醮，姑以為別。」如〈序〉所言，此次宴集，明顯官場宴飲活動，旨在和諧因廢縣之議產生的種種嫌隙，政治氣氛濃厚，是以詩中所述，寫景之外，重在關係的和諧，「茲官安次而不易」〔註90〕。詩以楚辭體為之，在形式上與一般遊宴詩大為不同。

　　相對於蘇源明詩的莊重以求和諧，高適於天寶九載（750）在封丘尉任上所作的〈同陳留崔司戶早春宴蓬池〉一詩則呈現出較多的自在與輕鬆:

　　　　同官載酒出郊圻，晴日東馳雁北飛。隔岸春雲邀翰墨，傍
　　　　簷垂柳報芳菲。池邊轉覺虛無盡，臺上偏宜酩酊歸。州縣
　　　　徒勞那可度，後時連騎莫相違。（《全唐詩》卷二一四）

這是一次官位相近者的宴飲活動〔註91〕，通篇只有清新親切之感，傳達同官出遊之樂，而無任何虛偽應酬、誇大歌頌之詞，這一點，和初唐的官場宴飲詩不離歌頌媚句的特色是很不一樣的。

　　天寶後期，節度使勢力越來越擴大，逐漸形成一方雄豪之姿，文士在幕府中，為節度使所聘任，為節度使下僚，主從的關係明確，官場宴飲詩也因為這種「場域」的改變，而開始有所變化。以岑參於天

〔註90〕見本詩前〈序〉。
〔註91〕封丘尉官職為從九品下，司戶無品等，兩者同為一縣之佐僚，高下
　　　　相去不遠。

寶十四年（755）六月在封常清（？～755）幕中所作的二詩爲例：

　　細管雜青絲，千杯倒接羅。軍中乘興出，海上納涼時。日沒鳥飛急，山高雲過遲。吾從大夫後，歸路擁旌旗。（〈陪封大夫宴翰海亭納涼〉《岑參詩集編年箋注》頁333）

　　西邊虜盡平，何處更專征。幕下人無事，軍中政已成。坐參殊俗語，樂雜異方聲。醉裏東樓月，偏能照列卿。（〈奉陪封大夫宴〉《岑參詩集編年箋注》頁334）

前一首詩中描繪宴飲活動，沒有華麗的修飾，在平易中盛寫封大夫威儀。後一首詩中，前四句旨在歌頌封大夫功績政績，而後方才描寫宴樂；在宴樂的描寫中，「殊俗語」、「異方聲」句更緊緊扣住封常清兼任鴻臚卿的特殊地位，月照列卿，如德披人，不直言歌頌而歌頌之意出。初唐官場宴飲詩沿襲宮廷傳統，習慣以貶抑自我的歌頌媚句作結，岑參這二首詩雖然沒有沿用初唐人媚句作結的格套，但是卻有明顯的歌頌味道。然而這種歌頌與初唐仍是不同的，初唐的歌頌，多是因爲應酬的需要而歌頌，而岑參這兩首詩中的歌頌，卻是在一種極自然的情形下形成的，是一種「自覺的願望，而不是應制的虛套」〔註92〕，這種表現方式，類同於玄宗宮廷的歌頌手法，官場宴飲詩又有與當代朝廷宴飲詩風合流的傾向。

　　「場域」影響了盛唐官場遊宴詩的內容表現，不同的場合，不同的成員組合，所呈現出的風格也不相同，宴飲詩的社會化〔註93〕現象在此顯露無遺。

〔註92〕同註33。

〔註93〕社會學者以爲，任何一個社會都有一套約定成俗的行爲規則，其所有成員均得多少遵守之，方可避免社會衝突，維持社會秩序，實現社會統一，達成社會導進。規範社會成員遵守此一套行爲規則的，就是一種社會控制（social control），而最有效的積極的社會控制便是社會化（socialization）。從社會觀點言之，社會化是一條通道，文化經由此而進入個人內心，他才能參加有組織的社會生活。社會化是經由文化的規範而成的，文化的主要任務，是將社會價值的體系灌輸給個人，並訓練個人去占有特定的位置，表演適合於該位置的角色，故其目的主要是維持社會的存在，並非滿足個人的需要。

（三）安史亂後（756～907）：幕府文學大興

　　談到安史之亂以後的官場宴飲詩，就不能忽略幕府文學的存在。幕府文學，在安史之亂後達到鼎盛，而幕府文學的興盛，與文士大舉入幕有很大的關係，戴偉華先生研究發現，安史亂時，不少士大夫爲了避難逃往安全地帶，這些逃離的士人們，或入幕，如大詩人杜甫就是避難蜀中而入嚴武（726～765）幕的；或依附幕府生活，如鮑防（722～790）於寶應（672）至大曆（766～779）初在浙東幕，與許多文士唱和，穆員〈工部尚書鮑防碑〉云：「是時中原多故，賢士大夫以三江五湖爲家，登會稽者若鱗介之集淵藪，以公故也。」〔註94〕，蕭宗至德（756～757）以後，文士入幕遂成風氣，據戴偉華先生統計，唐文士進入方鎮共計 3158 人次，其中，安史之亂以前入幕的僅 174 人次；從文士入幕素質看，進士及第入幕者佔相當的比例，共計 1050 人次，其中，於安史之亂以前入幕者僅 29 人次〔註95〕。安史之亂以後文士的大舉入幕，再加上唐代社會原有的縱情娛樂風氣，頻宴遊，很自然地便促成幕府遊樂宴飲詩的興盛。

　　玄宗朝以前，官場宴飲詩受限於地位的高低，或類同於宮廷，詩中不減阿媚語句；玄宗朝詩人雖或能因自傲與自信而發爲自重之詞，然而因彼此間地位的高低所構築成的「場域」因素往往決定了詩作內容的走向。安史之亂發生以後，朝廷地位不復昔日崇高〔註96〕，官場

〔註94〕《全唐文》卷七八三。

〔註95〕戴偉華云：「就時間而言，文人入幕在蕭宗至德宗年間形成高潮，計1012人次。」又云：「文士入幕在安史之亂前後有較大的變化，即盛唐入幕人數尚少，特別是文學家甚少。安史之亂前，節度史乃緣邊而設，數量很少，由於戰事的需要，入幕者以武人居多。」「文人不會把入邊幕看成是進身的理想之途，只是在失意時才會走向邊幕，如高適、岑參即是。」本段中所引諸戴偉華語，俱見氏著《唐代使府與文學研究》（桂林：廣西師範大學出版社，1998）第三章〈使府中的文人〉，頁81～114。

〔註96〕朝廷的不復崇高，可由郭曖與昇平公主對話中得知。《因話錄》卷一：「郭曖嘗與昇平公主琴瑟不調，曖罵公主：『倚乃父爲天子耶？我父嫌天子不作！』公主恚啼，奔車奏之。上曰：『汝不知，他父實嫌天

生態改變，幕府成為官場活動主軸，府主處事態度，直接影響到官場宴飲詩的內容表現。

以西川節度使段文昌（773～835）為例，段公少時微貧，「幾不能自存。既貴，遂竭財奉身，晚年尤甚」〔註97〕，《唐語林》卷六載其「在中書廳事，地衣皆錦繡，諸公多撤去，而文昌每令整飭，方踐履。同列或勸之，文昌曰：『吾非不知，常恨少貧太甚，聊以自慰耳。』」如此計較於昔日微踐，補償心態作用，「乃至奢侈過度，物議貶之」〔註98〕，則昔日「跨衛行卷，鄉里笑之」的往事〔註99〕，亦可因此類推得知，當是其日後顯貴時所深深在意者〔註100〕。由於補償心態，使段文昌於飛黃騰達之後，特別著重名利的表現。《因話錄》卷二又說「段相文昌，性介狹，燕席賓客，有眉睫之失，必致怪訝。在西川，有進士薛太白飲酒，稱名太多，明日遂不復召。」府主這種態度，僚屬應和時自然不敢有任何閃失，全依社會上約定成俗的格套書寫，因此在段文昌西川幕中諸僚屬的遊宴詩作，多突顯尊卑、高下、主從的關係，表現在寫作內容上，是承襲前代官場宴飲詩作風，深具宮廷詩味道，不減應酬媚詞，以姚康〈和段相公登武擔寺西臺〉為例：

> 松逕引清風，登臺古寺中。江平沙岸白，日下錦川紅。疏樹山根淨，深雲鳥跡窮。自慚陪末席，便與九霄通。（《全唐

子不作。使不嫌，社稷豈汝家有也？』因泣下，但命公主還。尚父拘囚，自詣朝堂待罪。上召而慰之曰：『諺云：「不癡不聾，不作阿家阿翁。」小兒女閨幃之言，大臣安用聽？』錫賚以遣之，尚父杖囚數十而已。」

〔註97〕《清異錄》卷下。此據《唐人軼事彙編》卷二一所引。見是書冊三，頁1145。

〔註98〕《舊唐書》卷一六七〈段文昌傳〉。

〔註99〕《鑑誡錄》卷八。此據《唐人軼事彙編》卷二一所引。見是書冊三，頁1145。

〔註100〕此說非僅是臆測而已，《錄異記》卷四載：「鄒平公段文昌負才傲俗，落魄荊楚間。嘗半酣，載屐於江陵大街往來。雨霽泥甚，街側有大宅，門枕流渠，公乘醉於渠上脫屐濯足，旁若無人。自言：『我作江陵節度使，必買此宅。』聞者皆掩口而笑。不數年，果鎮荊南，遂買此宅。」

詩》卷三三一）

首聯起頭，頷、頸二聯寫景對句，尾聯陳述作者寫作心態，以歌頌媚句作結，這種三段式結構，正是初唐以來宮廷詩、官場宴飲詩的傳統作法。與姚康同時賦作者，除段文昌外，尚有楊汝士（778～？）等四人，而這四人詩中皆不免歌頌詞語：

> 自憐榮末座，前日別池籠。（楊汝士〈和段相公登武擔寺西臺〉）《全唐詩》卷四八四）

> 始愧才情薄，躋攀繼韻窮。（溫會〈和段相公登武擔寺西臺〉《全唐詩》卷三三一）

> 提攜出塵土，曾是穆清風。（姚向〈和段相公登武擔寺西臺〉《全唐詩》卷三三一）

> 自隨台席貴，盡許羽觴同。……賦詩思共樂，俱得詠時豐。
> （李敬伯〈和段相公登武擔寺西臺〉《全唐詩》卷三三一）

作者雖不同，然率皆以歌詠媚語作結。

但是，並不是所有的節度史都像段文昌一般性介狹、重名利，為延攬、培養人才，府主或展現出絕佳的雅量與禮賢下士的態度，如鄭絪（752～829）的賞識文士劉景，不但使劉景與其諸子「共處於學院，寢饌一切，無異爾輩」，並且不復指使，全力培養劉景〔註101〕；又如《乾巽子》載：「武黃門之西川，大宴，從事楊嗣復狂酒，逼元衡大觥，不飲，遂以酒沐之，元衡拱手不動。沐訖，徐起更衣，終不令散宴。」〔註102〕下僚敢對府主如此放肆胡為，可見在幕府的關係中，

〔註101〕《玉泉子》載：「劉瞻之先，寒士也，十許歲，在鄭絪左右主筆硯。十八九，絪為御史，巡荊部商山歇馬亭，俯瞰山水。時雨霽，巖巒奇秀，泉石甚佳，絪坐久，起行五六里，曰：『此勝概不能吟詠，必晚何妨。』卻返於亭。欲題詩，顧見一絕，染翰尚濕，絪大訝其佳絕。時南北無行人，左右曰：『但向來劉景在後行二三里。』公戲之曰：『莫是爾否？』景拜曰：『實見侍御吟賞起予，輒有寓題。』引咎又拜。公咨嗟久之而去。比迴京闕，戒子弟涵、瀚已下曰：『劉景他日有奇才，文學必超異。自此可令與汝共處於學院，寢饌一切，無異爾輩。吾亦不復指使。』」此據《唐人軼事彙編》卷十九，頁1002所錄。

〔註102〕《太平廣記》卷一七七引。

府主與僚客間雖有上下級的關係，然而更重要的是主人與賓客間的關係，府主以最大的雅量表達對人才的尊敬。在這樣的關係中，因此雖然是官場宴飲詩，然而詩中卻不見下對上的阿媚歌頌詞句。以武元衡西亭夜宴陸郎中為例，當時同賦者除武元衡外，有崔備、王良士、蕭祐、獨孤實、盧士政等五人：

> 林花春向闌，高會重邀歡。感物惜芳景，放懷因絲翰。玉顏穠處並，銀燭焰中看。若折持相贈，風光益別離。（武元衡〈春晚奉陪相公西亭宴集〉《全唐詩》卷三一六）〔註103〕

> 賓閣玳筵開，通宵遞玉杯。塵隨歌扇起，雪逐舞衣迴。剪燭清光發，添香煖氣來。令君敦宿好，更為一裴回。（崔備〈奉陪武相公西亭夜宴陸郎中〉《全唐詩》卷三一八）

> 芳氣襲猗蘭，青雲展舊歡。仙來紅燭下，花發綵毫端。海嶽期方遠，松筠歲正寒。仍聞言贈處，一字重琅玕。（王良士〈奉陪武相公西亭夜宴陸郎中〉《全唐詩》卷三一八）

> 弘閣陳芳宴，佳賓此會難。交逢貴日重，醉得少時歡。舒黛凝歌思，求音足筆端。一聞清佩動，珠玉夜珊珊。（蕭祐〈奉陪武相公西亭夜宴陸郎中〉《全唐詩》卷三一八）

> 仙郎膺上才，夜宴接三台。燭引銀河轉，花連錦帳開。靜看歌扇舉，不覺舞腰回。寥落東方曙，無辭盡玉杯。（獨孤實〈奉陪武相公西亭夜宴陸郎中〉《全唐詩》卷三一八）

> 華堂良宴開，星使自天來。舞轉朱絲逐，歌餘素扇回。水光凌曲檻，夜色靄高臺。不在賓階末，何由接上臺。（盧士政〈奉陪武相公西亭夜宴陸郎中〉《全唐詩》卷三一八）

陸郎中，陶敏《全唐詩人名考証》疑為左司郎中陸則，疑其曾使西川〔註104〕，時武元衡為劍南西川節度使，為招待陸郎中，而於西亭設夜宴。這六首詩皆以齊梁體式為之，與中唐以來詩壇復古風氣正相應和；且各詩若隱去作者名氏，光從內容上來看，實難分辨孰為府主，

〔註103〕本詩題一本無「奉陪相公」四字。
〔註104〕見是書頁452。

埶爲幕僚，詩中所有的只是主僚共同和樂迎嘉賓的歡情。因此，如果說玄宗朝官場遊樂宴飲詩中的不復歌頌媚句是一種自信與自傲心態的產物，那麼安史之亂以後官場遊樂宴飲詩的少見媚詞則出自於幕府府主對文士的尊重與雅量。兩者產生的背景並不相同。

　　而在另一方面，因爲幕府本身即具有軍事功能，因而幕府遊樂宴飲詩中與軍隊將士有關的篇章大增。安史之亂以前，由於節度使不多，且因征戰需要，任用者多爲武人，軍中雖有宴飲活動，但文學活動並不流行〔註105〕。安史之亂以後，文士大舉進入幕府軍中，成爲僚佐，再加上戰事頻仍，軍中生活成爲文士的生活體驗之一，因而與軍隊將士有關的遊樂宴飲詩數量大增。大抵而言，安史之亂發生初期的軍中遊宴詩，由於詩人皆經歷玄宗盛世，寫作手法上並不因安史之亂而有改變，因此仍延襲安史之亂以前的遊宴詩規格，如李白〈在水軍宴韋司馬樓船觀妓〉：

> 搖曳帆在空，清流順歸風。詩因鼓吹發，酒爲劍歌雄。對
> 舞青樓妓，雙鬟白玉童。行雲且莫去，留醉楚王宮。(《李白
> 全集校注彙釋集評》卷十八)

至德二載(757)，李白在永王李璘軍中，本詩即描寫軍中宴樂之情景。詩中雖有「劍歌」一語威武形容流露軍中氣息，然而觀其全詩，大體上與玄宗朝一般遊宴詩幾無二致，是「場域」雖異而詩人寫作手法仍相類也。或只是在內容上加上軍中事物，以杜甫〈陪柏中丞觀宴將士二首〉〔註106〕爲例：

> 極樂三軍士，神知百戰場。無私齊綺饌，久坐密金章。醉
> 客霑鸚鵡，佳人指鳳凰。幾時來翠節，特地引紅粧。

〔註105〕　參見註九五。

〔註106〕　柏中丞，即柏貞節。《全唐文》卷四一三常袞〈授柏貞節慶忠等州防
　　　　　御使制〉：「敕，開府儀同三司、試太常卿、使持節邛州諸軍事兼邛
　　　　　州刺史、御史中丞、劍南防禦使及邛南招討使、上柱國，巨鹿縣開
　　　　　國子柏貞節，……可使持節都督夔州諸軍事兼夔州刺史，依前兼御
　　　　　史中丞，充夔忠萬歸涪等州都防禦使，本官勳封如故。」據陶敏《全
　　　　　唐詩人名考証》(西安：陝西人民教育出版社，1996 年) 頁 272。

繡段裝簷額，金花帖鼓腰。一夫先舞劍，百戲後歌樵。江樹城孤遠，雲臺使寂寥。漢朝頻選將，應拜霍嫖姚。（《杜詩趙次公先後解輯校》丁帙卷之七）

大曆元年（766）冬，杜甫在夔州西閣作爲此詩，時安史餘亂未平，民生塗炭，與此詩同時期賦作的〈閣夜〉一詩，實可爲本詩的寫作背景：「歲暮陰陽催短景，天涯霜雪霽寒宵。五更鼓角聲悲壯，三峽星河影動搖。野哭幾家聞戰伐，夷歌是處起漁樵。臥龍躍馬終黃土，人事依依漫寂寥。」本詩首章記會宴之盛，起言宴爲賞功，次云席之無厚薄，將士情感融洽，繼而言宴會歡樂之狀；次章承首章而來，言器物之華與聲樂之盛，慨嘆眼前殘破之景，詩末以稱美柏中丞作結。雖類同於玄宗朝以前一般遊樂宴飲詩，然而獨特的軍中氛圍與戰亂感嘆，使本詩在一片和樂中不免有時事的反映。

德宗朝短暫的太平，帶給人們盛世的期望，因而軍中宴飲賦詩，或又重回玄宗朝歌詠和平與宣揚政教的老路上，如韋應物〈軍中冬宴〉：

滄海已云晏，皇恩猶念勤。式燕遍恒秩，柔遠及斯人。資邦實大藩，伐鼓軍樂陳。是時冬服成，戎士氣益振。虎竹謬朝寄，英賢降上賓。旋罄周旋禮，愧無海陸珍。庭中丸劍蘭，堂上歌吹新。光景不知晚，觥酌豈言頻。單醪昔所感，大釀況同欣。顧謂軍中士，仰答何由申。（《韋應物集校注》卷一）

德宗即位之初，李希烈等叛唐，僭稱王號，亂事持續五年，直到貞元二年（786）諸鎮叛亂始相繼平定。本詩依其在集中編次，應爲貞元五年（789）或六年（790）冬在蘇州時作 [註107]，方是時，諸鎮叛亂早已平定，天下堪稱太平，是以有首句「滄海已云晏」一語，綜觀全詩，頌美之詞充斥，「正是在安史之亂前太平盛世積澱於應酬題材中的慣例在亂後思治的文人心理的回響與復觀」 [註108]。

然而，隨著戰事的久續，藩鎮的桀傲，邊塞的不安寧，遊樂歡愉

〔註107〕據陶敏、王友勝校注《韋應物集校注》卷一，頁60。
〔註108〕套用許總《唐詩史》語。見是書下冊頁109。

頌美的形容從詩中逐漸抽離，取而代之的，或是充滿教訓意味的標舉忠義、豪氣干雲的壯語，如盧群〈淮西席上醉歌〉：

> 祥瑞不在鳳凰麒麟，太平須得邊將忠臣。衛霍真誠奉主，貔虎十萬一身。江河潛注息浪，蠻貊款塞無塵。但得百寮師長肝膽，不用三軍羅綺金銀。（《全唐詩》卷三一四）

貞元中，淮西節度使吳少誠擅開決司、洧等水漕輓溉田，德宗先是遣中使止之，然而少誠不奉詔。後又命盧群使蔡州詰之，盧群論以君臣之分，忠順之義，少誠方才從命。盧群又與少誠言古今成敗之事，少誠自言以反側，常蒙隔在恩外，是以盧群於筵中醉而歌此詩，詞中以忠義勉之，豪氣干雲，少誠聞後大受感悅。而盧群亦因此次奉使稱旨，而遷為檢校祕書監、兼御史中丞、義成軍節度行軍司馬〔註109〕。然而，盧群詩在整個安史亂後畢竟只是特例，能有此雄豪忠誠的實屬少見，隨著戰事的頻仍，軍中宴會縱情享樂氣氛明顯消失，呈現在詩中的，是帝國衰頹的浮現。或是對短暫和平的歌詠，如羊士諤〈賀州宴行營回將〉：

> 九劍盈庭酒滿巵，戍人歸日及瓜時。元戎靜鎮無邊事，遣向營中偃畫旗。（《全唐詩》卷三三二）

雖然酒滿巵，但是歡愉不再，戍人得歸已是萬幸，詩中歌詠的和平只是邊事的暫時止息，難掩帝國的衰頹事實。隨著帝國的步步衰敗，到了晚唐，這種平和轉為悲涼之音，如：

> 蜀地恩留馬嵬哭，煙雨濛濛春草綠。滿眼由來是舊人，那堪更奏梁州曲。（高群〈宴犒蕃軍有感〉《全唐詩》卷五九八）
>
> 一曲梁州金石清，邊風蕭颯動江城。座中有老沙場客，橫笛休吹塞上聲。（張喬〈宴邊將〉《全唐詩》卷六三八）

上述詩作，在內容上悲情的書寫取代了宴飲景物的形容，並且在體製上受時代的風尚影響，也趨向短篇形式，七言絕句代興。這種表現方式，已迥異於安史之亂以前詩人應酬的慣例。

〔註109〕 見《舊唐書》卷一四○〈盧群傳〉。

安史之亂以後的官場宴飲詩其實並不僅只作於幕府中而已，也不僅只是遊樂悲喜的形容而已，或是一種即景即情的書寫，如韋應物〈郡齋雨中與諸文士燕集〉：

> 兵衛森畫戟，宴寢凝清香。海上風雨至，逍遙池閣涼。煩痾近消散，嘉賓復滿堂。自慚居處崇，未睹斯民康。理會是非遣，性達形跡忘。鮮肥屬時禁，蔬果幸見嘗。俯飲一杯酒，仰聆金玉章。神歡體自輕，意欲凌風翔。吳中盛文史，群彥今汪洋。方知大藩地，豈曰財賦彊。（《韋應物集校注》卷一）〔註110〕

貞元五年（789）夏，韋應物在蘇州刺史任上作爲此詩，同時賦作者尚有顧況〔註111〕。劉太眞評此詩云：「是何情致暢茂，遒逸如此！宋、齊間，沈、謝、何、劉，始精于理意，緣情體物，備詩人之旨。後之傳者，甚失其源，惟足下制其橫流。師摯之始，關雎之亂，于足下之文見之矣。」〔註112〕是雖爲宴飲詩，然卻不僅只是遊戲的工具而已，而有更深的情感存在。又如孟郊〈汝州南潭陪陸中丞公讌〉：

> 一雨百泉漲，南潭夜來深。分明碧沙底，寫出碧天心。遠客洞庭至，因茲滌煩襟。既登飛雲舫，願奏清風琴。高岸立旗戟，潛蛟失浮沉。威稜護斯浸，魍魎逃所侵。山態變初霽，水聲流新音。耳目極眺聽，澤渼與歆岑。誰言柳太

〔註110〕楊慎《丹鉛總錄》云：「余讀其全篇，每恨其結句云：『吳中盛文史，群彥今汪洋。方知大藩地，豈曰財賦強。』乃類張打油、胡釘鉸之語，雖村教督食死牛肉燒酒，亦不至繆戾也。後見宋人《麗澤編》，無後四句，又閱韋集，此詩止十六句，附顧況和篇，亦止十六句。乃知後四句，乃吳中淺學所增，以美其風土，而不知釋迦佛腳下不可著糞也。」此據陶敏、王友勝《韋應物集校注》頁57引文。

〔註111〕顧況〈酬本部韋左司〉（一作〈奉同郎中使君郡齋雨中宴集之什〉）：「好鳥依嘉樹，飛雨灑高城。況與數君子，列座分兩楹。文雅一何麗，林堂含餘清。我公未歸朝，游子不待晴。白雲帝鄉遠，滄江楓葉鳴。拜手欲無言，零淚如酒傾。寸心摧已折，別離方骨驚。安得凌風翰，蕭蕭賓天京。」（《全唐詩》卷二六四）時顧況自著作郎貶饒州司士參軍，經蘇州。

〔註112〕《全唐文》卷三九五〈與韋應物書〉。

守，空有白蘋吟。(《孟郊詩集校注》卷五)

貞元十年（794），孟郊自洞庭往依汝州刺史兼御史中丞陸長源，於席上作爲此詩〔註113〕。方是時，陸長源僅爲一州之刺史，尚未節度軍事。在所有唐代宴飲詩中，孟郊此詩標以「公讌」爲題，算是非常少見、特殊的〔註114〕，因此本詩確爲官場之作應無疑〔註115〕。本詩寫依附陸長源後的歡欣之情，也可以算是一種忠誠的表達。同年孟郊另有一首〈汝州陸中丞席喜張從事至同賦十韻〉：

> 汝水無濁波，汝山饒奇石。大賢爲此郡，佳士來如積。有
> 客乘白駒，奉義愜所適。清風蕩華館，雅瑟泛瑤席。芳醑
> 靜無喧，金樽光有滌。縱情孰慮損，聽論自招益。願折若
> 木枝，卻彼曜靈夕。貴賤一相接，憂悰忽轉易。會合勿言
> 輕，別離古來惜。請君駐征車，良遇難再覿。(《孟郊詩集校
> 注》卷五)

是遊樂宴飲詩中所述不僅只是遊樂的形容而已，甚至可藉以爲主司招攬人才，宴飲詩的這一種功能，在安史之亂前是未曾見過的，也可以說是幕府開放自由用人下的一種新產物。從上述二詩中可以看出，孟郊對依附陸長源事似乎十分歡欣，因而方有後一首詩對張從事極言勸附的詞句。然而史載陸長源「性輕佻，言論容易，恃才傲物，所在人畏而惡之。」〔註116〕則孟郊詩中以「大賢」、「良遇」呼之，詩作的攬才功能，在此似乎已超過一切。

　　大抵而言，安史之亂以後，當官場遊樂宴飲活動不涉軍務時，詩歌的寫作與前代差異並不大：寫景、抒情，間或歌詠。然而當軍務因素加入其中以後，戰爭的陰影籠罩，隨著時間的流逝，歡愉之息逐漸

〔註113〕 據華忱之、喻學才《孟郊詩集校注》說法。見是書頁197。
〔註114〕 唐代宴飲詩中以「公讌（宴）」爲題者，除此之外，僅有楊巨源〈和劉員外珆韓僕射野亭公宴〉(《全唐詩》卷三三三) 一首。
〔註115〕 「公讌」之意，《文選》呂延濟注云：「公讌者，臣下在公家侍讌也。」又張銑注王仲宣〈公讌詩〉云：「此侍曹操讌，時操未爲天子，故云公讌。」是公讌即本文所謂官宴也。
〔註116〕 《舊唐書》卷一四五〈陸長源傳〉。

消失，雖是遊宴，卻難掩悲涼之意。此外，對詩人而言，遊樂宴飲詩不再只是遊樂的描述而已，也不再是遊樂的工具而已，或用以勸勉忠誠，或用以代上司攬才，積極的功能取代原有的遊戲功用，重新賦予官場遊樂宴飲詩新義。

二、私家遊樂宴飲詩

　　宴飲詩是人際交往的產物，受人際關係影響頗大，私家遊宴活動，擺脫政治上的階級地位與現實利害關係，雖然仍是一種交際應酬活動，但這種交際應酬相對於宮廷與官場而言卻是較為自由、無羈的，詩人得以以最自在的方式表達情感。私家遊樂宴飲活動，立基於社會之上，社會的興衰治亂，直接影響到士人的理想抱負的實現與否，直接影響到士人的遊樂心態，因而反映在詩作中，也因社會的興衰治亂而有所變遷。這種變遷受到時代的影響，是以下文試從時間分期，試圖看出不同時代背景下私家遊樂宴飲詩中詩人不同的表現。

（一）中宗朝以前（618～710）

　　中宗朝以前，是宮廷詩擅場的時代，私家遊樂宴飲詩存世作品並不多，且在兩京地區由於與宮廷較為接近，因而作風頗類似於宮廷，而與遠離兩京的一般地區遊宴詩作風格有所區隔。以下試述之。

1. 兩京地區遊宴詩作多類似

　　宮廷以外的宴飲活動，就屬兩京地區的遊宴最為盛行，兩京地區，為朝官聚居之所，而當朝權貴豪臣，多半築有私人園林，閒暇時飲賓客遊宴其中，自為美事。初唐兩京地區的遊樂宴飲活動，以楊師道安德山池宴集、于志寧宅宴集最為著名，傳世遊宴詩篇最多。《舊唐書》卷六二〈楊恭仁傳〉中提到：「（楊）師道退朝後，必引當時英俊，宴集園林，而文會之盛，當時莫比。雅善篇什，又工草隸，酣賞之餘，援筆直書，有如宿構。太宗每見師道所致，必吟諷嗟賞之。」《舊唐書》卷七八〈于志寧傳〉亦言：「（于志寧）雅愛賓客，接引忘倦，後進文筆之士，無不影附。」頻繁的宴飲活動，創作出許多遊宴

詩篇，然而仔細觀察，這些詩作雖然各有所述，但是在表現上，卻呈現出很大的類似性；雖然所用字句各不相同，然而情感卻多相似。以〈冬日宴于庶子宅各賦一字〉詩為例，當時同作者有于志寧（主人）、令狐德棻、封行高、杜正倫、岑文本、劉孝孫、許敬宗等七人，他們的作品中呈現出不可思議的雷同，七首詩均是首聯寫宴會的設立，頷聯寫宴集中人的活動（其中多半從賦詩事著筆），頸聯寫景，尾聯寫歡宴至極，賓主忘歸的心情〔註117〕。一般而言，在尾聯寫自我心態時，往往會因為各人的感受不同而有差異，然而此七首詩的雷同性太高，未免太過巧合，若不是宴飲真正歡樂到了極點，以致賓主一心，不然就是流於人際交往的應酬產物，而非真情的反映了。從初唐具有應酬性質的宴飲詩（尤其是宮廷宴飲詩）的角度來看，後者的可能性比較大。霍然以為「這類詩的主要缺點，是為作詩而作詩，內容上缺乏作者的真實感情（或雖有真情實感卻並不激動人心），表達上也流于程式化。」〔註118〕斯蒂芬・歐文先生更將這類宴會詩的結尾歸納為「天已晚了，該回去了。但我們餘興正濃，不想回去。」〔註119〕

〔註117〕 于志寧詩：「陋巷朱軒擁，衡門緹騎來。俱裁七步詠，同傾三雅杯。色動迎春柳，花發犯寒梅。賓筵未半醉，驪歌不用催。」令狐德棻詩：「高門聊命賞，群英於此遇。放曠山水情，留連文酒趣。夕煙起林蘭，霜枝殞庭樹。落景雖已傾，歸軒幸能駐。」封行高詩：「夫君敬愛重，歡言情不極。雅引發清音，麗藻窮雕飾。水結曲池冰，日暖平亭色。引滿既杯傾，終之以弁側。」杜正倫詩：「李門余妄進，徐榻君恆設。清論暢玄言，雅琴飛白雪。寒雲曖落景，朔風淒暮節。方欣投轄情，且駐當歸別。」岑文本詩：「金蘭篤惠好，尊酒暢生平。既欣投轄賞，暫緩望鄉情。愛景含霜晦，落照帶風輕。於茲歡宴洽，寵辱詎相驚。」劉孝孫詩：「解襟遊勝地，披雲促宴筵。清文振筆妙，高論寫言泉。凍柳含風落，寒梅照日鮮。驪歌雖欲奏，歸駕且留連。」許敬宗詩：「倦游嗟落拓，短翮慕追飛。周醪忽同醉，牙弦乃共揮。油雲澹寒色，落景靄霜霏。累日方投分，茲夕諒無歸。」其中，除許敬宗詩見《全唐詩》卷三五外，餘皆見《全唐詩》卷三三。

〔註118〕 張松如主編，霍然著《隋唐五代詩歌史論》（長春：吉林教育出版社，1995年），頁40。

〔註119〕 斯蒂芬・歐文《初唐詩》（賈晉華譯，南寧：廣西人民出版社，1987

斯蒂芬・歐文先生的歸納說法，正好和〈冬日宴于庶子宅各賦一字〉七首詩的結尾頗為相同，因此我們可以判定這七首詩的寫法，是受到具有應酬性質的宴飲詩的影響所產生出來的。

　　至於其他兩京地區文士遊樂宴飲的作品，表現上雖然不像〈冬日宴于庶子宅各賦一字〉詩群雷同性的高，但也有共通的傾向、表現。大抵而言，內容不外乎山水、歌舞、筵席、賦詩諸事的描寫，賦作雖多，彷彿出自同一宴集，而無分別差異，試舉數首為例：

> 甲第多清賞，芳辰命羽卮。書帷通竹徑，琴臺枕槿籬。池疑夜壑徙，山似鬱洲移。雕楹網蘿薜，激瀨合填箎。鳥戲翻新葉，魚躍動清漪。自得淹留趣，寧勞攀桂枝。（岑文本〈安德山池宴集〉《全唐詩》卷三三）

> 水府淪幽壑，星軺下紫微。鳥驚司僕馭，花落侍臣衣。芳樹搖春晚，晴雲繞座飛。淮王正留客，不醉莫言歸。（宋之問〈奉和梁王宴龍泓應教得微字〉《全唐詩》卷五二）

> 帝里寒光盡，神皋春望浹。梅郊落晚英，柳甸驚初葉。流水抽奇弄，崩雲灑芳牒。清尊湛不空，暫喜平生接。（王勃〈春日宴樂遊園賦韻得接字〉《全唐詩》卷五五）

> 淮南有小山，嬴女隱其間。折桂芙蓉浦，吹簫明月灣。扇掩將雛曲，釵承墮馬鬟。歡情本無限，莫掩洛城關。（張昌宗〈太平公主山亭侍宴〉《全唐詩》卷八〇）

若拋開句數不論，專從詩作結構而言，上述諸詩的結構何等類似，都是標準的宮廷詩三段式寫法：首聯破題，中間數聯寫景，尾聯作結，寫歡宴之情。上述諸例是最明顯的例子，其他詩作，雖或在結構上有些突破，在三段式的表現方面有些許的更異，然而在總體內容表現上，卻沒有多大的差別，舉例來說，如劉泊〈安德山池宴集〉：

> 平陽擅歌舞，金谷盛招攜。何如兼往烈，會賞協幽栖。已均朝野致，還欣物我齊。春晚花方落，蘭深徑漸迷。蒲新

　　年），頁6。歐文先生的說法主要是指宮廷詩方面，然而類比至文士遊宴之作的情形也是相近的。

節尚短，荷小蓋猶低。無勞拂長袖，直待夜烏啼。(《全唐詩》
卷三三)

劉泊此詩第三到第六句較爲特殊，並非傳統三段式寫法，然而實際上
乃是承首聯而來，表達對安德山池宴集的恭維，可以視爲首聯破題的
承繼，歸爲第一段；而後則是標準的三段結構方式：第七到第十句寫
景，屬第二段；尾聯寫自我感受，是第三段。又如張說〈修書院學士
奉敕宴梁王宅賦得樹字〉：

虎殿成鴻業，猿巖題鳳賦。既荷大君恩，還蒙小山遇。秋
吹迎絃管，涼雲生竹樹。共惜朱邸歡，無辭洛城暮。(《全唐
詩》卷八六)

張說此詩第三、第四句的情形類同於劉泊前述詩，亦是承首聯而
來，表達對此次宴集的感激之情，屬首聯破題的延續。若隱第三、
第四句暫且不論，全詩實爲標準三段式結構，內容亦甚爲類似，都
是記敘勝於一切。不同的宴飲活動，而詩人的賦作竟是如此的相
似，幾乎看不到人、時、事、地均不同的宴飲活動的差異，普實克
先生以爲：「中國詩歌中所表現的個性和創見少得出奇。」「被規範
了的不僅是文學形式，而且還包括文學主題。」「無一不是對相當
平凡的情感所進行的一成不變的表達。」〔註120〕上述詩作，正可
以爲普實克這段話作註腳。

　探究兩京地區遊樂宴飲詩頗爲類似的原因，除了前述應酬類宴飲
詩的慣例外，或也應注意到宴飲場所的影響。兩京地區文士遊樂宴飲活
動的舉行，幾乎都在私人園林之中，私人園林的造景，雖各有所勝，然
而不外乎山水景物的移植，與亭臺樓閣的修築，表現的風味是相近的；
而各富豪之家多半蓄有歌妓藝人之屬，所演奏、表演的不外乎是那幾套
時下流行的樂曲歌舞，雷同性很高；而好朋友往往就是那幾位，能夠時
時相聚也不過是那些人，重疊性不小，以《高氏三宴集》中所載三次宴

_____

〔註120〕普實克《普實克中國現代文學論文集》(李燕喬等譯，長沙：湖南
　　　　文藝出版社，1987年)，頁94。

飲活動及〈三月三日宴王明府山亭〉等四次宴集爲例〔註121〕，其中〈晦日宴高氏林亭〉同賦者二十一人，〈晦日重宴〉同賦者九人，〈上元夜效小庾體〉同賦者六人，〈三月三日宴王明府山亭〉同賦者六人，四次宴集均參加者有陳子昂、韓仲宣、高瑾等三人，參加三次的有崔知賢、陳嘉言兩人，參加兩次的有高正臣、高球、弓嗣初、長孫正隱、周彥暉、高嶠、周思鈞等七人，其他如王勔（王勃兄）、席元明、周彥昭、王茂時、徐皓、高紹、郎餘令、劉友賢、張錫、解琬等十人，只有參與過〈晦日宴高氏林亭〉一次活動。而這四次活動中，除了〈晦日宴高氏林亭〉與宴的人數較多外，其餘如〈上元夜效小庾體〉、〈三月三日宴王明府山亭〉均只有六人與宴而已，而四次活動均參加者即有三人，在六人中佔了半數；參加過兩次的也有二人。從這些統計數字上，我們可以看出當時宴飲活動參與者重疊的情形有多高。景物類似，與宴者又多是熟面孔，在頻繁的宴飲活動下，要想激發新意也是困難的事，於是很自然便以最熟悉、最不易犯錯的應酬公式書寫，最能維持宴飲場合的和諧與融洽，於是詩作的類似便不可避免了。

2. 地方遊宴新意別出

　　遠離兩京官場重地，地方的遊樂宴飲活動相形之下應酬的成分淡薄了許多，更由於宴遊場所的可變性較大，不局限於私人園林，且各地有各地不同的環境背景；來到地方，每個人的理由都不同，或官職遷轉，或漫遊經歷，不同的理由有不同的心境，於是同樣面對宴飲活動，心情也不相同，所以表現在詩作上面，或呈現出很大的差異，如王勃〈滕王閣〉：

> 滕王高閣臨江渚，佩玉鳴鸞罷歌舞。畫棟朝飛南浦雲，珠簾暮捲西山雨。閒雲潭影日悠悠，物換星移幾度秋。閣中帝子今何在，檻外長江空自流。（《王子安集註》卷三）

高宗上元二年（675），王勃隨父赴任交阯縣令，道過洪州，時都督閻

〔註121〕此四次宴集雖屬節慶遊宴活動，非本小節範圍，但是初唐可以考見、有連貫性、資料最完整的唯此，因此此處暫以之爲論。

公新修滕王閣成，大會賓客，王勃即席作〈序〉，〈序〉末並附這首凝煉、含蓄的詩篇，概括了〈序〉的內容。詩中不僅描述了滕王閣的地理形勢與狀麗的景色，同時也抒發了物存人亡，歲月無情的感慨。雖為宴飲詩，然而詩中沒有任何應酬語句與宴席即景的描寫，是一首慨歎深刻的抒情詩，根基於時不我與、歲月蹉跎的自身經歷而生發的人生意氣。又如駱賓王〈初秋於寶六郎宅宴〉：

> 千里風雲契，一朝心賞同。意盡深交合，神靈俗累空。草帶銷寒翠，花枝發夜紅。唯將澹若水，長揖古人風。（《駱臨海集箋注》卷三）

此詩重在呈現君子的交往風慨，對與宴諸君懷抱深深友誼。在駱賓王筆下，宴飲活動不再只是虛情的應酬而已，而是澹若水的君子交情的流動，連四周草花皆感動含情。高友工以為，「這是他對真誠友情的觀念所作的概述，這種情誼純情無瑕，不雜雜味，是古人理想的回響，實質上是對任何願意聆聽的人所發出的不帶感情色彩的致詞。」〔註122〕又如駱賓王〈冬日宴〉：

> 二三物外友，一百杖頭錢。賞洽袁公地，情披樂令天。促席鶯觴滿，當爐獸炭然。何須攀桂樹，逢此自留連。（《駱臨海集箋注》卷二）

駱賓王此詩雖然沒有像前述諸詩有所懷古興寄的高調，然而在表達上卻呈現出與二三好友輕鬆聚宴的快樂心情，雖有當時宴飲三段式詩風痕跡，但無應酬辭令的束縛，全詩呈現出清新自然風味，「二三物外友，一百杖頭錢」句，平易又親切。又如杜審言〈秋夜宴臨津鄭明府宅〉：

> 行止皆無地，招尋獨有君。酒中堪累月，身外即浮雲。露白宵鐘徹，風清曉漏聞。坐攜餘興往，還似未離群。（《全唐詩》卷六二）

〔註122〕 見高友工〈律詩的美學〉一文，收入倪豪士編選的《美國學者論唐代文學》（上海：上海古籍出版社，1994年），頁54。此段文字後附有譯者附注，說明：「『不帶感情色彩』，原文為 impersonal，名詞為 impersonality，意即超然客觀，不具個人感情傾向的狀態，也可譯為『非人格』、『非個人』等。」

此詩雖然沒有實在的記敘與具體的描述，然而在前四句的直抒懷抱與後
四句的微妙感受的結合之中，一方面仍然保持著一個敘事性完整的過
程，另一方面又形成一種抒情性的奇妙縹緲夢幻情調，使杜審言此詩，
在眾多宴飲應酬詩作中獨樹一格，展現出純粹的抒情性。經過初唐四傑
等人的努力，這種擺脫宮廷應酬格套的清新抒情詩風逐漸形成，稍後又
如陳子昂〈登澤州城北樓讌〉詩，在詩境上更加的開闊，揮灑更爲自由：

> 平生倦遊者，觀化久無窮。復來登此國，臨望與君同。坐
> 見秦兵壘，遙聞趙將雄。武安君何在，長平事已空。且歌
> 玄雲曲，御酒舞薰風。勿使青衿子，嗟爾白頭翁。(《全唐詩》
> 卷八三)

澤州州治在晉城（今山西晉城），戰國末年秦國武安君白起坑殺趙卒
四十五萬人的長平就在澤州城北邊不遠之處，長平亦屬澤州所轄管。
陳子昂登澤州城北樓，宴飲之際，不禁聯想起長平舊事。懷古之作，
陳子昂賦作不少，其中最膾炙人口的就屬〈登幽州臺歌〉，以及同一
時期所作的〈薊丘覽古贈盧居士藏用七首〉。本詩風格與〈薊丘覽古
贈盧居士藏用七首〉頗相近似，都是從具體的史事引發慨歎，不同的
是〈薊丘覽古贈盧居士藏用七首〉重在賢人之志、人生不遇的遭際，
而〈登澤州城北樓讌〉則抒發對主事者無知的不滿，以「遙聞」二句，
反面譏刺了趙括的有勇無謀與虛有其表，面對強敵不知戒慎。本詩據
韓理洲先生考證，以爲乃武周萬歲通天二年（697）七月征契丹凱旋
歸來經澤州時所作，在時間上稍晚於〈登幽州臺歌〉〔註 123〕。陳子
昂這次的隨軍出征契丹，由於前鋒不諳兵略，遭到慘敗，而主帥武攸

〔註 123〕　韓理洲云：「從陳子昂一生行蹤來看，只有征契丹，來回須經此地。
詩曰："御酒舞薰風"，《呂氏春秋‧有始》篇曰：『東南曰薰風。』
子昂 696 年九月從洛陽出發征契丹，九月之風不可稱"薰風"，故
詩非 696 年經澤州時所作。697 年七月，征契丹凱旋，七月正值夏
秋之交，其時之風可稱"薰風"；詩又曰："復來登此國"，是返
回經此地之語，故此詩當是 697 年七月征契丹凱旋歸來經澤州所
作。」見韓著〈陳子昂詩文編年考〉，《求是學刊》1982 年第三期，
頁 40。〈登幽州臺歌〉同是此年之作，唯在時間上稍早於此。

宜既畏敵如虎，又剛愎自用，陳子昂上書獻議，反遭排擠、降職，這種親身體驗，所以陳子昂此詩絕對不是單純的懷古之作，而是寄託了對人事現實的慨歎。然而接下來陳子昂筆峰一轉，想到當時對秦國而言，建立大功、坑殺趙國士卒四十五萬人的武安君白起，在歷史的巨輪下又如何呢？一切的事情都過去了，思緒拉回當下，眼前所見的，是歡鬧至極的宴席歌舞表演，沉迷於舊事又有何益，把握現在，及時行樂，勿使年輕後輩，笑我如白頭老翁，只知追憶過去，不知眼前可貴。詩末展現出詩人後期的人生哲學，年輕時的滿腔抱負，在現實的折磨下，中年壯志不免銷鎔。然而陳子昂畢竟是陳子昂，不減慷慨任氣、豪爽剛直本色，懷古傷今的愁緒雖然暫時興起，亦能瀟灑揮去，使自身靈魂得到超脫，就這一點來看，比〈登幽州臺歌〉的「不禁愴然而涕下」心境，更見一分豁達成熟。作〈登幽州臺歌〉時，陳子昂的心境尚沉陷在孤獨悲傷之中，而到了作〈登澤州城北樓讌〉時，這種孤獨悲傷已轉為豁達開通，可以說是翌年（698）年陳子昂毅然退隱的先聲〔註124〕。〈登澤州城北樓讌〉一詩雖為遊樂宴飲詩，然而能結合作者當時心境與宴飲場所的特點，展現出與當時社會流行風尚的應酬類詩作明顯不同的風貌。又如陳子昂另一首〈宴胡楚真禁所〉：

> 人生固有命，天道信無言。青蠅一相點，白璧遂成冤。請
> 室閒逾邃，幽庭春未暄。寄謝韓安國，何驚獄吏尊。（《全唐
> 詩》卷八四）

武周延載元年（694）到證聖元年（695）間，陳子昂曾被誣為「逆黨」，並關進了囚牢〔註125〕，此詩中，陳子昂表達心中的無奈，而將此牢獄之災歸為命中注定，天道無言之事；並以青蠅相點，白璧成冤，訴說被誣的事實與冤情；頸聯寫禁所環境，「春未暄」，暗喻自己冤情未得明；尾聯以反語行之，明白幽禁之不必，隱訴含冤之意。雖題為

〔註124〕 韓理洲以為：「698年的退隱，是詩人處在美好理想與惡濁的現實互相矛盾中的自我解脫，這次他是真的要放息人事。」同上註，頁40。
〔註125〕 羅庸〈陳子昂年譜〉說法，《國學季刊》第五卷第二號（1935）。此據韓理州〈陳子昂詩文編年考〉所引。

「宴」，卻無絲毫宴飲進食之意，是本詩特別之處。

　　然而須澄清的是，並不是所有的地方宴飲詩都如上述詩中別有新意出，有自己獨特的表現，其實現今可見不少地方遊樂宴飲詩，也都一如兩京地區表現一般，多是應酬式的即景書寫，缺少個別特色的作品。如王勃〈聖泉宴〉：

> 披襟乘石磴，列籍俯春泉。蘭氣薰山酌，松聲韻野弦。影飄垂葉外，香度落花前。興洽林塘晚，重巖起夕煙。(《王子安集註》卷三)

梓州玄武山有聖泉，王勃此詩，全是對聖泉景物的描寫，純粹敘事，抒情成分隱於景中，作法明顯受宮廷影響，呈現濃厚的應酬風調。又如前曾引過的駱賓王〈春夜韋明府宅宴得春字〉，於寫景敘事外，以恭維之詞作結，都屬這類以敘事為主的應酬類宴飲詩作。

　　人際的交往，往往含有一定的應酬成分，地方的遊樂宴飲詩，雖說天高皇帝遠，離中央朝廷有段距離，能在較不受拘束下賦作，擺脫功利的虛偽應酬，而有所興寄、真情的流露，然而對文士來說，仕宦之途是他們追求的目標，要想步上官途，要想官運亨通，必須學會官方所崇尚的那一套，因而宮廷詩作的影響，實在不容忽視。人人都熟悉且習慣宮廷詩的寫法，所以，雖然遠離權力中央，較缺少功名利祿的誘因（只是較缺少而已，不是沒有），但是寫慣了的格式，想要得到突破，並不是件容易的事。我們可以發現，上述新意別出的詩作，全是出自初唐名家，如王勃、駱賓王、杜審言、陳子昂等大詩人之手筆，一般文士還是很難得到優良的表現的。

（二）玄宗朝（712～755）

　　比起初唐來，玄宗朝的遊樂宴飲詩不再只是偏向宮廷表現，也不再只是少數豪富貴家的專權屬物，社會的繁盛，交通的發達，飽讀詩書、懷有大志的文人紛紛走出鄉里，尋求知遇，尋求仕途的發展。漫遊風氣的大行，人與人之間酬酢交往的機會大增，因而在寫作數量上，不再如中宗以前般是宮廷宴飲詩專擅的局面，文士之宴以另一種

傲然之姿，崛起於社會之中，與宮廷宴飲詩有相抗頡之勢。

1. 都城詩與漫遊風氣的影響

　　研究玄宗朝詩歌者，如斯蒂芬‧歐文、許總等，都強調「都城詩」的地位，以爲玄宗朝是「以都城爲中心的開放式詩壇」〔註126〕，「盛唐詩由一種我們稱之爲"都城詩"的現象所主宰，這是上一世紀宮廷詩的直接衍生物」〔註127〕斯蒂芬‧歐文以爲，「都城詩代表了將詩歌看成社交表達的觀念」〔註128〕宴飲活動就是一種不折不扣的社交活動，換句話說，宴飲詩其實也就是都城詩的一部分，探究盛唐（玄宗朝）宴飲詩，就不能忽略都城詩的存在。

　　雖然如此，但是「這一時代最偉大的詩卻是由都城外部詩人寫出來的」〔註129〕再加上玄宗朝詩人幾乎皆曾有過長途漫遊的經歷，因此，「詩歌作爲一種特殊的文學性的社會交往工具，實際上遠不僅僅局限在都城範圍，而是通過詩人的漫游（或官職外放）爲契機，在以長安爲基點的匯聚與外流的放射狀的多向線索的聯結中，展示出以都城爲中心的以社會交往爲聯結標誌的開放式詩壇的全般景貌來。」〔註130〕在中宗以前文士遊宴詩部分，兩京地區和一般地方的遊宴詩作尙有明顯的差異可供區分，到了盛唐，由於漫遊的經歷導致這種都城詩的匯聚與放射性的交叉作用，兩京地區和一般地方遊宴詩作已無多大的差異存在，以李白爲例，他曾入宮爲翰林供奉（標準都城範圍）〔註131〕，在入宮前後，曾多次前往全國各地漫游，並在當地與文士進行交往，賦有多篇宴飲詩作，如在太原作

〔註126〕　許總《唐詩史》第三編〈氣象高華——高峰期（公元 712～755）〉
　　　　　　第二章第一節標題。
〔註127〕　同註13，頁 4。
〔註128〕　同註13，頁 5。
〔註129〕　同註13。
〔註130〕　同註79，頁 411。
〔註131〕　天寶元年（742）秋，李白入宮爲翰林供奉，至天寶三年（744）春
　　　　　　去職，前後經歷一年多。

〈宴鄭參卿山池〉（《李白全集校注彙釋集評》卷十八）（開元二十四年）〔註132〕，在單父（宋州）與杜甫、高適等人同遊作〈秋獵孟諸夜歸置酒單父東樓觀妓〉（卷十七）（天寶三載），在金陵作〈春日陪楊江寧及諸官宴北湖感古作〉（卷十八）（天寶十三載），在秋浦作〈與周剛清溪玉鏡潭宴別〉（卷十八）（天寶十三載），在當塗作〈夏日陪司馬武公與群賢宴姑熟亭序〉（卷二七）（天寶十四載），在江夏作〈江夏使君叔席上贈史郎中〉（卷十）（上元元年），在潯陽作〈宴陶家亭子〉（卷十八）（未編年），在荊楚作〈楚江黃龍磯南宴楊執戟治樓〉（卷十八）（未編年）。如果硬是要從地域劃分李白遊宴詩作爲兩京地區與一般地方，其實已不具任何意義。

2. 宴飲詩的新拓

比起南北朝的宴飲詩，初唐時期的文士遊樂宴飲詩已有多新意內容開拓的現象，到了盛唐，隨著社會的繁華極盛，在放曠多才的文人筆下，這種新變遂一發而不可遏抑。

（1）書寫方式

就書寫方式而言，或將宴飲詩題寫於壁上。雖然，「唐代以前，已經有題詩於石壁、牆壁、屏風的事情」〔註133〕，但是到初唐爲止，就現今可見的資料而言，在宴飲場合中賦詩，或書寫在紙張上，或隨口吟唱〔註134〕，尚未見到有把即席寫成的詩作題在壁上的情形。把

〔註132〕 詹瑛主編《李白全集校注彙釋集評》（天津：百花文藝出版社，1996年）以下所引李白詩文皆引本書卷次。編年部分則參照安旗《李白全集編年注釋》說法。

〔註133〕 詳見羅師宗濤〈唐代題壁詩〉一文。收入《唐代文學研究》第三輯，頁56。

〔註134〕 書寫在紙張上的，如《唐詩紀事》卷三載上官昭容事：「中宗晦日幸昆明池賦詩，群臣應制百餘篇。帳殿前結綵樓，命昭容選一首爲新翻御製曲。從臣悉集其下，須臾紙落如飛，各認其名而懷之。」由「須臾紙落如飛」句可知，當時是把詩寫在紙張上。隨口吟唱者，多屬酒令之類，如《本事詩》載中宗朝「內宴，群臣皆歌〈迴波樂〉，撰詞起舞，因是多求遷擢。」即爲此例。

宴飲詩題在壁上，當是盛唐人揉合現有的題壁作風於宴飲活動中，所發展出的新的寫作方式。如王迴〈同孟浩然宴賦〉：

> 屈宋英聲今止巳，江山繼嗣多才子。作者于今盡相似，聚宴王家其樂矣。共賦新詩發宮徵，書于屋壁彰厥美。（《全唐詩》卷二一五）

本詩題一作〈題壁歌〉。歌中明白記錄宴飲活動中賦詩題壁的行為：「共賦新詩發宮徵」「書于屋壁」，並說明本詩作題壁的功用：「彰厥美」。又如岑參〈醉題匡城周少府廳壁〉：

> 婦姑城南風雨秋，婦姑城中人獨愁。愁雲遮卻望鄉處，數日不上西南樓。故人薄暮公事閑，玉壺美酒琥珀殷。潁陽秋草今黃盡，醉臥君家猶未還。（《岑參詩集編年箋註》頁 48）

開元二十九年（741）秋，二十六歲的岑參漫遊至滑州匡城，與老朋友匡城周縣尉相邀飲酒，醉後作為此詩題於廳壁上，詩中充滿了思鄉的愁緒。羅師宗濤曾針對唐代題壁詩作一探討，發現唐人題壁詩的內容非常豐富，「涵蓋了宣教、即景、行役、留言、送別、鄉愁、悼亡、自傷、同情、感謝、曠達、逞才、言志、勉勵、贊揚、不平、嘲諷、傳情等等」〔註 135〕，岑參此詩抒寫思鄉之愁，正是其中之一。由此可以知道，唐人宴飲時題壁不必一定是如王迴所云的「彰厥美」，而是隨著作者個人當時的情感流動，發而為詩，因此內容可以是「彰厥美」，也可以是思鄉情愁。

（2）詩作風味（清新）：樸實真率、自在無羈、豪邁灑脫、充滿方外之思、靈動的生命力

就詩作風味而言，初唐時遊宴詩的新變，可以說是清新與沉鬱兩種基調並存〔註 136〕；盛唐時則在清新的基調外，更添加了多樣的風

〔註 135〕 同註 133，頁 90。

〔註 136〕 以前章所舉之例為言，如王勃的〈滕王閣〉，陳子昂的〈登澤州城北樓謳〉、〈宴胡楚真禁所〉等詩，或抒發物存人亡、歲月無情的感慨，或藉史事寄託對現實人事的慨嘆，或暗喻自己含冤未得明，都不免有沉鬱的傾向；如駱賓王的〈初秋於竇六郎宅

味。或樸實真率，如李白〈下終南山過斛斯山人宿置酒〉：

> 暮從碧山下，山月隨人歸。卻顧所來徑，蒼蒼橫翠微。相
> 攜及田家，童稚開荊扉。綠竹入幽徑，青蘿拂行衣。歡言
> 得所憩，美酒聊共揮。長歌吟松風，曲盡河星稀。我醉君
> 復樂，陶然共忘機。（《李白全集校注彙釋集評》卷十八）〔註137〕

本詩寫月夜下終南山拜訪隱士之家得酒共樂以忘機之情，全篇純用白
描手法，略無誇張想像之詞，自然真率，樸實平淡之思溢於詩表。這
種自在無羈的清新風調，比起初唐人來，又更向前邁出了一大步。或
自在無羈，如杜甫〈陪李金吾花下飲〉：

> 勝地初相引，徐行得自娛。見輕吹鳥毳，隨意數花鬚。細
> 草稱偏坐，香醪懶再沽。醉歸應犯夜，可怕李金吾。（《杜詩
> 趙次公先後解輯校》甲帙卷之五）〔註138〕

嚴格說來，本詩所述是一次閒散的聚飲，談不上正式的宴席，然而也
就因為不是正式的宴席，描繪起來更見輕鬆自在之氣息：吹鳥毳、數
花鬚，此等在他人眼中或許是窮極無聊的事，卻是詩人自娛自樂之所
在，「茲可與智者道，不可與愚者說也。」〔註139〕；薦草懶沽酒，一
副慵懶隨性之狀。末以醉歸犯禁，「可怕」作結，宋趙次公注云：「言
可怕，則不怕之也。」〔註140〕，醉人醉語，尤見真性情。或豪邁灑
脫，如岑參〈涼州館中與諸判官夜集〉：

> 彎彎月出挂城頭，城頭月出照涼州。涼州七里十萬家，胡
> 人半解彈琵琶。琵琶一曲腸堪斷，風蕭蕭兮夜漫漫。河西
> 幕中多故人，故人別來三五春。花門樓前見秋草，豈能貧
> 賤相看老？一生大笑能幾回？斗酒相逢須醉倒。（《岑參詩集

宴〉、〈冬日宴〉，杜審言的〈秋夜宴臨津鄭明府宅〉，則呈現出
清新風調。
〔註137〕 詹瑛《李白詩文繫年》繫本詩於天寶三載（744），安旗等《李白全
集編年注釋》繫於天寶二年（743），郁賢浩《李白選集》則以為開
元年間（713～741）作。
〔註138〕 清仇兆鰲《杜詩詳註》繫此詩於天寶四年（745）。
〔註139〕 清仇兆鰲《杜詩詳註》卷三，頁244。
〔註140〕 《杜詩趙次公先後解輯校》甲帙卷之五，頁155。

編年箋注》頁 291）〔註 141〕

天寶十三載（754），岑參赴北庭都護府途經武威時，與友人在涼州客舍（花門樓）夜宴時作爲此詩〔註 142〕。詩中描寫涼州，頗具邊塞詩風味；在別後重逢的歡樂中，雖有時光飛逝，功名未就的身世感慨，但卻以「大笑」的方式面對，總體呈現的態度卻是豪邁灑脫的，這正是處於開天盛世中詩人所以不同於其他時期的地方。或充滿方外之思，如王維〈青龍寺曇璧上人兄院集〉：

> 高處敞招提，虛空詎有倪。坐看南陌騎，下聽秦城雞。眇眇孤煙起，芊芊遠樹齊。青山萬井外，落日五陵西。眼界今無染，心空安可迷。（《王維集校注》卷三）〔註 143〕

青龍寺爲唐代密宗的根本道場，近年發掘出該寺遺址，在陝西長安縣西南約四公里之祭臺村。這是一次「餌客香飯」的「梵筵」（指寺所設之筵），就宴會本身而言，已自充滿了佛教的氣息，在此氛圍中賦詩，是以詩中所傳達自然以佛教「虛空」思想爲主。與王維同時賦作的尚有王昌齡、裴迪、王維弟王縉等三人，三人的作品同樣充滿佛家超塵之思〔註 144〕。又如孟浩然〈與王昌齡宴王十一〉〔註 145〕：

〔註 141〕 劉開揚《岑參詩集編年箋注》（成都：巴蜀書社，1995 年）繫此詩於天寶十三載（754）。

〔註 142〕 同註 141。客舍名「花門樓」，蓋岑參另有一首〈戲文花門樓酒家翁〉，詩題下自注「在涼州」，詩中云：「老人七十仍沽酒，千壺百甕花門口」，由是可知。有關花門樓，據陳鐵民、何雙生等選注《高適岑參詩選》（北京：人民文學出版社，1997 年）頁 134 考証。

〔註 143〕 陳鐵民《王維集校注》（北京：中華書局，1997 年）以爲此詩約作於天寶二年（743）。

〔註 144〕 裴迪〈青龍寺曇璧上人院集〉：「靈境信爲絕，法堂出塵氛。自然成高致，向下看浮雲。迤邐峰岫列，參差閭井分。林端遠堞見，風末疏鐘聞。吾師久禪寂，在世超人群。」（《全唐詩》卷一二九）；王縉〈同王昌齡裴迪遊青龍寺曇璧上人兄院集和兄維〉：「林中空寂舍，階下終南山。高臥一床上，迴看六合間。浮雲幾處滅，飛鳥何時還。問義天人接，無心世界間。誰知大隱者，兄弟自追攀。」（《全唐詩》卷一二九）；王昌齡〈同王維集青龍寺曇璧上人兄院五韻〉：「本來清淨所，竹樹引幽陰。簷外含山翠，人間出世心。圓通無有象，聖境不能侵。眞是吾兄法，何妨友弟深。天香自然會，靈異識

歸來臥青山，嘗魂在清都。漆園有傲吏，曾好在招呼。書
幌神仙籙，畫屏山海圖。酌霞復對此，宛似入蓬壺。(《孟浩
然詩集箋注》卷一)

以佛道思想入詩者，在初唐時期未曾見過，然而盛唐時期由於文士
與方外士的交往頻繁，或宴飲相過，佛道思想也因此滲入宴飲詩中
〔註146〕。相對於佛道的虛空平淡、重靈性，狂放不羈的李白則表現
出活潑靈動的生命力，如〈秋獵孟諸夜歸置酒單父東樓觀妓〉：

傾暉速短炬，走海無停川。冀參圓丘草，欲以還頹年。此
事不可得，微生若浮煙。駿發跨名駒，雕弓控鳴弦。鷹豪
魯草白，狐兔多肥鮮。邀遮相馳逐，遂出城東田。一掃四
野空，喧呼鞍馬前。歸來獻所獲，炮炙宜霜天。出舞兩美
人，飄颻若雲仙。留歡不知疲，清曉方來旋。(《李白全集校
注彙釋集評》卷十七) 〔註147〕

本詩和一般限韻限題、作爲文字遊戲的宴飲詩不同，可以視爲一種宴
飲活動的記錄：從宴飲之前的秋獵寫起，一直寫到宴飲結束還歸。雖
然屬遊宴詩〔註148〕，然而全詩二十句中，寫秋獵有十四句，眞正著

〔註145〕 鐘音。」(《全唐詩》卷一四二)。
〔註145〕 《全唐詩》卷一五九作〈與王昌齡宴王道士房〉。
〔註146〕 又如張子容〈雲陽驛陪崔使君邠道士夜宴〉：「一尉東南遠，誰知此
夜歡。諸侯傾卑蓋，仙客整黃冠。染翰燈花滿，飛觴雲氣寒。欣承
國士遇，更借美人看。」(《全唐詩》卷) 一一六)。其實不僅私人
宴集與佛道有關，在官宴部分，如王昌齡〈洛陽尉劉晏與府掾諸公
茶集天宮寺岸道上人房〉：「良友呼我宿，月明懸天宮。道安風塵外，
灑掃青林中。削去府縣理，豁然神機空。自從三湘還，始得今夕同。
舊居太行北，遠宦滄溟東。各有四方事，白雲處處通。」(《全唐詩》
卷一四一)，又如劉長卿於天寶初東遊時所作的〈惠福寺與陳留諸
官茶會〉：「到此機事遣，自嫌塵網迷。因知萬法幻，盡與浮雲齊。
疏竹映高枕，空花隨杖藜。香飄諸天外，日隱雙林西。傲吏方見狎，
眞僧幸相攜。能令歸客意，不復還東溪。」(《劉長卿詩編年箋注》
頁11)，皆是與道士交往遊宴時所賦作。可以這麼說，盛唐時期與
方外士宴集已是社會生活的一部分。
〔註147〕 詹瑛繫此詩於開元後期白居東魯時作，安旗等《李白全集編年注釋》
繫於天寶三載。
〔註148〕 詹瑛主編《李白全集校注彙釋集評》將本詩劃歸於「遊宴詩」類中。

墨宴飲活動不過六句，是所重在宴之前的「遊」（秋獵），而非「宴」；「宴」之樂因「遊」而來，而非組成宴飲活動的飲食、歌舞部分；雖然是宴飲詩，但是重點卻不在宴飲上。李白此詩寫秋獵事，活潑靈動，策馬奔馳追逐之景，恍若眼前，明人嘗批此詩云：「（前六句）起得甚超甚遠，正因高世逸俗之志，凌雲吞澤之概，無從發洩，不得不藉一獵以寄興，固是太白胸襟，太白本色。」〔註149〕。

（3）詩作風味（沉鬱）

由於政治的清明與社會的繁榮富庶，因此呈現在盛唐時期文士遊樂宴飲詩中的，幾乎都是清新自然、愉悅的基調。然而理想和現實間的距離終究是存在的，盛唐詩人在縱情使才之餘，難免亦有挫折的發生，因而在清新之外，偶見沉鬱的表達。如李白〈攜妓登梁王棲霞山孟氏桃園中〉：

> 碧草已滿地，柳與梅爭春。謝公自有東山妓，金屏笑坐如花人。今日非昨日，明日還復來。白髮對綠酒，強歌心已摧。君不見梁王池上月，昔照梁王樽酒中。梁王已去明月在，黃鸝愁醉啼春風。分明感激眼前事，莫惜醉臥桃園東。

（《李白全集校注彙釋集評》卷十七）

棲霞山在單父縣東五里，相傳梁孝王曾遊於此，有詞賦鑴石〔註150〕。在棲霞山的孟氏桃園中，李白追撫今昔，今日已非昨日，明日又將來到，在時間的長流中，個人倍覺無力感，白髮對酒而強歌，正是這種感傷所致。景雖似而人已非，連小小的黃鸝鳥似乎也有愁怨之意。今昔相照應，使詩人更覺眼前可貴，結尾求一時醉臥之歡，是這種傷時情緒下的感言。本詩以古體雜言詩為之，在形式上即有打破宴飲詩齊言傳統的新變；內容沉鬱，在盛唐文士遊宴詩中是非常少見的風調。

〔註149〕 嚴滄浪、劉會孟評點《李杜全集》本《李太白集》載明人語。此據詹瑛《李白全集校注彙釋集評》卷十七，頁2790所引。

〔註150〕 見《嘉慶一統志》卷一八一〈曹府山川：棲霞山〉。此據詹瑛《李白全集校注彙釋集評》所引。

安旗《李白全集編年注釋》繫此詩於天寶四載（745）春〔註151〕，前此的天寶三載（744）春，李白夢想幻滅，黯然離開翰林供奉之職，離開長安，長期以來的理想，最後竟是如此結局，怎不令詩人傷痛！這種傷痛，或也正是促成本詩中詩人所以因景懷古傷時的潛在因素。又如劉長卿〈硤石遇雨宴前主簿從兄子英宅〉：

> 縣城蒼翠裏，客路兩崖開。硤石雲漠漠，東風吹雨來。吾兄此爲吏，薄宦知無媒。方寸抱秦鏡，聲名傳楚材。折腰五斗間，僶俛隨塵埃。秩滿少餘俸，家貧仍散財。誰言次東道，暫預傾金罍。雖欲少留此，其如歸限催。（《劉長卿詩編年箋注》頁60）〔註152〕

盛唐的經濟繁盛，家給富足，因而充斥在宴飲詩中的，幾乎都是無愁衣食的基調，如前述諸詩均是這種富足的呈現。劉氏此詩言「貧」，算是很特出的，甚至可以說是盛唐文士遊宴詩中絕無僅有的單一特例！但是細看此詩所言的「貧」，並非眞「貧」，詩中對從兄子英的家貧散財的豪俠仁義之氣充滿稱譽之情，對於自己無法多作停留感到遺憾，在稍顯沉鬱的氛圍中，流露深深的手足之情。

上述李白、劉長卿兩首沉鬱風調之作，均作於天寶年間，雖是盛唐文士遊樂宴飲詩中少見的特例，但多少也反映出盛唐社會在極盛之後將趨於轉變的先兆。

3.「場域」的影響：著重友誼的呈現

而在另一方面，「場域」影響官場宴飲詩的寫作，相同的，也影響私家遊宴詩的內容。從人的角度來看宴飲「場域」，則官場中有以官位高低論尊卑的「倫理」，私家遊宴則從友朋的角度平等論賓主關係；尊卑中不免有利害的衡量，友朋間則少利益的牽絆。這種「場域」差異，造成了與宴者「生存心態」的差別，進而形成私家遊宴詩與官

〔註151〕　見是書頁710。

〔註152〕　儲仲君《劉長卿詩編年箋注》（北京：中華書局，1996年）以爲此詩當作於天寶中。

場遊宴詩的表現異方。

　　玄宗朝的私家遊宴活動，是立基於社會極度繁盛的基礎上的，與文士的漫游（甚至是壯遊）有很大的關係，而強烈的自信與開闊的心胸，使詩人特別珍惜相識的機緣，因而在宴飲詩中，友誼是很重要的書寫主題。如儲光羲〈秦中歲晏馬舍人宅宴集〉：

> 冬暮久無樂，西行至長安。故人處東第，清夜多新歡。廣庭竹陰靜，華池月色寒。知音盡詞客，方見交情難。（《全唐詩》卷一三六）

因爲「久無樂」，所以更顯得故人宅中宴飲活動「多新歡」的可貴，結尾「知音」、「交情難」兩句，寫出友誼的深刻。儲光羲此詩的寫作，不管是從內容或是結構上來看，都存有初唐以來宮廷詩的影子，明顯都城詩作風，採用的是宴飲詩最常見的書寫形式〔註153〕，四平八穩的寫作中情誼自見。這種友情的書寫或表達得委婉曲折，如王昌齡〈李四倉曹宅夜飲〉：

> 霜天留後故情歡，銀燭金爐夜不寒。欲問吳江別來意，青山明月夢中看。（《全唐詩》卷一四三）

簡單的詞句，描繪出一幅友朋秉燭談天的溫馨畫面。下霜的夜裏之所以不覺寒冷，是因爲有友誼的溫暖。後兩句表面上雖然說的是山、水、明月，其實意在其外，是用來代指人，不盡相思之情在其中。全詩以表達的曲折，委婉寫出友朋間情誼的深刻。

　　相對於王昌齡詩的委婉曲折，李白〈下終南山過斛斯山人宿置酒〉中的「歡言得所憩，美酒聊共揮。長歌吟松風，曲盡河星稀。我醉君復樂，陶然共忘機」寫月夜下終南山拜訪隱士之家得酒共樂以忘機之情，則把這種友情寫得極樸實平易。與此風調相類者又如孟浩然的〈過故人莊〉：

> 故人具雞黍，邀我至田家。綠樹村邊合，青山郭外斜。開

〔註153〕宴飲詩最常見的書寫形式：五言、八句、三段結構、頷聯（或頸聯）寫景。詳見鄙人〈唐代宴飲詩的社會化現象〉（《德明學報》第十六期）一文。

　　筵面場圃，把酒話桑麻。待到重陽日，還來就菊花。(《孟浩
　　然詩集箋注》卷三)

沒有華藻的雕飾，白描平淡的陳述中，自然寫出賓主盡歡之狀。上述
李白與孟浩然兩首樸實恬淡的宴飲詩，不約而同都是發生在山野田
家，而前述儲光羲與王昌齡二詩，則是在私人園林中寫成，這一比較
對照，很明顯地可以看出由宴飲周遭的景物所構築成的「場域」對私
家遊宴詩的影響：同是友朋之情，在人工的私人園林與自然的村里田
家中所作，卻有不同的表現。

　　雖然，玄宗朝遊宴詩作的內容，或因「場域」影響而有不同的表
現，或因理想不遂而有沉鬱的表現，但在所有玄宗朝私人遊宴詩中，
沉鬱之作只是少數的一二特例，是詩人偶一的牢騷言語，並非常例。
大抵而言，玄宗朝的遊宴詩普遍呈現出愉快的基調，詩人所著重的，
是宴飲活動中賓主友朋間情感的交融與愉悅情感的呈現，「我醉君復
樂，陶然共忘機」。

（三）安史亂後（756～907）

　　安史亂後，雖然，德宗、武宗朝曾短暫對私家遊宴活動加以限
制、禁止，然而更多的時間是朝野上下縱情宴樂的〔註 154〕。以官
員常宴爲例，如白居易詩云：「公門日兩衙，公假月三旬。衙用決
簿領，旬以會親賓。」「無輕一日醉，用犒九日勤。微彼九日勤，
何以治吾民。微此一日醉，何以樂吾身。」旬假即宴，白居易竟然
還抱怨「公多及私少，勞逸常不均」〔註 155〕；而後的官員非僅旬
暇日遊宴而已，頻於遊宴的結果，導致「簿書停廢，獄訟滯冤」，
迫使武宗不得不下詔，對官員的遊宴活動加以限制：「縣令每月非
暇日，不得輒會賓客遊宴；其刺史除暇日外，有賓客須申宴餞者聽
之，仍須簡省。」〔註 156〕，當時宴飲活動的頻繁由此可以窺見。

〔註 154〕　詳見第三章第一節中的陳述。
〔註 155〕　白居易〈郡齋旬假始命宴呈座客示郡僚〉，《白居易集》卷二一。
〔註 156〕　《全唐文》卷七十六〈戒官僚宴會詔〉。

而在另一方面，由於幕府文人的群聚、朋黨的林立以及科舉考試的影響〔註157〕，文人集團大量出現，於是安史亂後的文士間的遊樂宴飲活動反而比亂前更爲頻仍，宴飲詩的創作也就更加豐富了。在這些豐富的私家遊宴詩作中，或流露悲傷的基調，或呈現縱情遊宴的歡樂；且詩歌在宴飲活動中也不再僅是作者個人抒情或與宴者間遊戲的工具而已，以詩代言的新表現方式興起，詩歌在宴飲活動中廣泛而普遍地被靈活運用著。以下分敘之。

1. 悲傷的基調

安史亂後的私家遊樂宴飲詩可以說是一部文士心境的演變史。首先躍現的，是悲傷的基調。大亂發生之初，社會由繁榮而陷入戰亂，由安定而流離，極端的變化，反映在宴飲詩中，是一種亂離下的悲歌，如高適〈同河南李少尹畢員外宅夜飲時洛陽告捷遂作春酒歌〉：

> 昨逢軍人劫奪我，到家但見妻與子。賴得飲君春酒數十杯，
> 不然令我愁欲死。（《全唐詩》卷二一三）

以親身經歷，寫現實的悲傷，樸實無琢。又如乾元元年（758）杜甫在長安所作的〈鄭駙馬池臺喜遇鄭廣文同飲〉一詩：

> 不謂生戎馬，何知共酒杯。燃臍郿塢敗，握節漢臣回。白
> 髮千莖雪，丹心一寸灰。別離經死地，披寫忽登臺。重對
> 秦簫發，俱過阮宅來。留連春夜舞，淚落強徘徊。（《杜詩趙
> 次公先後解輯校》乙帙卷之五）

鄭廣文即鄭虔，蓋其人才華出眾，不僅精於山水書畫，並長於地理，

〔註157〕 有關幕府中文士群聚的情形，可參見前一小節官場遊樂宴飲詩中有關安史之亂以後的敘述。又，孟二冬論中唐詩壇，以爲「當時大大小小有那麼多方鎮，每個方鎮都聚集了一批文士，這些作家群也就很自然地形成了一個個創作團體。可以說那種以宮廷爲中心、以長安和洛陽都市爲中心的文人創作活動，幾乎被活躍於方鎮使府的文人唱和所代替。」又云：「此外，安史亂后朋黨林立和科舉考試作弊嚴重的現象，也是中唐時期文學團體大量出現的重要原因。」見孟二冬《中唐詩歌之開拓與新變》（北京：北京大學出版社，1998年）第二章〈文人的創新與分化〉，頁57。

山川險易、方隅物產、兵戍眾寡無不詳。嘗爲《天寶軍防錄》，言事典該，「諸儒服其善著書，時號鄭廣文」。如此多才多藝的一個文人，安史之亂時卻不幸逃走不及，陷賊中，僞授水部郎中，因稱風病而緩其職。等到賊平後，被貶爲台州司戶參軍事〔註158〕。是以詩中有「握節漢臣回」句。雖是宴飲之作，然而詩中所重非是宴飲，而是感傷亂世中文士遭際，「吾徒自漂泊，世事各艱難」〔註159〕。同年杜甫另一首〈湖城東遇孟雲卿復歸劉顒宅宿宴飲散因爲醉歌〉中云：「且將款曲終今夕，休語艱難尙酣戰。照室紅爐促曙光，縈窗素月垂文練。天開地裂長安陌，寒盡春生洛陽殿。豈知驅車復同軌，可惜刻漏隨更箭。人生會合不可常，庭樹雞鳴淚如線。」（《杜詩趙次公先後解輯校》乙帙卷之六），所悲傷的不僅是文士個人，更哀痛戰事的持續所造成的破壞。

　　大亂後來雖平定，但社會並未因此而安定復原，繼之而來的是國內的藩鎮割據與宦官擅政，以及國外吐蕃的不時侵擾，內憂外患交逼。安史亂前，在私家遊宴詩作中很少看到感傷身世、遭遇的詞句，尤其是在玄宗朝的太平盛世裏，表現在遊宴詩中的，幾乎全都是豪邁昂揚、歡欣喜悅的形容，沉鬱只是其中極少數的特例〔註160〕。但是在安史亂後，由於政治形態有了巨大的改變，時局的不安定，使得文士的遭遇也倍加顚沛，倍加滄桑，於是傷歎變成文士遊宴詩內容的一部分，以韋應物〈燕李錄事〉爲例：

　　　　與君十五侍皇闈，曉拂爐煙上赤墀。花開漢苑經過處，雪
　　　　下驪山沐浴時。近臣零落今猶在，仙駕飄颻不可期。此日
　　　　相逢思舊日，一杯成喜亦成悲。（《韋應物集校注》卷一）

大曆四年（769），韋應物自京洛赴揚州途中賦爲此詩。題爲「燕」（讌），

〔註158〕　有關鄭虔諸事，見《新唐書》卷二○二〈文藝傳中〉。

〔註159〕　杜甫〈宴王使君宅題二首〉其一，《杜詩趙次公先後解輯校》己帙卷之三。

〔註160〕　如李白〈攜妓登梁王棲霞山孟氏桃園中〉、劉長卿〈硤石遇雨宴前主簿從兄子英宅〉等詩爲玄宗朝遊宴詩作中，稍顯沉鬱氣息者。詳見前一小節中的敘述。

然而此讌詩中不見任何歡愉的字眼，有的只是追憶舊事的至情傷歎。
金聖嘆評之曰：「淺人讀之，謂只兩人追寫舊事耳，不知通首皆是先
生一段服勤至死、方喪三年至情至誼，我讀之，不覺聲淚爲之齊下也。」
〔註161〕這種傷歎的深刻，是安史之亂以前未曾出現過的。與此相類
的，又如：

> 十年官不進，斂跡無怨咎。漂蕩海內遊，淹留楚鄉久。因
> 參戎幕下，寄宅湘川口。……逢迎車馬客，邀結風塵友。
> 意愜時會文，夜長聊飲酒。秉心轉孤直，沉照隨可否。豈
> 學屈大夫，憂慚對漁叟。（戴叔倫（732～789）〈同衰州張秀才過
> 王侍御參謀宅賦十韻〉《戴叔倫詩集校注》卷一）

> 昔記披雲日，今逾二十年。聲名俱是夢，恩舊半歸泉。珠
> 紱慚衰齒，紅妝慘別筵。離歌正淒切，休更促危弦。（薛逢
> 〈席上酬東川嚴中丞敘舊見贈〉《全唐詩》卷五四八）〔註162〕

除了追憶舊事、哀傷境遇外，或作爲無端的悲愁哀傷之情呈現，如：

> 秋堂復夜闌，舉目盡悲端。霜堞烏聲苦，更樓月色寒。（錢
> 起〈郭司徒廳夜宴〉《全唐詩》卷二三七）

> 流落時相見，悲歡共此情。（張繼〈春夜皇甫冉宅歡宴〉《全唐詩》
> 卷二四二）

> 胡爲獨羈者，雪涕向漣漪。（暢當〈偶宴西蜀摩訶池〉《全唐詩》
> 卷二八七）〔註163〕

> 蟬吟槐蕊落，的的是愁端。病覺離家遠，貧知處事難。（楊
> 凝〈與友人會〉《全唐詩》卷二九〇）

> 人事多飄忽，邀歡詎可忘。（耿湋〈宿韋員外宅〉《全唐詩》卷二
> 六八）

> 欲寫無窮恨，先期一醉同。（李端〈早春會王遠主人得蓬字〉《全

〔註161〕 金聖嘆《貫華堂選批唐才子詩》甲集七言律詩卷五上。此據《韋應
物集校注》（上海：上海古籍出版社，1998 年）頁 37 所引。

〔註162〕 薛逢於武宗會昌（841～846）初中進士第，此云「今逾二十年」，
以是推知，本詩當作於懿宗咸通年間（860～873）。

〔註163〕 一作暢甫詩，見《全唐詩》卷八八七。

唐詩》卷二八五）

振臥淮陽病，悲秋宋玉文。（羊士諤（672？～822？）〈暇日適值澄霽江亭遊宴〉《全唐詩》卷三三二）

從道人生都是夢，夢中歡笑亦勝愁。（白居易〈城上夜宴〉《白居易集箋校》卷二四）

紅粉少年諸弟子，一時惆悵望梁塵。（殷堯藩（？～836以後）〈贈歌人郭婉二首〉其一《全唐詩》卷四九二）

迎愁斂黛一聲分，弔屈江邊日暮聞。（吳融〈荊南席上聞歌〉《全唐詩》卷六八六）

近來一事還惆悵，故里春荒煙草平。供奉供奉且聽語，自昔興衰看樂府。祇如伊州與梁州，盡是太平時歌舞。旦夕君王繼此聲，不要停弦淚如雨。（吳融〈李周彈箏歌淮南韋太尉席上贈〉《全唐詩》卷六八七）

更聞城角弄，煙雨不勝愁。（韋莊（836～910）〈飲散呈主人〉《韋莊集校注》補遺）

安史亂前，遊宴詩中幾乎不曾見過詩人慨歎年老、悲傷時間流逝，然而安史亂後，在悲愁的情緒基調下，詩中或加上了有關慨歎年老、悲傷時間流逝的形容，如：

歡遊難再得，衰老是前期。（耿湋〈晚春青門林亭燕集〉《全唐詩》卷二六九）

年齒俱憔悴，誰堪故國賒。（李端〈早春夜集耿拾遺宅〉《全唐詩》卷二八五）

何年家住此江濱，幾度門前北渚春。白髮亂生相顧老，黃鶯自語豈知人。（劉長卿〈春日宴魏萬成湘水亭〉《劉長卿詩集編年箋註》頁384）（大曆八年（773）或九年（774）春）

日日暗來唯老病，年年少去是交親。（白居易〈洛下雪中頻與劉李二賓客宴集因寄汴州李尚書〉《白居易集箋校》卷三四）

更將何面上春臺，百事無成老又催。（劉禹錫〈陪崔大尚書及諸閣老宴杏園〉《劉禹錫詩集編年箋注》大和二年（827），頁412）

　　　酒滿百分殊不怕，人添一歲更堪愁。(陸弘休〈和啻家洲宴游〉

　　《全唐詩》卷七六八)

可以這麼說，悲、愁纏繞在安史亂後文士心中，如絲如縷，或隱或浮，
揮之不去，只要時機一適合，不知不覺中便激盪而出了。

　　探究安史亂後遊宴詩中之所以呈現悲愁的基調，或可從政治背景
著手。傳統文士治國平天下的志向，自從大唐帝國建立以來，一直是
文士努力的目標，李志慧以爲「唐代文人對政治都有熱情」，「唐代文
人們渴望建功立業，鄙視空頭文士生涯」〔註164〕，「欲爲聖明除弊事，
肯將衰朽惜殘年」〔註165〕「知不可而愈進兮，誓不媮以自好」〔註166〕，
典型地代表了文士這種果敢用事、踔厲風發的心性。安史之亂，對大
唐帝國幾乎造成毀滅性的破壞，爾後亂事雖然平定，但繼之而來的卻
是國內的藩鎮割據、朋黨鬥爭與宦官擅政，以及國外的吐蕃不時侵擾，
面對這樣劇烈的滄桑變故，內憂外患交并，君主卻又顯示不出整頓天
下的才具與魄力，甚者或鎮日沉迷於遊樂之中，不務朝政，於是現實
給人的只有失望，正如程千帆先生所言：「那是一個從惡夢中醒來卻又
陷落在空虛的現實裏因而令人不能不憂傷的時代」〔註167〕。而在另一
方面，文士奮進的結果，等待他們的，卻是「一封朝奏九重天，夕貶
潮陽路八千」〔註168〕的人生轉折，是「巴山楚水淒涼地，二十三年棄
置身」〔註169〕的生命沉淪，這種殘酷的現實擺在詩人眼前，怎不令人

〔註164〕 李志慧云：「唐代文人對政治都有熱情，無論是初唐時的陳子昂，
　　　　盛唐時的李白、杜甫，還是中唐時的白居易、劉禹錫、柳宗元、韓
　　　　愈，甚至晚唐時的杜牧。」，見《唐代文苑風尚》(西安：陝西人民
　　　　出版社，1998年) 頁30、頁49。

〔註165〕 韓愈〈左遷至藍關示姪孫湘〉《韓愈全集校注》〈詩〉元和十四年
　　　　(819)，頁759。

〔註166〕 柳宗元〈弔萇弘文〉《全唐文》卷五九二。

〔註167〕 程千帆《唐詩鑑賞辭典》(上海：上海辭書出版社，1983年)〈序言〉，
　　　　見是書頁6。程氏這段話，指的是代宗大曆年間 (766～779) 的情形。

〔註168〕 同註165。

〔註169〕 劉禹錫〈酬樂天揚州初逢席上戲贈〉《劉禹錫詩集編年箋注》寶曆
　　　　二年 (826)，頁349。

感到悲傷、怵惕，正是這種憂傷與怵惕，使得遊宴詩中或不免纏繞著悲愁的情緒。

2. 借酒忘愁的表現

現實政治令人不得不憂傷，然而就整體而言，在所有安史亂後文士的私家遊宴詩作中，悲愁的表達卻是少數的〔註170〕，更多的詩篇中所呈現的是與憂傷情懷全然相反的縱情宴樂表現。解釋這一個奇特的現象，首先亦應從文人的憂傷談起。「唐代文人對政治都有熱情」，然而在從政之後，理想的幻滅與現實的殘缺帶給人們極度的空虛、失望與傷感，爲了擺脫這種精神上的苦惱，人們或向宗教尋求精神逃避和寄託的淨土，或在世俗生活的享樂中求得慰藉和補償。前者表現爲對佛教（尤其是禪宗與天台宗）的熱衷，後者則直接表現在宴飲活動的頻繁。劉禹錫〈酬樂天齋滿日裴令公置宴席上戲贈〉一詩是最好的例証、說明：

> 一月道場齋戒滿，今朝華幄管弦迎。銜杯本自多狂態，事佛無妨有佞名。酒力半酣愁已散，文鋒未鈍老猶爭。平陽不獨容賓醉，聽取喧呼吏舍聲。（《劉禹錫詩集編年箋注》開成二年（837），頁604）

永貞革新失敗後，包括劉禹錫在內的八人被貶爲「八司馬」，棄置荒蠻之地二十餘年後，垂垂老矣的劉禹錫終於回到朝廷，晚年與白居易、裴度等人頻爲文酒之會，唱和爲樂，本詩是其中一次宴集中的作品，當時的劉禹錫已六十六歲。早在朗州時期，他就有「事佛而佞」的名聲〔註171〕，現在，爲了排遣寂寞和煩惱，他更覺得需要佛教。與劉禹錫相類，白居易亦是虔信佛教者，長齋月滿，立刻攜酒與夢得對酌，又扶醉同赴裴度宴〔註172〕，是以有此酬答的詩作。白居易和

劉禹錫，這中唐時期的兩大詩人，皆選擇以信佛與遊宴排遣愁緒，追求閒適〔註173〕。或單以遊宴排遣愁緒，如：

> 醉昏能誕語，勸醉能忘情。坐無拘忌人，勿限醉與醒。（元結〈夜宴石魚湖作〉《全唐詩》卷二四一）

> 興因尊酒洽，愁為故人輕。（張繼〈春夜皇甫冉宅歡宴〉《全唐詩》卷二四二）

> 莫問愁多少，今皆付酒樽。（獨孤及（725～777）〈蕭文學山池宴集〉《全唐詩》卷二四七）

> 共憐今促席，誰道客愁長。（柳中庸〈丁評事宅秋夜宴集〉《全唐詩》卷二五七）

> 千里愁併盡，一樽歡暫同。（孟郊〈夜集汝州郡齋聽陸僧辯彈琴〉《孟郊詩集校注》卷五）

> 休論世上昇沉事，且鬥樽前見在身。（牛僧孺（780～848）〈席上贈夢得〉《全唐詩》卷四六六）

> 暫憑春酒換愁顏，今日應須醉始還。（施肩吾〈春日宴徐君池亭〉《全唐詩》卷四九四）

> 一曲聽初徹，幾年愁暫開。（于鄴〈王將軍宅夜聽歌〉《全唐詩》卷七二五）

> 莫惜今朝同酩酊，任他龜鶴與蜉蝣。（陸弘休〈和訾家洲宴游〉《全唐詩》卷七六八）

如上諸句，皆明白表明文人藉著宴飲活動的舉行來擺脫精神苦惱的情形。公閒之餘縱情遊樂，他們要在自然山水的遊賞中洗滌身心的塵勞，消彌心靈深處的驚悸與不安，充耳不聞四方傳來的喧嚷鼓鼙，把

解醒仍對姓劉人。病心湯沃寒灰活，老面花生朽木春。若怕平原怪先醉，知君未慣吐車茵。」《白居易集箋校》卷三三。前引劉禹錫詩，即為酬答此詩而作。

〔註173〕劉禹錫另一首〈酬樂天醉後狂吟十韻〉亦有類似的表達：「散誕人間樂，逍遙地上仙。詩家登逸品，釋氏悟真詮。制誥留臺閣，歌詞入管弦。處身於木雁，任世變桑田。吏隱兼情遂，儒玄道兩全。」（《劉禹錫詩集編年箋注》開成二年（837），頁639）。

注意力轉向眼前和樂的宴飲活動，麻醉自己，以縱情詩酒來填補因現實憂愁所帶來的極度的空虛、失望與傷感，這實是一種無奈中的無奈表現。現實的憂愁所帶來的精神苦惱既然是詩人極力想要擺脫、忘卻的，自然在詩歌的表現中也就極力避免悲愁的字詞的出現，只有在偶爾特殊的情境下，這種被刻意壓抑的情感才會突破圍圄，流露出來，是以在所有安史亂後的私家遊宴詩作中，真正悲愁的表達只是少數。

3. 以詩為戲

安史亂後遊宴詩與亂前最大不同的地方，除了前述兩點之外，更重要的是以詩為戲的寫作方式。以下試先了解其所以形成之原因，而後再針對表現方式作一陳述。

（1）形成原因

安史亂後以詩為戲的寫作方式之所以盛行，有兩個主要原因：一、現實失落後的精神寄託；二、文士集團的寫作需要。首先，前已提過，由於理想的幻滅與現實的殘缺帶給人們極度的空虛、失望與傷感，為了擺脫這種精神上的苦惱，於是反其道而行，縱情放逸於詩酒之中，頻於遊宴。既然要對眼前的現實狀況充耳不聞，傳統「言志」的詩歌表達方式只會更碰觸到詩人敏感易受傷害的心，是不符合時代需求的。只有把詩歌當成一種文字的遊戲，沉迷於遊戲的競賽中，方能逃脫苦惱的纏繞，對現實充耳不聞，麻醉自己，於是促成以詩為戲的盛行。

其次，由於幕府文人的群聚、朋黨的林立以及科舉考試的影響，文人集團大量出現，頻繁的聚宴，更加速以詩為戲的盛行。前文以來，一直強調：宴飲詩是一種社會交際活動的產物，研究時不可忽略「場域」對創作的影響。「場域」的形成，包括內在成員的因素。比較安史之亂前後的私家遊宴活動，可以發現：安史之亂以前（尤其是玄宗朝）的私家遊宴活動有很強烈的漫遊因子，隨著詩人漫遊的步履而宴，因而宴飲活動充滿了不固定與流動的特質〔註174〕；安史之亂以後，私家遊宴活

〔註174〕　中宗朝以前，兩京地區雖然有不少的大型宴會，如安德山池宴集、

動由於文人集團的大量出現，往往同一群人多次聚宴，較具固定性與連續性。當流動性強的時候，詩歌或作爲交往應酬的客套，或作爲言志抒懷的工具，由於交往過從的對象重覆出現的機率不高，不同的人有不同的人際互動，帶給詩人的感受也是不同的，因而這種應酬與抒懷的表現即可充分滿足詩人的臨場需求。然而，當宴飲活動參與者既固定而活動多連續的時候，詩人與詩人間由於多次聚會已經十分熟稔，互動情形變得固定，不再容易激發新的靈感；再加上政治的不可大爲，官吏們普遍苟安的心態，「府中無事」〔註175〕，枯燥乏味的日常生活欠缺點綴，於是更縱情遊宴〔註176〕。頻於宴集的結果，應酬與抒懷的表現在固定、少變動的對象中，經歷多次的創作後也顯得無味了〔註177〕；舊有唐人慣用的遊戲方式，如限題、限韻、限字、限時等等，在多次宴集後也已經爲詩人們所「玩膩」〔註178〕。再加上每次宴集聚會的時間往往都很長，或由日及夜，或由昏及旦〔註179〕，如何「打發」這麼漫長的一段時間，維持與宴者興致的高昂，唯有以詩爲戲方能時時刺激著文士的感

高氏林亭宴集，頗類似於安史亂後的文人集團規模，然而就整個社會而言，這種文人集團畢竟是少數，爲時較短，尚不足以形成時代風氣，流行在社會中的（尤其是一般地方上的），仍是受漫游風氣影響，如前所引王勃、陳子昂諸詩，多是漫游（或宦遊）時所作。

〔註175〕 鮑防〈雲門寺濟公上方偈序〉：「己酉歲，僕忝尚書郎司浙南之武。時府中無事，墨客自臺省而下者凡十有一人，會雲門濟公之上方，以偈者，贊之流也，姑取於佛事云。」見《全唐詩續拾遺》卷十七〈大曆年浙東聯唱集〉，收入《全唐詩補編》中冊，頁909。

〔註176〕 《舊唐書》卷十六〈穆宗紀〉：「國家自天寶（742～755）已後，風俗奢靡，宴席以諠譁沉湎爲樂。而居重位、秉大權者，優雜倡肆於公吏之間，曾無愧恥。公私相效，漸以成俗，由是物務多廢。」

〔註177〕 類同於安史亂前的應酬與抒懷的賦作在安史亂後的遊宴詩作中其實爲數仍不少，簡單以題爲「陪某官宴」，明顯應酬風調的詩作爲例，就有六十三首之多，約佔全部詩作的12%左右。

〔註178〕 此處所謂「玩膩」，是針對安史亂後文士心理而言。因爲，舊有唐人慣用的遊戲方式，如限題、限韻、限字、限時等等，在本時期中仍多爲文士所賦作。

〔註179〕 有關宴飲舉行的時間，詳見本論文第三章第二節〈二、活動時間〉的敘述。

官，使文士的精神時時保持在亢奮的狀態中，對宴會的聚合充滿了認同感，甚至期待下一次的聚集，於是新的遊戲賦作方式就在因應現實的需求下大量出現。

（2）遊戲方式

甲、聯　句

最先崛起的遊戲賦作方式該屬「聯句」的寫作。「聯句」其實並不是安史亂後文人新創的遊戲方式〔註180〕，然而自唐興迄安史大亂發生以前，私家遊宴詩以「聯句」為之者，現存資料《全唐詩》卷七八八僅收錄李白、高霽、韋權輿等人於天寶十三載（754）所作的〈改九子山為九華山聯句〉，時間上已經非常接近安史亂起之時，這樣看來，聯句真正大興應該是在安史大亂以後的事。

談到安史亂後聯句的創作，就不能不提到大曆年間鮑防的浙東聯唱與顏真卿的浙西詩會。鮑防的浙東聯唱有詩十八首，起碼分屬九次遊宴活動〔註181〕，賈晉華以為浙東聯句的內容多是「憶江南而狀長安，這正是當時南渡文士的典型心理，他們從盛世回憶中得出的不是中興帝國的責任感，而是無可奈何的感傷哀惋，結果只能是充耳不聞北方中原的喧喧鼓鼙，把注意力轉向眼前的相對平靜的江南美景，以此麻醉自己。」〔註182〕顏真卿浙西詩會的規模更甚於浙東〔註183〕，這些聯句，蔣寅以為：「都是十足的遊戲體，談不上什麼思想內容。它們是過於閒暇和生活平淡的產物，客觀上起著磨煉寫作技巧的作用，因為這類作品

〔註180〕按現有材料來看，聯句起於漢武帝柏梁臺聯句，其形式是人各一句，句句押韻。此後久無繼作，直到宋孝武帝（454～464年在位）時乃有〈華林都亭曲水聯句效柏梁體〉繼之，經梁至初唐擬作絡繹不絕。然而初唐時的擬作都是發生在宮中，宮廷之外未嘗出現。

〔註181〕蔣寅《大曆詩人研究》（北京：中華書局，1995年）上編，頁153。

〔註182〕賈晉華〈《大曆年浙東聯唱集》考述〉（《文學遺產》增刊第十八輯，1989年）。

〔註183〕蔣寅統計，參與浙西詩會先後有詩人百餘名之多，他們的創作除了互相之間的酬贈唱和之外，主要是各種形式的聯句，合《全唐詩》所載多至五十四首。同註181，頁159。

作爲一種生活情境的虛擬，實際上體現出作者生活體驗的廣度和藝術表現力的水平。」〔註184〕，以〈五言夜宴詠燈聯句〉爲例：

> 桂酒牽詩興，蘭釭照客情陸士修。詎慚珠乘朗，不讓月輪明張薦。破暗光初白，浮雲色轉清顏眞卿。帶花疑在樹，比燎欲分庭清晝。顧己慚微照，開簾識近汀袁高。（《全唐詩》卷七八八）

本聯句由五人共同創作，賦爲五言，人各兩句，屬詠物爲主的賦得詩〔註185〕，深具遊戲功能，磨練詩人的技巧。各人賦作間，有明顯出入的接痕存在，對此，蔣寅解釋道：「他們不是把聯句視爲多人共同創作一首詩，而是把它視爲一首包含多人創作的詩。所以各人都在作自己的詩，並且有意突出自己的身份。」「他們的聯句似乎是一個人寫好後指定另一個人聯接下去，這樣，詩句的意向就十分明顯地具有身份、內容的針對性，類似贈答的呼應關係從而產生。」〔註186〕

安史之亂以前，作爲文字遊戲的詩歌幾乎都是以限題、限韻、限字等方式爲之，這種限題、限韻、限字的寫作方式，具有很強的應酬功能，遊戲是爲應酬而存在的；然而當宴飲詩發展到聯句時，應酬的成分已經微淡到十分不起眼的地步，詩人們爲遊戲而遊戲，爲遊戲而賦詩，詩歌中遊戲的功能遠大於應酬。自大曆年間兩浙詩會集結大批文士以爲聯句後，聯句遂蔚爲社會風氣，爾後一直到晚唐，如武元衡、裴度、白居易、劉禹錫、張籍、楊嗣復、李紳、柳公綽、崔備、盧士放、韓愈、皮日休、陸龜蒙等諸公，皆曾參與過遊宴聯句的賦作。

「聯句」的寫作，標示著宴飲詩由交際應酬功能走向遊戲功能，改變了唐人宴飲活動中賦詩的整個生態，這種改變，開拓了詩歌存在於宴飲活動中的功能，更爲貼近現實宴飲生活，卸下了宴飲詩歌賦作

〔註184〕 同註181，頁160。

〔註185〕 赤井益久將大曆聯句從內容上大致劃爲三類：（1）以滑稽、詼諧、機智爲主的柏梁體；（2）在宴集、祖餞之際針對特定個人的聯句；（3）以詠物爲主的賦得詩。見赤井益久〈大曆時期的聯句與詩會〉，載《漢文學會會報》第二九輯。此據蔣寅《大曆詩人研究》頁160所引文。

〔註186〕 同註181，頁161～163。

應酬的虛套，重新賦予詩歌新意義。

　　乙、酒令著辭

　　安史亂後酒令遊戲蔚為風氣〔註187〕，在遊宴詩中頻見有關酒令的記錄，如施肩吾詩「巡次合當誰改令，先須為我打還京」（《全唐詩》卷四九四），李宣古「爭奈夜深拋嫚令」（《全唐詩》卷五五二），詩中所謂「令」、「打」、「拋」，指的都是酒令。酒令是一種標準的文字遊戲，除有嚴密的語言規則外，並有組織地掌控酒令的進行。唐人行令承繼古俗，其組織形式更加完備，設「明府」一人監令，「明府」之下設二錄事：「律錄事」和「觥錄事」。律錄事司掌宣令和行酒，觥錄事司掌罰酒〔註188〕。酒令將文字純粹以遊戲來對待，或充滿俗謔，如《唐摭言》卷十三載張祜事：

　　　　令狐趙公鎮維揚，處士張祜嘗與狎讌。公因視祜改令曰：「上水船，風又急，帆下人，須好立。」祜應聲答曰：「上水船，船底破，好看客，莫倚柂。」

　　　　張祜客淮南幕中，赴宴，時杜紫微為支使，南座有屬意之處，索骰子賭酒，牧微吟曰：「骰子遶巡裏手拈，無因得見玉纖纖。」祜應聲曰：「但知報道金釵落，彩髻還應露指尖。」，

又《紀異錄》載顧非熊事：

　　　　進士顧非熊，令狐相國楚聞其辨捷，乃改一字令曰：「水裏取一鼉，岸上取一駝，將這駝來駄這鼉，是為駝駄鼉。」
　　　　非熊曰：「屋頂取一鴿，水裏取一蛤，將這鴿來合這蛤，是為鴿合蛤。」公大奇之。

從上述記載中可以明顯瞭解到：語言文字到了酒令之中，已經完全變成遊戲的工具。詩人鬥酒行令，酒令的遊戲作風，與詩歌的寫作風氣

〔註187〕　《唐國史補》卷下云：「古之飲酒者，有盃盤狼藉、揚觶絕纓之說，甚則甚矣，然未有言其法者。……（酒）令至李稍雲而大備，自上及下，以為宜然。大抵有律令、有頭盤、有拋打，蓋工於舉場而盛於使幕，衣冠有男女雜屬焉者，長幼同燈燭者，外府則立將校而坐婦人，其弊如此。」
〔註188〕　有關唐代酒令著辭的表現，詳見王昆吾《唐代酒令藝術》一書。

相互影響。王昆吾先生研究唐代酒令藝術，以爲「歌舞化是唐代酒令發展的主要趨向」，「酒筵歌舞發展到中唐，出現了兩種變化：一爲送酒歌舞採用曲子形式，二爲從罰酒爲主而到勸酒爲主。這兩項變化都導致了文人曲子辭的大批湧現。」〔註189〕，又云：「如果單從文學形式的角度看，那麼，我們可以認爲唱和是送酒歌的典型形式。——唱和詩的創作特色同相互唱和的送酒歌是十分接近的。」「唐代前期，酬和詩講求唱和之作在主題、辭式、創作手法方面的一致，至中唐才進一步講求韻腳的一致。這一差別，實際上是同送酒著辭與改令著辭的差別相對應的。也就是說，隨著酒令辭的藝術形式的演變（由送酒爲主而到改令爲主），唐代唱和詩的格律形式也表現出由講求題材規則、辭式規則而到講求修辭規則的趨向。」〔註190〕，酒令著辭的存在，增添了宴飲活動的樂趣，使文士很自然而然地以文爲戲，彼此間的互動更多。

丙、以詩交通

由於「聯句」的出現，使詩歌從應酬的拘束中掙脫出來，不再只爲應酬的客套或抒懷言志而服務，詩歌變爲一種遊戲，不再嚴肅，再加上酒令的盛行，於是在貞元以後，詩歌成爲宴飲活動進行中詩人與他人間交通的工具。綜合整理，中晚唐詩人於宴飲活動中慣用以詩歌作爲交通的方式有以下七種：

a. 以詩爲贈，如陳羽〈夏日讌九華池贈主人〉（《全唐詩》卷三四八）、劉言史〈席上贈李尹〉（《全唐詩》卷四六八）、白居易〈江樓偶宴贈同座〉（《白居易集箋校》卷十五）、皮日休〈醉中即席贈潤卿博士〉（《全唐詩》卷六一四）等等。而這種贈詩，或含有遊戲成分，如白居易〈醉中戲贈鄭使君〉（《白居易集箋校》卷十六）與〈春夜宴席上戲贈裴淄川〉（《白居易集箋校》卷三三）、李商隱〈飲席戲贈同舍〉（《李商隱詩集疏注》卷上）等等。並且，這種贈詩不僅只是文士

間的互贈而已，文士更以詩贈與歌妓，如陳羽〈同韋中丞花下夜飲贈歌人〉（《全唐詩》卷三四八）、劉禹錫〈贈李司空妓〉（《劉禹錫詩集編年箋注》未編年）、楊汝士〈賀筵占贈營妓〉（《全唐詩》卷四八四）、殷堯藩〈潭州席上贈舞柘枝妓〉（《全唐詩》卷四九二）、李遠〈贈箏妓伍卿〉（《全唐詩》卷五一九）、趙嘏〈淮南丞相坐贈歌者虞妏〉（《全唐詩》卷五五〇）、李群玉〈醉後贈馮姬〉（《全唐詩》卷五六九）、鄭谷〈席上貽歌者〉（《全唐詩》卷 675）等；或代妓人贈詩，如白居易〈湖上醉代諸妓寄嚴郎中〉（《白居易集箋校》卷二〇）、李商隱〈飲席代官妓贈兩從事〉（《李商隱詩集疏注》卷上）等。

　　b. 以詩為戲、為嘲，如白居易〈醉戲諸妓〉（《白居易集箋校》卷二三）、柳棠〈席上戲東川楊尚書〉（《全唐詩》卷五一六）、高駢〈廣陵宴次戲簡幕賓〉（《全唐詩》卷五九八）、孫子多〈嘲鄭參妓〉（《全唐詩》卷八七〇）、座客（不知名）〈嘲周顗〉（《全唐詩》卷八七一）等。

　　c. 以詩代言，依各人當時情況而有不同的書寫，如令狐楚〈三月晦日會李員外座中頻以老大不醉見譏因有此贈〉（《全唐詩》卷三三四）、杜牧〈春日茶山病不飲酒因呈賓客〉（《樊川詩集注》卷三）與〈對花微疾不飲呈座中諸公〉（《樊川詩集注》外集）、皮日休〈偶留羊振文先輩及一二文友小飲，日休以眼病初平，不敢飲酒，遣侍密歡，因成四韻〉（《全唐詩》卷六一四）、李商隱〈南潭上亭讌集以疾後至因而抒情〉（《李商隱詩集疏注》卷中）、劉禹錫〈冬夜宴河中李相公中堂，命箏歌送酒〉（《劉禹錫詩集編年箋注》大和五年，頁 513）、白居易〈郡樓夜宴留客〉（《白居易集箋校》卷二〇）、李商隱〈初食筍呈座中〉（《李商隱詩集疏注》卷中）、白居易〈池上小宴問程秀才〉（《白居易集箋校》卷二八）等等。

　　d. 以詩記事，如朱灣〈奉使設宴戲擲籠籌〉（《全唐詩》卷三〇六）、劉禹錫〈唐郎中宅與諸公同飲酒看牡丹〉（《劉禹錫詩集編年箋注》未編年，頁 739）、白居易〈雪暮偶與夢得同致仕裴賓客王尚書飲〉（《白居易集箋校》卷三五）、白居易〈胡吉鄭劉盧張等六賢皆多年壽，予亦

次焉。偶於弊居合成尙齒之會，七老相顧，既醉且歡，靜而思之，此會稀有，因成七言六韻以紀之，傳好事者〉（《白居易集箋校》卷三七）〔註191〕、鮑溶〈暮秋與裴居晦宴因見探菊花之作〉（《全唐詩》卷四八七）、溫庭筠〈光風亭夜宴妓有醉殿者〉（《溫飛卿詩集箋注》集外詩卷九）、鄭璧〈文譙潤卿不至〉（《全唐詩》卷六三一）等等。

這四種以詩交通的方式，其實大多數在安史亂前早已經爲詩人所使用過，只是從來都沒有蔚爲宴飲詩的風潮。安史亂後，文士們爲逃避現實世界的悲傷，縱情遊樂，在詩酒間找尋寄託，詩歌成爲遊戲的工具，於是種種舊有的寫作方式被拿來當作新的「玩具」遊戲著，並賦予新的面貌。可以這麼說，大曆間聯句的賦作勾引起詩人以詩爲戲的樂趣〔註192〕，再加上酒令的影響，於是進一步在聯句之外，以詩交通也化爲詩人的另一種遊戲方式〔註193〕，只是這種「遊戲」未必一定要有陪同遊玩者，或只是作者個人的一時盡興而已。著重在宴飲活動的寫眞〔註194〕，詩題隨著詩人當時心境與宴飲當時情境而變化，多以五言或七言、律詩或絕句的體製表現〔註195〕，簡單地表達

〔註191〕 此即〈七老會詩〉，同賦者有胡杲、吉皎、鄭據、劉眞、盧眞、張渾等六人，詩具見《全唐詩》卷四六三。

〔註192〕 蔣寅以爲：「正因爲權德輿集團與浙西文士集團的這種血緣關係，兩者之間形成了實際上的承傳關係，浙西聯句詩會中的遊戲傾向作爲基因最終在權德輿等人的臺閣酬贈中得到發育，演化成風行一時的遊戲詩風。」同註181。

〔註193〕 從作品出現的時間來進行觀察，這種以詩歌爲遊戲，交通與宴文士的表現方式的大量出現，並蔚爲風潮，當是成於貞元（785～804）以後。在大曆（776～779）之前，這類的創作非常少見。

〔註194〕 試舉二詩爲例：如朱灣〈奉使設宴戲擲籠籌〉：「今日陪樽俎，良籌復在茲。獻酬君有禮，賞罰我無私。莫怪斜相向，還將正自持。一朝權入手，看取令行時。」（《全唐詩》卷三〇六），又如殷堯藩〈潭州席上贈舞柘枝妓〉：「姑蘇太守青娥女，流落長沙舞柘枝。坐滿繡衣皆不識，可憐紅臉淚雙垂。」（《全唐詩》卷四九二）皆是不同角度的宴飲寫眞。

〔註195〕 五言、七言的律詩、絕句是安史亂後遊樂宴飲詩寫作的主要體製。統計安史亂後遊樂宴飲詩四百六十四首中，以五言八句（律詩）爲之者有一百五十二首，以七言四句（絕句）爲之者有八十三首，七言八句

作者的意旨。詩作內容圍繞著宴飲活動的宴飲內容、活動內容與活動者，傳眞地表達當時的情境。宴飲詩至此，方正式爲宴飲活動而服務〔註196〕。這一個大轉變，使安史亂後的宴飲詩與前期的宴飲詩有極大的不同。

　　同樣是群聚文士的多次宴會，然而安史亂後由於以詩爲戲，著重遊戲規則，因而詩歌的寫作具有很濃的競賽意味，或以壓倒對方爲榮〔註197〕，「各人都在作自己的詩，並且有意突出自己的身份」，作品之間絕無雷同的可能，這一點，和中宗朝以前兩京地區文士遊宴詩作內容的雷同、力求和諧的表現〔註198〕是很不一樣的。

三、對宴飲場合的關注

　　宴飲詩賦作於宴飲活動之中，雖然書寫各有所重，然而對宴飲場合的關注卻是不可避免的，以下嘗試對唐代遊樂宴飲詩中對宴飲場合的關注，從時代的總體表現與個別差異作一探析。

　　詩人從周遭事物尋找賦作的靈感，寫景是宴飲詩最常見的內容。就宴飲場合而論，詩人眼前所見，有佳餚，有美酒；有聲歌，有舞蹈；有以色藝名的妓人，也有以文華勝的才子；有精心設計的華美園林，也有不假雕飾的自然山水。以下試就唐代各時期文士遊樂宴飲詩作書寫對象作一統計〔註199〕，來了解唐人書寫的實際情形，所得結果如下：

〔註196〕　（律詩）爲之者有一百二〇首。總計三百五十五首，約佔全部77%。　　　　在此之前（尤其是安史亂前），宴飲詩所服務的對象都是人，關注的重點並不在宴飲活動上，雖是「宴飲」詩，卻與「宴飲」無大關係。

〔註197〕　《唐摭言》卷三：「寶曆（825～826）中，楊嗣復相公具慶下繼放兩榜。時先僕射自東洛入覲，嗣復率生徒迎於潼關。繼而大宴於新昌里第，僕射與所執坐於正寢，公領諸生翼坐於兩序。時元、白俱在，皆賦詩席上。唯刑部楊汝士侍郎詩後成，元、白覽之失色。……汝士其日大醉，歸，謂子弟曰：『我今日壓倒元、白。』」

〔註198〕　詳見前面論述。

〔註199〕　同一首詩中如果同時出現兩種或兩種以上書寫對象時，亦分別統計，因此一首詩統計次數全視其中書寫對象多寡而定。又，統計以首爲單位，以書寫對象爲主，而不是書寫的句數，因此一首詩中每

唐代文士遊樂宴飲詩書寫對象統計表 （計量單位：首）

書寫對象	中宗以前		玄宗朝		安史亂後	
	出現首數	總比例	出現首數	總比例	出現首數	總比例
酒	20	47%	48	49%	193	40%
（醉）	2	5%	14	14%	110	23%
食　物	2	5%	12	12%	43	9%
歌（樂）	23	53%	43	44%	207	43%
舞	10	23%	23	24%	62	13%
文　士	10	23%	38	39%	150	31%
賦　詩	7	16%	12	12%	81	17%
自然風物	12	28%	38	39%	109	23%
園　林	32	74%	51	53%	205	43%
筵席裝置	0	0%			63	13%
酒令遊戲	0	0%	0	0%	36	8%
妓					79	17%
其　他	0	0%	5	5%	86	18%
研究樣本	43 首		97 首		482 首	

（一）飲　食

　　從上表中可以很清楚看出，在唐代遊樂宴飲詩作中，雖然當時進行的是「飲食」的活動，但是食物卻是最不受詩人青睞的書寫對象，在各個時期的比例均偏低（中宗以前 5%，玄宗朝 12%，安史亂後 9%）。反倒是酒最為文士所青睞，在各個時期中出現的比例均居高不下（中宗以前 47%，玄宗朝 49%，安史亂後 40%）。對文士而言，似乎宴飲活動中食物如何並不十分重要，他們真正在意的是酒。

　　然而進一步探究伴隨酒而來的「醉」，可以發現：隨著時間的變

　　一個書寫對象在統計中不管作者使用多少句子形容，都只算一次。其中，「酒」專指實物上的「酒」，「醉」則是用以輔助「酒」的形容，藉以反映唐人對「酒醉」的喜好程度。

化，唐人越來越沉醉。有關「醉」的書寫，在中宗以前只有 5%；到了玄宗朝則激增到 14%；安史亂後，文士沉醉的情形更為嚴重，有23%的詩作都提到「醉」。同樣都是「酒」，都是「醉」，但是安史亂前後卻有截然不同的訴求：安史亂前的「酒」「醉」，或可以以李白的〈將進酒〉詩為例來進行了解〔註200〕，該詩中諸如「人生得意須盡歡，莫使金樽空對月」、「烹羊宰牛且為樂，會須一飲三百杯」、「但願長醉不用醒」、「唯有飲者留其名」等句，極言縱情飲酒之事，狂放奔逸，勢如吞鯨，雖或隱有個人懷才不遇之情蘊於其中，但也是因為對酒的喜好與執著，才能發為如此之句，否則，可以抒發情感的方式有很多，何必定要飲酒？定要喝醉？宴飲活動很難脫離酒〔註201〕：「列筵邀酒伴」〔註202〕，而殷勤好客的主人，盛情勸酒，甚至讓賓客有「無計迴船下，空愁避酒難」之感〔註203〕。杜甫〈飲中八仙歌〉寫賀知章、汝陽王李璡、李適之、崔宗之、蘇晉、李白、張旭、焦遂等八人醉酒之姿，各具狂態，這就是唐人酒後真實的一面。劉揚忠以「氣凌百代的盛唐詩酒客」名之〔註204〕。玄宗朝詩人愛酒豪放的程度，在中國歷史上堪稱一絕，是以呈現在玄宗朝遊樂宴飲詩中，酒是一種歡愉情緒的表徵，如「伊人美修夜，朋酒惠來稱。」（張說〈夕宴房主簿舍〉《全唐詩》卷八六），「歡言得所憩，美酒聊共揮」（李白〈下終南山過斛斯山人宿置酒〉《李白全集校注彙釋集評》卷十八），「開襟成歡趣，對酒不能罷」（孟浩然〈宴包二融宅〉《孟浩然詩集箋注》卷一）等等均是。「酒」與歡愉劃上等號，因此在這種情形下的「醉」，

〔註200〕〈將進酒〉原為漢短歌鐃歌二十二曲之一，李白填之，以敘宴會之樂（朱諫注），以伸己之意（蕭士贇注）。

〔註201〕只有少數在寺觀中舉行的宴集，因為宗教的關係，而以茶代酒，為茶宴，如劉長卿〈惠福寺與陳留諸官茶會〉即是。劉氏此詩，為盛唐文士遊宴詩中唯一明標為「茶會」的詩作。

〔註202〕孟浩然〈寒夜張明府宅宴〉詩句，《孟浩然詩集箋注》卷三。

〔註203〕杜甫〈與鄠縣源大少府宴渼陂〉詩句，《杜詩趙次公先後解輯校》甲帙卷之五。

〔註204〕劉揚忠《詩與酒》（台北：文津出版社，1994年），頁87。

也是一種愉悅的表徵，如「泉鮪歡時躍，林鶯醉裏歌」（張九齡〈天津橋東旬宴得歌字韻〉《全唐詩》卷四八），「山公來取醉，時唱接羅歌」（孟浩然〈宴榮二山池〉《孟浩然詩集箋注》卷三），「我醉君復樂，陶然共忘機」（李白〈下終南山過斛斯山人宿置酒〉《李白全集校注彙釋集評》卷十八），寫的都是這種歡愉情緒下的「醉」。

安史大亂，粉碎了唐人的歡愉之情，安史亂後沉醉的情形遽增，正好跟文士們縱情詩酒以排遣苦惱的現象相呼應，如「賴得飲君春酒數十杯，不然令我愁欲死」（高適〈同河南李少尹畢員外宅夜飲時洛陽告捷遂作春酒歌〉《全唐詩》卷二一三），「醉昏能誕語，勸醉能忘情」（元結〈夜宴石魚湖作〉《全唐詩》卷二四一），「莫爲愁多少，今皆付酒樽」（獨孤及〈蕭文學山池宴集〉《全唐詩》卷二四七），「此日相逢思舊日，一杯成喜亦成悲」（韋應物〈燕李錄事〉《韋應物集校注》卷一），「酒力半酣愁已散」（劉禹錫〈酬樂天齋滿日裴令公置宴席上戲贈〉《劉禹錫詩集編年箋注》開成元年，頁 604），「千里愁並盡，一樽歡暫同」（孟郊〈夜集汝州郡齋聽陸僧辯彈琴〉《孟郊詩集校注》卷五），「濩落生涯獨酒知」（李商隱〈七月二十九日崇讓宅讌作〉《李商隱詩集疏注》卷中），「暫憑春酒換愁顏，今日應須醉始還」（施肩吾〈春日宴徐君池亭〉《全唐詩》卷四九四）等等，或以酒爲知己，或藉酒以排憂解愁，「酒」與「醉」變成了詩人苦悶的寄託。

（二）妓樂歌舞

至於唐人宴飲活動中盛行的歌舞表演，就歌樂部分來看，在各個時期被書寫的情形並沒有明顯的差別，形容的頻率甚高；而有關舞蹈的形容就比歌樂少了許多，甚至還不到歌樂形容的半數，尤其是安史亂後對舞蹈形容的銳減，使這種差距更大。舞蹈的形容遠不如歌樂的形容，或許與唐人喜歡從事戶外遊宴活動有關：戶外遊宴，由於場所的關係，只利於歌樂的演出，而不利舞蹈的表演，是以在戶外遊宴時所作的詩作中，幾乎不見舞蹈的形容，因而在整體數量上自然不如歌

樂的形容。而舞蹈形容在安史亂後大見減少，或和活動型態的改變相關：安史亂前，遊宴活動具很強的社交功能，歌舞是其中主要的活動項目；安史亂後，遊宴活動的社交功能漸爲遊戲功能所取代，眾多遊戲項目興起，吸引了詩人的目光，歌舞只是眾多活動項目之一，且不是最主要的，自然書寫也就減少了。

　　雖然，表面上看來，唐代各時期中相關歌樂的書寫比例並無太大的變動，甚至中宗以前還最多見書寫，但是，進一步深入探究，可以發現：安史亂前相關歌樂的書寫多只是著眼於表面的，只是「提到」而已，雖然有詠妓的詩篇，但是對歌樂的形容並不深入，如：

　　簫奏秦臺裏，書開魯壁中。短歌能駐日，豔舞欲嬌風。(宋之問〈宴安樂公主宅得空字〉《全唐詩》卷五三)

　　選客虛前館，徵聲偏後堂。……囀聲遙合態，度舞暗成行。(沈佺期〈李員外秦援宅觀妓〉《全唐詩》卷九七)

　　瑤琴山水曲，今日爲君彈。(陳子昂〈秋日遇荊州府崔兵曹使宴〉《全唐詩》卷八四)

　　調移箏柱促，歡會酒杯頻。(孟浩然〈宴崔明府宅夜觀妓〉《孟浩然詩集箋注》卷三)

　　若聞管弦妙，金谷不能誇。(李白〈宴陶家亭子〉《李白全集校注彙釋集評》卷十八)

上述諸詩，對歌樂雖然都有所形容，但這種形容很明顯可以看出，只是一種表面的「提到」而已，完全沒有進一步的深入書寫。安史亂後，有關歌樂的形容很明顯深入了，或書明曲目，如：「山歌聽竹枝」(白居易〈江樓偶宴贈同座〉《白居易集箋校》卷十五)，「柘枝聲引管弦高」(白居易〈房家夜宴喜雪戲贈主人〉《白居易集箋校》卷十八)，「鷓鴣先讓美人歌」(許渾〈韶州韶陽樓夜讌〉《全唐詩》卷五三四)，「遍請玉容歌白雪」(方干〈陪李郎中夜宴〉《全唐詩》卷六五二)等等，「竹枝」、「柘枝」、「鷓鴣」、「白雪」皆是曲名。或針對歌樂的內容細加形容，如：

出簾仍有鈿箏隨，見罷翻令恨識遲。微收皓腕纏紅袖，深
過朱弦低翠眉。忽然高張應繁節，玉指迴旋若飛雪。鳳簫
韶管寂不喧，繡幕紗窗儼秋月。有時輕弄和郎歌，慢處聲
遲情更多。已愁紅臉能伴醉，又恐朱門難再過。昭陽伴裏
最聰明，出到人間纔長成。遙知禁曲難翻處，猶是君王說
小名。(盧綸〈宴席賦得姚美人拍箏歌〉《盧綸詩集校注》卷二)

掩抑復淒清，非琴不是箏。還彈樂府曲，別占阮家名。古
調何人識，初聞滿座驚。落盤珠歷歷，搖珮玉琤琤。似勸
杯中物，如含林下情。時移音律改，豈是昔時聲。(白居易
〈和令狐僕設小飲聽阮咸〉《白居易集箋校》卷三三)

南國多情多豔詞，鷓鴣清怨遶梁飛。甘棠城上客先醉，苦
竹嶺頭人未歸。響轉碧霄雲駐影，曲終清漏月沉暉。山行
水宿不知遠，猶夢玉釵金縷衣。(許渾〈聽歌鷓鴣辭〉《丁卯集
箋証》卷七)

以具體的文字描寫抽象的音樂，將音樂形象化，雖然同是書寫歌樂，
卻有截然不同的表現，而這正是安史亂後宴飲詩中很重要的一個進化。

　　探究安史亂後樂舞的形容轉爲具體、形象，實不能忽略唐代樂舞
的發展過程。唐初，雖然承襲六朝以來樂舞的發展，融合外族音樂，
在樂舞上已較前代有豐富的內容，然而如太宗早期戒愼行事，武后當
政，酷吏對待，臣僚不敢言事者二十年，由於初唐詩人幾乎全都有出
入宮廷的經驗，就算不曾出入宮廷，也都以從政爲追求目標，因而君
王的態度，直接影響文士宴飲活動的內容，樂舞根本沒有發展、創新
的空間。因此雖然承襲六朝以來風尚，在宴飲活動中有樂舞的演出，
但卻沒有新意的刺激，可以改變既有的形容方式。迨玄宗即位，玄宗
在樂舞上的高度興趣，不但在宮中多設教坊，養成伎藝，更親自從事
樂舞的編寫，以君王的喜好，是以四方獻樂，更甚於前代。一個禁絕
多時的文化交流管道突然豁然開通，各式各樣與中國原有樂舞迥異的
異方音聲、舞蹈，紛紛湧入中國，樂舞的演出達到極盛。然而對玄宗
朝而言，這種改變主要集中在宮廷之中，宮門外的變動還不算太大。

安史亂後，大批宮廷教坊妓人流落民間，把原本宮廷專有的樂舞帶到了宮門外的廣大社會之中，這些技藝高超的藝人，無疑對當時的社會生活造成巨大的衝擊，耳聞目染此等高妙表演，讚嘆之餘，詩人開始嘗試以文字將這種高超美妙的表演傳神地形容出來，於是反映在詩歌之中，是樂舞的形容逐漸走向具體、形象化。宴飲場合是樂舞很重要的表演場所，即聽即感，因此表現在宴飲詩中往往也就是這種具體、形象化的形容。

（三）山水園林

自建安以來，山水園林一直就是宴飲詩表現的重要主題，中宗朝以前的詩人沿襲這種傳統，是以表現以山水園林為最大宗，幾乎每一首詩都脫離不了山水園林的形容。玄宗時，從統計結果來看，很明顯的，有關於園林的書寫大為減少，而對自然風物的形容卻大大地增加了，而再進一步深入，可以發現，造成園林書寫的減少是因為比起中宗以前的文士而言，玄宗朝文士較喜歡在野外自然之處進行宴飲活動〔註205〕。因為喜歡在野外進行遊宴，是以對自然風物的形容增多；既喜歡走出戶外，因而在園林的宴集相形之下就減少了，所以有關園林的書寫也就減少。然而，玄宗朝遊樂宴飲詩真正賦作於野外自然之處的也不是真的很多，在全部九十七首詩中，明確可知為野外者不過十四首而已，因此造成玄宗朝有關於園林的書寫大為減少的原因，並不純然只是盛唐人對野外遊宴的喜好而已，更重要的是作者心態的改變。由於玄宗朝詩人普遍具有的漫遊經驗，使得他們的視野變廣，胸襟更為開闊。在玄宗朝文士眼中，無物不可容，凡是眼前之物，皆可書寫形容，何必非園林不可？於是從園林一擴而及自然風物，又從自然風物展轉而向宴飲現場投以更多的關注。從上表統計中，很明顯可以看出，如酒、歌（樂）、文士都成了重要書寫的對象，與山水園林的形容有分庭抗禮之姿；其他關於食

〔註205〕 在盛唐文士遊樂宴飲詩全部九十六首中，明確可知為野外者有十四
　　　　 首，約佔全部的百分之十五（15%）；而初唐時只有三首，約佔全
　　　　 部的百分之七（7%）。

物與舞蹈方面的書寫，玄宗朝詩人也投以更多的關注。此外，對文士形容的大幅增加，反映出一個事實，那就是：比起中宗以前的詩人來，玄宗朝詩人對眼前的「人」更為注重，這一點，和玄宗朝遊宴詩重友誼的表現有很大的關係。如果說中宗以前文士遊宴詩的大量書寫山水園林風物是脫離宴飲現實的書寫，應酬味道濃厚；那麼玄宗朝文士遊樂宴飲詩則展露出深刻的人事關懷，臨場感較強。

雖然，玄宗朝文士遊樂宴飲詩展露出深刻的人事關懷，但是卻不可因此而認為玄宗朝文士遊宴詩作所呈現出的氣勢不如初唐時的開闊。「有容乃大」，在玄宗朝詩人眼中，無事不可容（書寫），無物不可容（書寫），這是一種寫作胸襟的開闊、思想的不受局限，這才是真正的開闊氣勢〔註 206〕。比起中宗以前詩人的受範於傳統宴飲詩山水形容的慣例，玄宗朝詩人表現出更多的自主性、自由性，由園林形容的一枝獨秀轉向自然風物與園林爭鋒，這就是玄宗朝詩人的一種開闊〔註 207〕；由山水園林的書寫轉向宴飲活動、人事的書寫，這更是玄宗朝詩人的一種開闊。

安史亂後，有關山水園林的形容更為減少，有關自然風物的形容只佔 23%，園林的書寫更進一步縮減到 43%，與中宗朝以前相較，明顯減少許多。然而由於以首為單位，這種減少的情況在統計上尚不明顯，實際上，在文士遊樂宴飲詩中有關山水園林的形容，是以大幅削減的方式淡出詩作的。以王勃〈山亭夜宴〉（代表中宗以前）與張祜

〔註 206〕傅紹良以為，「盛唐文化精神的一個重要的特色便是『有容』，有容乃大，盛唐文化的博大和強盛，與它那涵容一切的博大氣度互為因果，盛唐文化的博大有容，給它的文化分子一個自由寬鬆的空間，在那個空間中，人們的情調、意趣、思想、行為都是相當自由的。」見傅紹良《盛唐文化精神與詩人人格》（臺北：文津出版社，1999 年），頁 70。

〔註 207〕初唐時，園林形容佔 74%，自然風物佔 28%，兩者間差距極大；盛唐時園林形容佔 53%，自然風物佔 39%，雖自然風物的形容仍遜於園林，但比起初唐來，已有與園林形容爭鋒之姿。若以「自然」和「園林」相比，「自然」當然廣闊於「園林」，「自然」書寫的比例加多，其實也就是一種詩境的開闊。

（782 ？～852 以後）〈陪范宣城北樓夜讌〉（代表安史亂後）兩首詩
爲例，來進行比較，可以說明這種變化的劇烈：

> 桂宇幽襟積，山亭涼夜永。森沉野徑寒，蕭穆巖扉靜。竹
> 晦南汀色，荷翻北潭影。清興殊未闌，林端照初泉。（王勃
> 〈山亭夜宴〉《王子安集註》卷三）

> 華軒敞碧流，官妓擁諸侯。粉項高叢鬢，檀妝慢裹頭。亞
> 身摧蠟燭，斜眼送香毬。何處偏堪恨，千迴下客籌。（張祜
> 〈陪范宣城北樓夜讌〉《全唐詩》卷五一〇）

兩首詩中同樣都有山水園林的書寫，在前表的計量中都具一單位，然而
王勃全詩八句中，描寫山水園林的就有七句之多，山水園林是全詩寫作
的重點；而賦於安史亂後張祜的詩作中，全詩八句僅有首句「華軒敞碧
流」寫到園林景物，其餘的形容，或寫妓，或寫酒令遊戲，山水園林的
形容退到最不起眼的角落，只是詩的開場白而已。差異明顯存在。

（四）宴飲即席活動

安史亂後山水園林形容的大幅縮減，取而代之的是對宴飲即席的
關注加多，除前述對歌樂舞的形容由表面的泛寫轉爲深刻的形容外，
諸如筵席裝置、妓人等，在安史亂前甚少爲詩人所留意的事物、對象，
皆躍而爲書寫形容的主角，如筵席裝置書寫的有 13%，專寫妓人的也
有 17%；而此時盛行的酒令遊戲也迭入於詩，有三十六首詩中提及，
佔全部的 8%。或可以這麼說，雖然玄宗朝的遊宴詩比起中宗以前的
遊宴詩有較強的臨場感，但是安史亂後的遊宴詩寫作卻是遊宴活動的
寫眞，更逼眞的融入宴飲活動中，或作宴飲全場的寫眞，如：

> 風頭向夜利如刀，賴此溫爐軟錦袍。桑落氣薰珠翠暖，柘
> 枝聲引管弦高。酒鉤送醆推蓮子，燭淚黏盤壘蒲萄。不醉
> 遣儂爭散得，門前雪片似鵝毛。（白居易〈房家夜宴喜雪贈主人〉
> 《白居易集》卷十八）

> 多少歡娛簇眼前，潯陽江上夜開筵。數枝紅蠟啼香淚，兩
> 面青娥拆瑞蓮。清管徹時斟玉醑，碧籌迴處擲金傳。因知

往歲樓中月，占得風流是偶然。（黃滔（840？～？）〈江州夜宴
獻陳員外〉《全唐詩》卷705）

詩中寫酒筵裝置（紅燭），寫妓樂，寫酒令遊戲，寫飲酒，將宴飲活
動生動且全面地，透過詩句，展現在讀者面前。或挑宴飲中一事深入
形容，如：

今日陪樽俎，良籌復在茲。獻酬君有禮，賞罰我無私。莫
怪斜相向，還將正自持。一朝權入手，看取令行時。（朱灣
〈奉使設宴戲擲籠籌〉《全唐詩》卷三○六）

吳國初成陣，王家欲解圍。拂巾雙雉叫，飄瓦兩鴛飛。（溫
庭筠（812～870）〈光風亭夜宴妓有醉毆者〉《溫飛卿詩集箋注》集外
詩卷九）

或寫酒令進行，或寫妓醉毆事，逼真地表現出宴飲即席的情狀。

　　由山水園林的書寫轉向宴飲活動、人事的書寫，對玄宗朝詩人而
言，那是一種眼光的開闊，是帶著莊園地主氣味的書寫；但對安史亂後
的文士而言，與其說是眼光的開闊，不如說是視野的變狹隘了。因為以
詩為戲，詩人跳脫不出小小的宴飲活動；因為時局帶來的精神苦惱，使
得詩人縱情詩酒，也不願意跳脫小小的宴飲活動。視野的狹隘，是一種
時代的潮流、風尚的自然，但也是詩人自由意識下刻意造成的。林繼中
從唐詩中田園表現探討唐代文人與文化，以為：「如果說，盛唐文人猶
帶莊園地主氣味；那末，中、晚唐文人已染上『市井氣』。」「其中『山
林之趣』的消長，正是與士、庶地位的轉換同步的。」〔註208〕安史亂
後詩作中相關筵席裝置、妓人、酒令遊戲的書寫頻出，正是林氏所謂的
「市井氣」。用林繼中這段話來解讀唐代文士遊樂宴飲詩的轉變，正合
情節。

四、對前代宴集的態度：以金谷蘭亭為觀察

　　金谷、蘭亭，是唐以前文士宴集中最著名的，金谷代表的是奢侈

〔註208〕林繼中〈唐宋：文人與文化〉，見《天府新論》1992年第五期，頁
　　　　68～73。

華麗的園林宴集〔註 209〕，蘭亭象徵的是恬淡高雅的文士雅集〔註210〕。唐人賦詩，每每喜歡用前代典故以爲喻，因此試圖從觀察唐代遊樂宴飲詩中有關金谷、蘭亭宴集的引用情形，來對唐人的宴飲心態變遷作一探析。

（一）中宗朝以前（618～710）：追慕與仿傚

初唐文士遊樂宴飲詩中，流露出對前代奢華宴集的追慕與仿傚心態。以石崇金谷園爲例，兩晉以來，人們在宴飲活動上一直是以石崇金谷園爲標竿〔註 211〕，追尋的是與金谷相仿的窮極奢靡的宴飲生活〔註 212〕，這種風氣一直延續到唐代建立以後仍未見大改變，因此提到宴飲活動，很自然而然地便會拿金谷園宴與之相比，而以匹敵金谷

〔註209〕金谷園，一名梓澤，位於洛陽西北郊，乃西晉石崇的私人別墅。地當金水、谷水二水會流處，「其制宅也，卻阻長堤，前臨清渠，柏木幾於萬株，江水周於舍下。有觀閣池沼，多養魚鳥；家素習技，頗有秦趙之聲。出則以遊目弋釣爲事，入則有琴書之娛。」（石崇〈思歸引序〉），《晉書》卷三三〈石苞傳〉言石崇「財產豐積，室宇宏麗。後房百數，皆曳紈繡，珥金翠。絲竹盡當時之選，庖膳窮水陸之珍。與貴戚王愷、羊琇之徒以奢靡相尚。」金谷園正是這一切奢華的匯粹所在。然而金谷園並不只是豪華奢侈「冠絕時輩」而已，在金谷園中，石崇「引致賓客，日以賦詩」（《晉書》卷六二〈劉琨傳〉）。金谷園文會，事在晉元康六年（二九六），在南北朝時期名聲喧赫一時，爲世人所豔羨。

〔註210〕王羲之〈蘭亭集序〉：「永和九年（三五三），歲在癸丑，暮春之初，會于會稽之蘭亭，修禊事也。群賢畢至，少長咸集。此地有崇山峻嶺，茂竹修林；又有清流激湍，映帶左右，引以爲流觴曲水，列座其次。雖無絲竹管弦之盛，一觴一詠，亦足以暢敘幽情。是日也，惠風和暢，仰觀宇宙之大，俯察品類之盛，所以遊目騁懷，足以極視聽之娛，信可樂也。」

〔註211〕如《世說新語》〈企羨第十六〉中提到：「王右軍得人以〈蘭亭集序〉方〈金谷詩序〉，又以己敵石崇，甚有欣色。」從上段記載中，可以看出當時金谷園宴的名氣之大，因此當有人以蘭亭比金谷、以王羲之敵石崇時，王羲之不免「甚有欣色」。而去蘭亭之會約一百七十年後的梁昭明太子蕭統編選《文選》時，僅收入〈金谷詩序〉，而不及〈蘭亭集序〉，諸如此類，都可以看出兩晉以來世人對金谷園的推崇。

〔註212〕參見前面第二章第二節中有關唐以前宴飲活動的敘述。

為榮〔註213〕。這種社會心態的影響下，於是在初唐時期文士宴飲詩中，普遍流露出對石崇金谷園嚮慕的情懷〔註214〕。在遊樂宴飲詩部分，或直接用以描寫宴集聚會，如：

> 平陽擅歌舞，金谷盛招攜。（劉洎〈安德山池宴集〉《全唐詩》卷三三）

> 金谷多歡宴，佳麗正芳菲。（陳子良〈賦得妓〉《全唐詩》卷三九）

初唐文士遊樂宴飲詩作之所以表現對前代奢華宴集的嚮慕，和當時社會上奢靡的風氣有關。唐代初立，雖然承戰亂之餘，然而沿襲前代奢靡風尚，宴飲生活仍以華靡為上，如安樂公主鑿定昆池以為私人園池，「延袤數里」，「累石肖華山，嶝杓橫邪，回淵九折，以石潵水。又為寶鑪，鏤怪獸神禽，間以磲貝珊瑚，不可涯計。」〔註215〕；韋嗣立私人的莊園「灞陵下連乎采地，新豐半入家林。館層巔，檻側逕」〔註216〕，曾多次招待中宗帝后往遊。而一般人的宴飲消費，亦頗為驚人，花費之多，

〔註213〕 如：王勃〈夏日宴張二林亭序〉：「林亭曠望，季倫調伎之園。」（《王子安集》卷七）；楊炯〈送徐錄事詩序〉：「若是乎，潘安仁金谷之篇盡於斯矣。」（《楊炯集》卷三）；宋之問〈送裴五司法赴都序〉：「目喬樹之將菲，青門戀舊；背芳萱之稍吐，金谷逢春。」（《全唐詩》卷二四一）；陳子昂〈晦日宴高氏林亭序〉：「豈可使晉京才子，孤標洛下之游；魏室群公，獨擅鄴中之會。盍各言志，以記芳遊。」（《全唐詩》卷八四）；駱賓王〈冒雨尋菊序〉：「雖物序足悲，而人風可愛。留姓名於金谷，不謝季倫。」（《駱臨海集箋注》卷九）；孫愼行〈三月三日宴王明府山亭序〉：「舞蝶成行，無忝季倫之伎。」（《全唐詩》卷七二）。又如陳叔達〈聽鄰人琵琶〉：「為將金谷引，添令曲未終。」（《全唐詩》卷三〇）；王績〈辛司法宅觀妓〉：「到愁金谷晚，不怪玉山頹。」（《全唐詩》卷三七）；虞世南〈門有車馬客〉：「日斜青瑣第，塵飛金谷苑。」（《全唐詩》卷三六）；駱賓王〈疇昔篇〉：「芝田花月屢裝回，金谷佳期重遊衍。」（《駱臨海集箋注》卷五）。

〔註214〕 此處兼言遊樂宴飲詩、節慶宴飲詩與餞別宴飲詩而言。因為對金谷的嚮慕情懷是一種社會流行的大趨勢，並不限定僅於遊樂時呈露而已。唯此處舉例，為求分類統一，但云遊樂宴飲詩而已，餘分見該類中詳述。

〔註215〕 《新唐書》卷八三〈諸帝公主傳〉。

〔註216〕 王維〈暮春太師左右丞相諸公于韋氏逍遙谷燕集序〉，《王維集校注》卷八。

從唐太宗〈令州縣行鄉飲酒禮詔〉中可以看出：

> 比年豐稔，閭里無事，乃有驕業之人，不顧家產，朋遊無
> 度，酣宴是樂，危身敗德，咸由於此。每覽法司所奏，因
> 此致罪，實繁有徒。〔註217〕

社會上宴飲無度的情形竟然驚動道天顏，以致頒布詔書，令州縣長官
每年親率長幼，依鄉飲酒禮而行之，希能因此而澄源正本，革茲弊俗。
然而由詔文中「因此致罪，實繁有徒」句中，可以窺見當時宴飲活動
的奢靡與普遍流行的情形。王毅研究中國古代士人園林生活，以為「錦
明燦爛，琳瑯紛披，這就是初唐士人園林生活，乃至當時整個社會生
活的主調。」〔註218〕社會生活崇尚奢華，很自然的就傾向以前代奢
華宴集為羨的宴遊生活，宴飲詩作中對前代奢華宴集所流露出的仿傚
之情，即源出於此。

（二）玄宗朝（712～755）：自信的流露

　　相對於中宗以前詩人的喜引前代宴集以為比附，玄宗朝詩人表現
出絕對的自信，擺脫必須藉由前代宴集方能肯定眼前宴集的心態，在
玄宗朝的宴飲詩中，描繪眼前的宴飲活動，曲盡形容，卻絕少提及前
代宴集，就算是偶爾提到，態度也截然不同，以李白〈宴陶家亭子〉
一詩為例：

> 曲巷幽人宅，高門大士家。池開照膽鏡，林吐破顏花。綠
> 水藏春日，青軒祕晚霞。若聞管弦妙，金谷不能誇。(《李白
> 全集校注彙釋集評》卷十八)

靜嘉堂宋本《李太白全集》中此詩下有「尋陽」二字，如此說來陶家
亭子應位於尋陽。區區一座遠離兩京地區的私人宅第中舉行的宴會活
動，李白竟盛讚其景致、音樂冠絕今古，縱使石崇金谷之華麗，亦不
能誇而勝於此。又如孟浩然〈宴崔明府宅夜觀妓〉在盛寫歌舞妓曼妙

〔註217〕《全唐文》卷五。
〔註218〕見王毅《園林與中國文化》(上海：上海人民出版社，1990年)，頁
　　　　124。

的舞姿身段後，以「倘使曹王見，應嫌洛浦神」作結〔註219〕。曹王本是深戀洛神的，而今竟嫌之，可見眼前的歌舞之美妙，孟浩然故作此語，以一種比較的方式來對進行讚美。在詩人眼中，只有眼前的歌舞的表演才是最好的，前代再怎麼佳妙，都比不上今日。這是一種絕對的文化自信與自傲之情。

探究玄宗朝詩人這種不把前代宴集放在眼裏的自信心態之所以成形，主要是因爲社會文化的繁盛。開元天寶時期，整個社會達到前所未有的繁華富庶，這種繁華富庶不僅是源自中國本土自身農業經濟的繁榮而已，更重要的是由於國力的強盛、經濟的富庶，吸引世界各國人士來到中國，連帶著外國文化習俗也大量地傳入中國，在飲食方面，開元以後，「貴人御饌，盡供胡食」〔註220〕，長安城中處處販賣的，如胡餅、畢羅、搭納、燒餅等，都是胡食；在音樂方面，爲胡樂的天下，以唐太宗所定十部樂名稱來看，除首二部「燕樂」與「清商」包含吳聲、楚調、西曲及江南弄等爲華夏遺音外，其餘八部，如「西涼」、「天竺」、「高麗」、「龜茲」、「安國」、「疏勒」、「康國」、「高昌」等，皆爲四方裔樂。日本林謙三《隋唐燕樂調研究》以爲「龜茲樂予中國音樂之感化最深。中國人對於音調之傳統觀念，向以宮聲爲調首者，竟因此而有所變更，於是音界大展云云。龜茲樂之主要樂器爲琵琶，唐人之精此伎與賞此伎者均特盛，唐詩中詠琵琶者亦特多。……在唐人音樂生活中實多不離琵琶。因此相當部分之聲詩，必託於胡樂，託於龜茲樂，託於琵琶。」〔註221〕任半塘《唐聲詩》中言：「開元以前，中外之聲猶相抗；開

〔註219〕 孟浩然〈宴崔明府宅夜觀妓〉：「畫堂觀妙妓，長夜正留賓。燭吐蓮花豔，妝成桃李春。髻鬟低舞席，衫袖掩歌脣。汗漬偏宜粉，羅輕詎著身。調移箏柱夜，歡會酒杯頻。倘使曹王見，應嫌洛浦神。」（《孟浩然詩集箋注》外編）。

〔註220〕 此據沈福偉《中西文化交流史》（台北：東華書局，1989年）頁161所引。

〔註221〕 此處據任半塘《唐聲詩》〈上編〉頁32引文。

元後，胡部新樂益張，華夏舊聲已紬。」﹝註 222﹞；在舞蹈方面，十部樂中曲目，既是一種音樂的彈奏，同時又是配合舞蹈的表演。十部樂中胡樂佔了絕大多數，每一部都保留了自己的民族風格與地方特色，舞者穿著胡服作爲表演，舞蹈有健舞、軟舞、字舞、花舞、馬舞等多種，「胡樂舞容，健捷騰踔，所謂『驚鴻飛燕』、『風騫鳥旋』之勢，其舞名如〈胡旋〉、〈胡騰〉、〈團亂旋〉等，也足表態，又非中國雅舞用干戚、羽籥、集體動作者比。」﹝註 223﹞；在建築方面，或模仿拜占庭宮殿建築，如天寶中御史大夫王洪太平坊私宅中有自雨亭，「簷上飛流四注，當夏處之，凜若高秋」﹝註 224﹞，又如楊國忠宅築沉香閣，用麝香、乳相篩土和泥飾壁，皆是仿自西亞；在衣服方面，《新唐書·五行志》云：「天寶初，貴族及士民好爲胡服胡帽，婦女則簪步搖釵，衿袖窄小。」步搖傳自波斯，襟袖窄小的服式，傳自西域，皆是胡樣﹝註 225﹞。外族文化習俗大舉傳入中國，對中國本土文化造成莫大的衝擊。此外，唐代富庶的社會經濟爲士人提供了優裕的生活條件，形成山莊別業化的生活環境。入唐以來，「自王公以下，皆有永業田」﹝註 226﹞，在朝京官多置田園別業，遍布長安、洛陽一帶，到開元天寶年間，這種別業進而普及到下層士人，遍及全國﹝註 227﹞。

　　園林別業的興盛，經濟的繁榮，文化的多樣新穎，再加上漫遊風氣的盛行，盛唐詩人幾乎無一沒有漫游的經歷，種種因素開拓了盛唐人的視野，豐富了盛唐人的生活，因此在盛唐詩人眼中，如石崇金谷

﹝註 222﹞　同註 221，頁 27。

﹝註 223﹞　同註 221。

﹝註 224﹞　見清徐松《唐兩京城坊考》（西安：三秦出版社，1996 年）卷四〈西京外郭城太平坊〉。

﹝註 225﹞　以上所述，參見沈福偉《中西文化交流史》頁 160、161。

﹝註 226﹞　《新唐書》卷五一〈食貨志一〉。

﹝註 227﹞　有關唐代園林別業位置及其分佈情形，詳見李浩《唐代園林別業考論》（西安：西北大學出版社，1996 年）下編〈唐代園林別業考〉。

之類的前代宴集不管從任何角度來看都不免有落伍的事實，光環的消失，使石崇金谷等的前代宴集對盛唐人不再具有吸引力；反而是眼前宴飲活動的新奇多貌，完全吸引住盛唐詩人的眼光，霸佔盡盛唐詩人的筆墨。

（三）安史亂後（756～907）：自信與縱情

玄宗朝帝國的繁盛，使金谷宴集失去它原有的光環，唐人對金谷不再崇拜；安史亂後，社會轉為困窘，更由於金谷豪華致禍的結果，使得金谷宴集更難得到文士的青睞，是以在安史亂後豐富的遊宴詩作中，提及金谷的只是絕少數。在這些絕少數的詩作中，對金谷宴集的態度並不一致，或承襲玄宗詩人，呈現出對當世宴集的極度自信，如白居易〈遊平泉宴浥澗宿香山石樓贈座客〉：

> 逸少集蘭亭，季倫宴金谷。金谷太繁華，蘭亭闕絲竹。何如今日會，浥澗平泉曲。杯酒與管弦，貧中隨分足。紫鮮林筍嫩，紅潤園桃熟。採摘助盤筵，芳滋盈口腹。閒吟暮雲碧，醉藉春草綠。舞妙豔風流，歌清叩寒玉。古詩惜晝短，勸我令秉燭。是夜勿言歸，相攜石樓宿。（《白居易集箋校》卷三六）

白居易此詩中，對眼前宴集表現出絕對的自信態度：「何如今日會」，睥睨蘭亭金谷，態度類同於玄宗朝的李白，然而內在的基礎卻是截然不同的：李白是立基於大唐帝國的文化昌盛之上為言，是一種盛世的詠嘆調；白居易卻是一種在佛教思想影響下，安貧守分，知足常樂的心態反映，「貧中隨分足」，明白道出其中差異。而在另一方面，由於文士的縱情遊宴，與金谷頗有類似之處，於是金谷或成為詩人筆下的形容，如武元衡〈摩訶池宴〉：

> 摩訶池上春光早，愛水看花日日來。穠李雪開歌扇掩，綠楊風動舞腰回。燕臺事往空留恨，金谷時危悟惜才。晝短欲將清夜繼，西園自有月裴回。（《全唐詩》卷三一七）

詩中雖引金谷為鑑，但目的是在及時行樂，並非有何積極作用。又如：

　　歌聲掩金谷，舞態出平陽。（錢起〈奉陪郭常侍宴滻川山池〉《全唐詩》卷二三八）

　　昔日蘭亭無豔質，此時金谷有高人。（楊汝士，殘句《全唐詩》卷四八四）

金谷繁華的宴飲生活，正與安史亂後文士縱情遊樂表現相當，是以以金谷作爲眼前宴集的形容。這一情形，又彷彿與中宗朝以前相似，只是詩人寫作的心境已完全改變了。

第三節　結　語

　　綜合本章所述，結論如下：

一、中宗朝以前（618～710）

　　在宮廷遊樂宴飲詩作部分，太宗前期由於帝業初創，詩中多流露戒愼行事之語，並現豪邁雄渾之氣，等到帝基穩固之後，江左綺靡輕豔的詩風又再度崛起，詩多以三段結構爲之，充滿歌功頌德等諛詞媚句，山水園林爲主要描寫對象，呈現出濃厚的享樂意識。武后以後，由於政治的影響，酷吏爲政，朝官不敢率言眞意，於是詩作轉向不涉個人情感的景物描寫與阿諛諂媚的頌詞，宮廷詩僵化制式、空洞無物的流弊更爲明顯，宮廷詩逐漸失去它原有的龍頭地位。而在另一方面，嘲謔調笑以及酒令歌詞在此時亦頗爲興盛，「狎猥佻佞，忘君臣禮法」，或公然取笑天子家事，或無恥求官祿，以極淺白俚俗的詞語，配合歌舞表演，在宮廷宴飲活動中博君一笑，反映出現實人生的欲求與禮法的不平衡。在這樣的創作氛圍中，少數詩人受到宮廷外詩歌新變風氣的影響，也開始創作出一些具有自然清新風格的作品，從宮廷宴飲詩的本身尋求意境開拓，然而這種新變的腳步是遲滯的、侷限的，且不脫山水景物的範疇，新變情形實甚有限。

　　在文士宴飲賦作部分，又可分爲兩種情形：具有官場應酬的宴飲活動中，所賦作的詩篇內容風格多雷同，可以視做宮廷的延伸，充滿

應酬的表面話，媚詞層出，宮廷詩味道濃厚。而在遠離官場的影響下的宴飲詩作，由於詩人習慣於宮廷詩的寫作方式，因此有時不免流露類似宮廷詩風格的句式，山水景物仍佔去不少篇幅，但是在山水景物的書寫方面，朝向重自然與開闊氣象的呈現；並且少數大詩人已能突破宮廷束縛，而有清新抒情、擁有自我情感的創作，不限宴飲的場合，而能專注於眞情的抒發，展現超越眼前即事即景的胸襟氣度。盛唐詩爲人所稱頌的開闊氣象，在初唐詩中其實早已出現端倪。

現實的價值與意義，或來自於與過往的比較。中宗朝以前文士宴飲詩作，在一定的程度上表達了對前代宴集的追慕與仿傚，在認同於過往的宴飲活動中，詩人爲自己現今的宴飲活動與宴飲賦詩找到了現實的價值與意義，他們以等同於前代爲榮，以等同於前代爲尚。從這一點來看，或可以這麼說，中宗朝以前的宴飲活動雖然熱鬧非凡，然而時人尚未完全建立起屬於自己的時代宴飲特色與信心，因此方有這種認同的行爲出現。而這一點，也可以說就是初唐宴飲詩的特色。

中宗以前詩壇是宮廷詩的天下，不管宮中宮外，都可見宮廷詩影響的痕跡。然而武后朝的酷吏爲政，與中宗朝的頻於遊宴，各從不同角度敗壞宮廷詩作風格，造成宮廷詩作的僵化與空洞，於是宮廷詩壇逐漸讓出領導地位，文士正以不同於宮廷之姿，影響詩歌的創作。這正是玄宗朝宴飲詩的發展背景。

二、玄宗朝（712～755）

玄宗朝宮廷遊樂宴飲詩，在內容上走向復古的老路，以政教爲主要書寫內容，又拋不開前代宴飲詩歌頌的習慣，雖然對玄宗朝詩人而言，謳歌太平是一種「自覺的願望」，而不是「應制的虛套」，但是這種復古與歌頌的寫作方式，卻在無形中扼殺了詩歌的生命力，和當時社會的急遽進步，喜新善變的風俗完全搭不上調。文士雖然或因爲身處宮廷中，不得不勉強以爲詩，然而出了宮門之外，蓬勃盛行的官宴與私宴，予詩人極大的任情揮灑的空間，在加上因盛世而蘊育出來的

極度自信感，使詩人可以完全不受宮廷限制，自由書寫，表現在詩中，新變頻出。相對於宮廷詩的著眼政教，文士詩作則更關注於眼前的宴飲活動，事事物物皆可書寫，而在情感方面，著重的是賓主之間情誼的交融，友情尤其是詩人最注重的。玄宗朝文士遊宴詩作的這些表現，不僅不同於同一時期的宮廷遊宴詩作，也不同於中宗朝以前的文士遊宴詩作，爲宴飲詩在傳統的山水景物形容外，發展了另一可供揮灑的空間，這也正是玄宗朝文士遊宴詩的最大成就。而玄宗朝宮廷遊宴詩的走復古回頭路和文士遊宴詩的頻頻創新，這種背道而馳的寫作情形，正是關係到其未來在宴飲詩發展上地位或衰或盛的關鍵。

　　而從對前代宴集的態度中可以看出，由於社會經濟的繁榮與文化的昌盛，玄宗朝詩人對眼前的宴飲活動頗有自信，不必再藉由等同前代宴集（如金谷園宴）來建立宴飲的信心。玄宗朝的遊樂宴飲詩，是太平盛世的詠嘆調，是詩人自信自傲的情語。

三、安史亂後（756～907）

　　安史亂後，由於國用困窘，宮廷遊宴活動大爲減少，再加上宮廷遊宴詩作內容的承繼玄宗朝盛世的歌詠而又予以誇飾，脫離現實，存世的篇章十分稀少，宮廷宴飲詩至此，在詩歌發展史上的地位全部退讓。取而代之的，是以幕府文學爲主的文人集團的創作。

　　以幕府爲主的官場遊樂宴飲詩，由於中央勢微，因而賦作內容取決於府主對待賓僚的態度，或不減恭維歌頌，或賓主無別，一派和樂。更由於時局的動盪不安，與軍事相關的遊宴活動大增，詩中難免帶有征戰氣息，歡愉之情隨著時間的流動而減。此外，由於官場生態改變，遊樂宴飲詩不再只是遊樂的描述而已，或有積極的勸勉功能，勸勉忠誠，勸勉入幕，現實的意義加入其中，宴飲詩的作用更爲開闊。這一點，是安史之亂前未見的。

　　在私家遊宴部分，由於文人集團的大舉形成，改變遊樂宴飲活動的生態，詩歌的存在不僅是爲應酬而已，更發展而爲遊戲。再由於現

實帶來的精神苦惱，使詩人雖於宴樂歡愉之際，難免愁苦之情；因爲詩人急於擺脫這種精神的苦惱，於是縱情遊宴，以詩爲戲，在遊戲中尋求寄託，文字遊戲於是蔚爲一時宴飲詩風。相對於宮廷遊宴詩的背離現實，文士遊宴詩以更貼近的方式，寫實地呈現宴飲生活，筵席中種種，成爲詩人書寫對象。遊樂宴飲詩之所以爲遊樂，至此方在詩歌中得到表達。

　　綜合所述，可以發現，雖爲名爲「遊樂」宴飲詩，然而安史亂前的「遊樂」宴飲詩中，「應酬」的意義往往大於一切，隨著「場域」的變化，而有不同的「應酬」寫作方式。「遊樂」的意義一直要到安史亂後文士藉宴飲逃避現實時才眞正突現，且只存在於文士私家的遊宴活動之中。在此之前，中宗宮廷雖曾一度耽於遊樂，忘君臣禮法，「遊樂」味濃，但不多時即以更嚴謹的政教取代之，「遊樂」退位。安史亂後，以文字爲遊戲逐漸成形，「遊樂」宴飲詩方正式爲「遊樂」服務，成爲道道地地的「遊樂」宴飲詩。